U0846588

溯汨罗而上　探诗歌源头

谨以此书纪念屈原行吟绝唱2300周年

湖南省作家协会重点扶持作品

汨罗江，一条追赶太阳的河流

潘刚强 ◎ 著

MILUOJIANG,
YITIAO ZHUIGAN TAIYANG DE HELIU

天津出版传媒集团
天津古籍出版社

图书在版编目（CIP）数据

汨罗江，一条追赶太阳的河流 / 潘刚强著. — 天津:
天津古籍出版社, 2022.10
ISBN 978-7-5528-1262-6

Ⅰ. ①汨… Ⅱ. ①潘… Ⅲ. ①中国文学—当代文学—
作品综合集 Ⅳ. ①I217.2

中国版本图书馆CIP数据核字（2022）第158276号

汨罗江，一条追赶太阳的河流

MILUOJIANG, YITIAO ZHUIGAN TAIYANG DE HELIU

潘刚强/著

出　　版　天津古籍出版社
出 版 人　张　玮
地　　址　天津市和平区西康路35号康岳大厦
邮政编码　300051
邮购电话　（022）23517902

统筹策划　刘　洁
责任编辑　门　辉
封面设计　罗建欢

印　　刷　岳阳鑫容印刷有限公司
经　　销　新华书店
开　　本　710毫米×1000毫米　1/16
印　　张　20.5
字　　数　260千字
版次印次　2022年10月第1版　2022年10月第1次印刷
定　　价　118.00元

藍墨水的上游是汨罗江

余光中

乙酉端午

自序

一江千古属斯人

汨罗江，古名汨水，发源于湘、鄂、赣交界的黄龙山，自江西省修水县流向湖南省平江县。左岸连云，右岸幕阜，青山碧水一路西去。将军山有昌水注入，亦称昌江。过青冲口与汨罗市相连，经古罗城有罗水汇合，故名汨罗江。流域面积5543平方公里，流长253.2公里，从屈原管理区磊石山注入洞庭湖。

东汉许慎的《说文》载："汨，长沙汨罗渊。屈原所沉之水。"一条东起西归的河流，亦如夸父逐日那般执着，明知关山千万重，孤傲地百折不回一往无前。端午源头，龙舟故里，一个民族的节日，一个诗人的庆典，从那端午龙舟的呐喊之中，我们不难领悟先人为何会用一个从水、从日的"汨"字，来命名"光争日月"的"屈原所沉之水"。

屈原（约公元前343—前278），名平、字原，又名正则、字灵均。战国时期著名思想家、政治家，中国第一位见于记载的著名诗人，后人尊称屈子。公元前287年春，屈原再次被放逐江南，他携女婴定居汨罗江畔，在这片古罗楚地生活了9年。人生最后的驿站，三闾大夫与古罗人民真正打成了一片。他广泛汲取荆楚民风的丰富营养，继续整理《离骚》《天问》

《招魂》等长篇作品，创作《九章》《九歌》等鸿篇佳什。公元前278年，秦将白起攻克郢都，烧楚先王墓于夷陵，楚襄王兵败，遂不复战。屈原闻讯，如五雷轰顶，怀着满腔悲愤完成《哀郢》《涉江》《怀沙》等诗篇。屈原决心以死殉国唤醒民众，特地选择夏五月初五那个端午日，怀石自沉汨罗渊。

屈原开辟诗歌个人创作之先河，楚国有宋玉、唐勒、景差等人追随，皆好辞而以赋见称。据《汉书·艺文志》载，宋玉作品共有16篇，最早见于萧统《昭明文选》的《风赋》《高唐赋》《神女赋》《登徒子好色赋》《对楚玉问》5篇。宋玉作为战国著名辞赋家，在楚辞与汉赋之间起着承前启后的作用，在中国文学史上影响较大。所谓“下里巴人”“阳春白雪”“曲高和寡”成语典故皆因他而来，后人多以屈宋并称，李白感叹：“屈宋长逝，无堪与言。”

“恭承嘉惠兮，俟罪长沙。仄闻屈原兮，自湛汨罗。造托湘流兮，敬吊先生。”西汉长沙王太傅贾谊过湘水，时逢屈原沉汨罗已百余年矣。贾谊认为，汉已代秦，天下安定，应当适时改革。贾谊在众大臣眼中成了喜欢擅权噪事的捣蛋鬼。汉文帝无奈，只得疏远贾谊，将他外放长沙。贾谊的这段经历与屈原因起草主张改革的“宪令”而遭谗流放何其相似。贾谊赴任，从洞庭转渡湘水，路过磊石山，自然会想起屈原。英雄惜英雄，面对谗谀得志、方正倒植的时世，投书以吊，因以自喻。贾谊在《吊屈原》中表示，当追随先生，神龙潜渊，凤凰高逝，览德辉而下之，摇增翮而去之。

应当感谢太史公司马迁，他可谓屈贾二人的真知己。司马迁20岁开始游历江南，读《离骚》《天问》《招魂》《哀郢》，悲其志。适长沙，观屈原所自沉渊，未尝不垂涕，想见其为人。这位伟大的史学家在《史记·屈原贾生列传》中详细记述了屈原与渔父的应答：

> 屈原至于江滨，被发行吟泽畔。颜色憔悴，形容枯槁。渔父见而问之曰："子非三闾大夫欤？何故而至此？"屈原曰："举世混浊而我独清，众人皆醉而我独醒，是以见放。"渔父曰："夫圣人者，不凝滞于物而能与世推移。举世混浊，何不随其流而扬其波？众人皆醉，何不餔其糟而啜其醨？何故怀瑾握瑜而自令见放为？"屈原曰："吾闻之，新沐者必弹冠，新浴者必振衣。人又谁能以身之察察，受物之汶汶者乎！宁赴常流而葬乎江鱼腹中耳，又安能以皓皓之白而蒙世俗之温蠖乎！"

屈原乃作《怀沙》之赋，"于是怀石遂自沉汨罗以死"。生活在朝秦暮楚时代的屈原，坚持卓立不群的人格品质，他在《橘颂》表达的修身洁行坚定意志，恰是其自沉汨罗爱国情怀的真实写照。屈原的人格，千百年来成为文人学者的典范，迁客骚人大抵多以屈原的精神为依傍，追随屈原行迹，其精神境界均直接承继屈原的传统。自《诗经》后，屈原是中国文学史上第一个作家和诗人，宗为"诗祖"。宋玉《九辩》、贾谊《吊屈原》，特别是唐诗宋词兴盛时期，李白、杜甫、韩愈、白居易、柳宗元、李商隐、齐己、欧阳修、司马光、陈与义、陆游、朱熹、黄庭坚等，中华诗坛一代接一代追风逐波。

"蓝墨水的上游是汨罗江。"

一条追赶太阳的河流，总会来自人文地理的诗意表达。台湾著名诗人余光中先生绣口吐珠，将锦绣中华源远流长的泱泱诗河，从两千多年前一脉相承连接到了永远的未来。不经意的此句，又因著名诗评家李元洛引为题叙，从海峡对岸传入楚湘大地，"蓝墨水的上游"便成为汨罗江的特指。李元洛先生曾有一组端午对联，恰如其分地阐释了中国诗歌原乡的意义：

中国诗坛第一人，但推屈子；
两间遗泽无双地，唯有汨罗。

万古不磨，洞庭波兮木叶纷飞云泽梦；
千秋长颂，蓝墨水欤上游只属汨罗江。

“浩浩沅湘，分流汩兮。修路幽蔽，道远忽兮。”屈原《怀沙》章句，应当最早给汨、沅、湘三水与洞庭、长江划出了美丽的连接线。数千年来，汨罗江流域的地理沿革，始终在荆楚，特别是长沙与岳州之间更替，无论湖湘乃至荆楚，洞庭湖作为它的本底湖，这个山水人文的基因从来没有，也永远不会发生改变。

溯荆湘走得最远的是杜甫，走得最苦的也是杜甫。他几乎是一步三叹，追随屈原的足迹，同样把汨罗江作为人生最后的驿站。

唐大历三年（768）暮冬，经过前后十年的颠沛流离，杜甫在湖北公安憩息数月，一叶孤舟继续沿着长江南下。顶着夹雪的寒风，杜甫的寓船从长江拐进洞庭湖，远远望见飞檐翘角的岳阳楼临湖峙立，他那颗冰冷的心，才稍稍有了一些暖意。一阵急橹快桨，船儿终于停泊在岳阳城下。杜甫拾级而上，一步一叹登上心中仰盼已久的危楼。他凭轩远眺，百感交集，禁不住泪流满面，写下了那首《登岳阳楼》的千古绝唱：

昔闻洞庭水，今上岳阳楼。
吴楚东南坼，乾坤日夜浮。
亲朋无一字，老病有孤舟。
戎马关山北，凭轩涕泗流。

显然，连年的战乱，流离失所，使杜甫心中的离愁国恨有增无减。亲朋无一字，音信渺茫，何谈家书抵万金？白头搔更短，老病有孤舟，遥想戎马关山北，烽火连年不断，独登斯楼，怎教人不凭轩涕泗流呢？

杜甫从岳州乘船溯湘江而上，经过潭州（今长沙）到达衡州（衡阳），本想投奔相识的衡州刺史韦之晋，不料他人还在路上，韦之晋却已改任潭州刺史。夏末，当杜甫折回潭州，得到的消息却是韦之晋在四月间去世。杜甫无依无靠，后来的日子几乎都是在船上度过。

大历五年（770）四月，湖南兵马使臧玠作乱，潭州城内火光冲天，杜甫从梦中惊醒，带着全家再往衡州。他计划南下郴州，因他的舅父崔伟在郴州任录事参军。溯郴水入耒阳县境，适逢江水大涨，停泊在方田驿，他五天不得食。耒阳县令聂某得知这个消息，派人送来酒肉，附信慰问。杜甫得以救济，曾写过一首诗表示感谢。但水势不退，他的小船无法前行，只好掉转船头，又回衡州北上。等到水势稍退，聂县令派人再寻找杜甫，却是渺无踪迹。在河洲上捡得一只靴子，聂县令推想杜甫必是被大水淹死了，便在城北替杜甫撮了一座空坟。

事实上，杜甫因大水无法南下郴州，只好改变计划，想北上汉阳，预备沿着汉水转道襄阳返回长安。谁知他身体不济，病倒在舟中，怀着“战血依旧流，军声动至今”的遗憾，在湘江的船上他支撑着写下了绝笔长诗《风疾舟中伏枕书怀三十六韵奉呈湖南亲友》。杜甫再也经受不起江湖风浪的折腾，回乡无望，便想取道风平浪静的汨罗江，转往上游的昌江县城，投靠亲友就医。谁知沉疴难起，船还未到县城他就去世了。他的次子宗武时年17岁，无力归葬故里，只好就近上岸，将杜甫亡灵暂且安葬于离县城十里的小田村天井湖。40多年后，他的孙子杜嗣业曾想把杜甫的灵柩归葬故里，并请著名诗人元稹作了墓志铭，后因干戈扰攘未果，在平江永远留下诗圣遗阡。

乙丑越洞庭，丙寅渡青草。
似为神所怜，雪上日杲杲。
我虽贫至骨，犹胜杜陵老。
忆昔上岳阳，一饭从人讨。
行矣勿迟留，蕉林追獦獠。

乙丑为宋神宗元丰八年（1085），黄庭坚以秘书省校书郎召入京师，创作这首《过洞庭青草湖》，正是青春得意之时。杜甫的人品诗艺对黄庭坚影响很大，黄庭坚终身推崇杜甫，首先是敬其忧国爱民的人格。他认为杜甫虽然“流落颠沛，未尝一口不在本朝，故善陈时事，名律精深，超古作名，忠义之气，感发而然”。正是这种志于道，据于德，依于仁，游于艺的道德文风，黄庭坚经磊石山过洞庭、青草湖，首先想到的便是杜甫。从字字有来处的诗句，便知黄庭坚对老病孤舟的杜陵老情感何其深沉。一生追崇屈杜的江西派诗宗黄庭坚放歌岳阳楼后，从陆路翻越幕阜山，冒雨山行十日，抵达汨罗江源头的黄龙山。

诗祖在汨罗，诗圣留平江，诗宗归修水。两岸千秋色，一江万古魂。让我们追随先贤的巫风楚韵，对话汨罗江，一路诗意行，用心丈量蓝墨水的上游。

目 录

第一章　磊石山，守望江湖

百丈牵红色，孤舟泛日斜。
兴来犹杖屦，目断更云沙。
山鬼迷春竹，湘娥依暮花。
湖南清绝地，万古一长嗟！

——（唐）杜甫《祠南夕望》

磊石山呈东西走向，最高海拔不足百米，南接湘江，北揽洞庭。旧名万岁山，一名龙寿山。山上曾有龙寿寺，后建洞庭庙。清道光五年（1825），陶澍、万年淳等修纂的《洞庭湖志》载："青草湖，在（湘阴）县北一百里。与洞庭湖相连，故曰重湖。旁有磊石山，水落则见石足，水满则与洞庭混而为一，山浮水中。"它是青草湖与洞庭湖的分界线，传说昔轩辕氏奏乐于重湖之上。

洞庭湖上岳阳楼　2012年/摄

无由抵达的河口

庚子年腊月冬日，昏黄色的阴云笼罩旷野，寒风夹带急促雨点扑打裸露的脸面，刀割箭刺般搅乱望眼。洞庭湖大桥飞越洲岸东西，货运船舶穿行江湖南北，突突的机声，滔滔的波浪，依然永不停歇地乘风飘荡。农业农村部长江流域渔政监督管理办公室牵头，统一开展2021年长江流域禁捕水域首轮同步执法巡航活动，岳阳市农业综合行政执法支队负责整个洞庭湖区域。我从洞庭渔都登艇，顶风冒雨越洞庭、溯湘江，继续寻求汨罗江的活水源头。

中国渔政巡查艇最高时速可达70公里，劈波斩浪行至鲶鱼口，高台村犄角对峙，将东南两湖、岳益两市的地理界线分割。红色航标岳阳县28、汨罗10分布两地水域，台板灯架早已成为红嘴鸥群喜欢的栖息地，快艇掠过声浪振荡，惊扰它们起飞散去。风急浪高，雨箭不歇。我借助船舱的遮挡，倚立船尾期盼江湖汉口。汨罗江缓缓地穿插而来，右岸磊石垸，左岸磊石山，北洞庭，南青草，两湖联袂相抱。屈原自沉汨罗江潭的故事，就从这里开始。

我始终坚信，屈原当初拐进汨罗江河口，应当是登临磊石山之后作出的选择。不妨想一想，那时的洞庭，比八百里更为壮阔；那时的九江，以沅湘最为绵长。屈原流放江南，漂泊沅湘，为什么会选择汨罗江作为自己最后的归宿呢？我总想在磊石山河口找到一点什么，试图揭开这个沉入江水两千多年的谜团。答案显然是提着竹篮打水。莫说两千年前的历史，就是几十、上百年前的旧事，也难以找到淹没的痕迹。漫地的野草和撑天的树林，会将一切人为的印记悄无声息地掩埋起来。

我突然发现，山脚的乱石滩潜伏着几只褐色的怪兽，盯住前方横流的河水与倾斜的天幕，一声不吭，纹丝不动。这六七个奇形怪状的风化岩石，不知是天外陨石，还是山崖滚石，更像是从河滩上长出来的。颜色呈赤铁锈，那是岁月悠长的年轮。岩层显剥落状，那是洪峰肆虐的标记。不知经过多少个千百年的风雨霜雪，大自然以它造物的天工神手，在汨罗江河口留下了一组独特的雕像。它会是大禹治水时丢弃的巨石吗？它会是屈原登岸时系舟的缆石吗？我走近它们，友好地拍拍它们粗糙的背脊。它们还是一声不哼，纹丝不动，只在我的掌心留下一版蝌蚪文的凹印。可惜，我一点儿也看不懂，无缘破译。

拐过三个山嘴，汨罗江最远端的河口终于出现在眼前。磊石乡东临新塘乡，南靠白塘乡，西接屈原农场和湘江航道，最北角汨岳村与岳阳县境相连。汨罗江依然平平静静流向远方，汽车轮渡连接两岸，岩石、卵石、沙堆、烂泥，岸边淡白水浪线似逶迤飘带。一脉长山与磊石山对峙，东洞庭湖大堤横空长列天际，呵护着水气充盈的村庄田园。一条机动渔船突突突从湖口钻进来，汉子稳坐船尾，跷着腿操纵柴油机舵，木划子似梭箭溯水飞漂，细浪涟漪搅翻崭新色彩，大湖大江豪迈的通达气势扑面而来。

湘江南来，汨水西去，汨罗江历经千辛万苦，终于挽着憨厚长兄的手臂，一齐投入母亲湖的怀抱。我原以为，一条河流经过五百里的长途跋涉，到达终点的时候，多少总会表现出一点激动。殊不知河流静如止水，倒是我抑制不住怦然心动。平缓的汨罗江水汇入洞庭湖的那一刻，将河口一色青翠的河滩切割出一道微微朝北的弧角，亦如一位睿智的长者嘴角边会心的不易察觉的微微一笑，智慧的万丈光芒洞照我的双眼，竟然引起一阵眩晕。正午的阳光透过厚实的云幕辉映大地，泛光的水面反倒比灰蒙的天空显得更为明亮，从近前一直铺展伸向遥远的时空。湘江西岸如一道细长的墨痕若隐若现，勾勒出天际与地平的分界。从我的右侧顺流北去，便是洞庭湖了。一个长发飘风的渺渺身影，正从那茫茫无际的水云间踏浪而行。

"等一等我！"我差一点儿喊出声来。

诗祖在水中，我却在岸上，永远无法抵达那个流淌着时光的河口。

河泊潭，奏九歌而舞韶

河泊潭位于汨罗江、湘江两水相夹的河汊，北端凤凰咀与对面的磊石山隔河相望。诸水汇合，江陡流急，漩涡盘转，潭深无底，因屈原抱石自沉而称罗渊、屈潭。明《一统志》载："汨罗江分二水，至屈潭复合，今名河伯潭，去古罗城三十里。"贾谊过湘水，投书以吊。太史公适长沙，观屈原所自沉渊。河泊潭自古便是重要的祭屈场所，清代邑人周倬祥曾有诗云：

朝登磊石岭，暮宿凤凰台。

日落愁人泣，天空野鹤哀。
轩辕不复返，灵鸟何时来？
遗迹空萧索，临风漫举杯。

汨罗江畔，河泊潭前，二龙戏珠的神案台上排插五色三角龙旗，师刀、牛角、令牌、量天尺、海螺、金耙等祭祀法器护卫圣水壶。一座纸马金桥从神案铺往大地，东南西北和中央启灵五老童子幡旗摆起五方阵，招兵招将礼兵郎小旗各驻其守。江边主祭台上，三炷高香，一对红烛，供奉粽子、包子、水果及茶、酒等若干祭品，河岸东边鱼龙神幡，西边招屈神幡，伴随江风在高空中猎猎飘扬，期待请龙水、招屈魂盛典。

磊石山入湖口　2020年/摄

九畹滋兰，江畔共吟芳草地；
三尊奠醊，峦间翔舞凤凰枝。

河泊潭祭祀　2020年/摄

在上古时代，人神不分，历史和神话的概念总是混淆在一起。人们在征服自然、反抗强暴过程中的坚强意志，和他们所遭遇到的不可克服的困难，或无法解释的现象，以及生活中的理想和想象等，往往通过神话形象地表现出来。在屈原的作品，特别是《离骚》《九歌》《天问》《招魂》里面，无论是属于自然现象或古史传说，还是楚地的社会风俗生活习惯等，其中无不罗列纷呈着许多美丽动人的神话故事。东汉王逸的《楚辞章句》载：

> 《九歌》者，屈原之所作也。昔楚国南郢之邑，沅湘之间，其俗信巫而好祠，其祠必作歌乐鼓舞以乐诸神。屈原放逐，窜伏其域，怀忧苦毒，愁思沸鬱。出见俗人祭祀之礼，歌舞之乐，其词鄙陋，因为作“九歌”之曲。上陈事神之敬，下见己之冤结，托之以风谏。故其文意不同，章句杂错，而广异义焉。

汨罗江流域现存的巫舞，是南楚巫倡礼俗传承至今的一种祭神歌舞仪式，原来广泛用于祛灾祈福或驱鬼辟邪。《荀子·礼论》说：“清庙之歌，一倡而三叹也。”打倡则是古代歌舞艺人在祭祀活动中的动态表演，“打”就是舞，“倡”就是唱，以乐诸神。又因其巫风神态，放纵情性，不加检束，亦称“打猖”。

“呜——”，“呜——”，“呜——”，三声牛角号，鼓乐齐鸣，点燃鞭炮，打倡祭师闪亮登场。他们头裹红布巾，身穿红衣裤，腰系红腰带，赤脚套草鞋，边舞边唱，请来天地水阳四界神。优美的舞姿、深沉的古乐，仿佛回到两千多年前《九歌》迎神的祭祀场景。

> 自从楚王亲钦令，敕奉屈子显威光。上界敕你神通大，不分日夜救良民。下界敕你显神通，不分贫富救良民。带动三斗三升芝麻将，带动四斗二升粟子兵，来好像蜜蜂兵，去好像乌蛙阵。来到江边祭龙神，风调雨顺保太平。

主祭人端起圣水洒龙头，赞道：“龙神下界，龙鳞千层厚，龙须数尺长，两眼如闪电，开口放毫光……”抬龙头，打龙幡，一并跳起迎龙神舞。龙抬头，龙摆尾，龙翻身，龙滚水。龙行禹步，五谷丰登。龙舟竞渡，吊慰忠魂。众信随行其后，护卫神龙圣水送往屈子祠，拉开龙舟竞渡大赛。

孙浩从小子承父业，17岁正式拜师学艺。他以其丰富的藏品和鲜活的演唱，被学术界称为“活态”打倡师。湖南大学上古研究专家杜钢建教授认为，汨罗民俗打倡是人类萨姆文化、高庙巫文化和屈原九歌文化的传承，里面保存了许许多多华夏文明母题，也是人类童年时期集体记忆中最为辉煌灿烂的部分。刘石林、侯新兰、毛浦先等民俗学者均认同孙浩提供的神像，打倡迎来的祭祀诸神中，太一善人神就是《九歌》中的东皇太一，求雨丹霞大帝就是云中君，湘君化身湘水童神，湘夫人化身游江五娘，大司命即九天司命，少司命即送子娘娘，东君即火斗星君，河伯即黄河神，《山鬼》《国殇》均化神破阵，最终完坛告正行“礼魂”。傩脸，鼓神，祖师神像，打倡师傅身穿汉服，红头巾，红束褂，赤脚草鞋，左手捏牛角，右手举师刀，一副双目怒睁狂舞放歌的勇猛形象。打倡翻坛的张五郎，一个倒翻，金鸡落地，万法朝天，似乎听得到上古巫风的呼唤。

平江河的由来

清同治《平江县志》载：“湘阴所属之河泊塘，其地有沉沙港，即屈子怀沙自沉处。同治十二年各盐号捐金购地立祠，为公所。费八千余金，各船户亦醵金相助。”平江人为何会在湘阴县境凤凰山修建屈子庙呢?

凤凰山东西宽约3公里，南北长12公里，平均海拔45米。《湘阴县图志》载：“相传轩辕黄帝南巡，张乐洞庭之野，有凤凰十二，鸣集此山，雌雄各六，以应律吕，因名。”传说屈原经常登临凤凰山眺望故乡，最终选择河泊潭投江殉国。

明清时期，外江和内河的水运业都是由各地帮会控制的。这其中最主要的原因，便是由于受各水域通航承载能力的限制，自然划分成不同的航区。大型木帆船航行于四水（主要是湘水）主干流中下游，经洞庭湖而通往江淮，称为大河船。而四水上中游与各支流以至于溪河中，便只能通行称作小河船的中小型木帆船。到了清代嘉庆年间，水运中兴，仅湖南一省，行驶外江的船帮便有十三帮，而内河可通航诸县，先后形成四十八帮。后来，湘阴帮与长沙、善化、湘潭、浏阳船帮联合起来，组成五邑帮。湘阴商船集中运力参与湘江的货运竞争，汨罗江的货运业务渐渐地全部落入平江帮的手中。但有一条无法改变，大河船与小河船的货物转驳必须停靠河泊潭码头。

凤凰山屈子庙残碑　2007年/摄

清同治十二年（1873），李元度首倡，平江商会出资，在河泊潭岸凤凰山西侧修建了一座屈子庙。北锁磊石之咽，南引汨罗之水，西伏屈原潭，东拥凤凰台，水光山色，映翠浮波。其建筑规模与构造形式都与玉笥山屈子祠差不多，只不过庙门较屈子祠略高，而其内空较之稍短。庙的正面分中部两翼共三门，中门顶上竖嵌“屈子庙”匾额，“冰清”“玉洁”，分书左右。两翼庙檐下辟有八幅排式的灰堆彩塑，皆为古代传统戏剧中的人物故事，形象精美逼真。步入庙内，分为上、中、下三栋。下栋建有戏台，其屋面为八角亭，龙盘凤舞高悬檐角。戏台前是麻石铺就的大晒坪，坪边木雕曲栏连接戏台和中栋。中栋是由四根麻石大柱撑起的楼阁，取名“信芳亭”，来自屈原《离骚》诗句：“不吾知其亦已矣，苟余情之信芳。”走进上栋，方是供奉屈子神位的神殿。东西两侧悬钟架鼓，门庭立柱上镌刻着李元度纪念屈子最有名的一副对联：

万顷重湖悲去国；
一江千古属斯人。

神龛正中，香烛供奉“楚三闾大夫屈夫子之位”。右为屈原女儿的女婴神像，左为关公神像，关公身旁立有关平、周仓。屈子庙兼作平江商会会馆，庙门修得比屈子祠略高，戏台前的地坪更大，信芳亭那四根石柱子撑起的楼阁成了中转货物的堆场仓库。屈子庙中祭祀着财神爷关帝，自然也就不足为奇了。

凤凰山虎踞龙盘，屈子庙的气势比玉笥山屈子祠更为壮观，又近河口更方便。往来的军政要员、商人、船老板，都会到庙里来烧香敬神，岳州知府和平江、湘阴知县，依例春秋两祭。李元度不仅为屈子庙题额，还亲撰《河泊潭新建屈子庙碑》记之。郭嵩焘曾有《谒屈公祠有怀李次青》诗赞道：

生长江潭屈子乡，罗渊疑冢久荒凉。
一筇白发寻遗迹，万壑苍烟隔夕阳。
长佩高冠骚意在，抽思惜诵楚风长。
昌江独揽湘流胜，洄溯蒹葭水一方。

从那以后，汨罗江尾闾这段分支便叫作平江河，凤凰山屈潭码头便叫作平江港。

春天的十二条河流

屈原农场，一个以世界文化名人而命名的农垦新区。

汨罗江与洞庭湖交汇的地方，是洞庭湖东汊，又叫汨罗江尾闾。在这片平坦、辽阔的荒洲，十二条河流流得非常平静。河流之上散落着一些村庄，稀稀落落，远远望去，只看得见小片的灰，那是房屋的青瓦。多雾的雨天，远处的行人总是朦胧而又行色匆匆，鹧鸪的叫声从屋后菜园传来，声音清新又湿漉漉。暮色里的屋檐，在不经意的一瞥中，变作一道黑色的剪影。一条水牛突然无事生事对着天空长哞一声……

著名作家熊育群先生，属屈原管理区的新生代，灰滩河、黄金河、平江河、河市河、沉沙河、芦溪河……营田镇、推山嘴、河夹塘、河泊潭、磊石山，这些童年熟悉的荒野与村庄，始终纠结他的文学梦想。从《春天的十二条河流》出发，诗人熊育群以散文集《路上的祖先》2010年获第五届鲁迅文学奖。2013年创作出版长篇小说《连尔居》，2016年又推出长篇小说《己卯年雨雪》。他的汨罗江“三部曲”，如流水般行走江湖大海。

过去汨罗江尾闾及沿江两岸水系紊乱，渍旱频繁，洲土荒芜，血吸虫

中央电视台拍摄《汨罗江畔》　2015年/摄

横行。为开拓荒洲，扩大耕地面积，根治水患和血吸虫病，1958年10月，经中共湖南省委、湖南省人民政府批准，开始实施汨罗江尾闾围垦工程。湘阴县委提出“依靠群众、自力更生、堵口并流、合修围垦、拦截山洪、开河泄水”的围垦方针，工程分三期，最终完成。

为了确保围垸成功，腰斩凤凰山，在周家垄开新河。1959年1月7日上午8时，举行隆重的放水通航庆典，“湘森”号货轮在两岸群众欢呼声中驶进汨罗江新河道。百丈口、翁家港、三星渡、黄花仑、陶公汊、小神港等12条主支流堵口并流后，汨罗江改由磊石山北口注入东洞庭湖，从湘江支流改归洞庭湖水系。

第三期围垦工程结束，1961年10月定名国有屈原农场，改隶湖南省农林垦殖局。1969年归隶岳阳地区，1986年隶属岳阳市。2000年，经湖南省人民政府批准，设立屈原管理区。屈原农场不仅主产粮食，在计划经济时代，国有企业汨罗纺织厂曾经留下辉煌记忆。改革开放时期，正虹集团成功上市成为中国饲料行业第一股，从养殖到加工形成全国生猪生产标准化示范区。屈原管理区誉为“农垦改革发展的一面旗帜”，为了加快推进生态文明建设，2019年被列为全国农村改革试验区。管理委员会作为岳阳市人民政府派出机构，全面行使县级人民政府管理职能，管辖营田、河市两镇和凤凰乡、天问街道办事处。

村庄里的天鹅湖

小天鹅别名苔原天鹅，它们在“无树之原”的北极苔原繁殖。每年8月末9月初，小天鹅离开繁殖地前往越冬地，11月初至中下旬分批抵达洞庭湖。翌年3月中下旬开始返程，到达繁殖地的时间在5月末6月初。从清晨到傍晚，数千只小天鹅聚集营田镇荷花村东古湖湿地。修长的脖颈，纯

东洞庭湖界碑　2020年/摄

白的羽毛，黑色的嘴端，黄色的嘴基，这种性喜集群的大型水禽，成鸟全身羽毛白色，幼鸟全身灰褐色，头顶至枕部略显棕黄，唯有振翅高飞的时候，最能看清它那黑色的跗跖脚蹼。小天鹅从不单飞，夫妻恩爱，家族团聚，不时发出清脆响亮的“扣扣”哨声。

天鹅以其个头、力量和庄重的仪表，自古以来被誉为“水禽之王”。1988年，中国将天鹅列为国家二级重点保护野生动物，2012年列入《世界自然保护联盟濒危物种红色名录》。东洞庭湖国家级自然保护区自2006年启动监测以来，数据显示每年飞抵洞庭湖越冬的小天鹅少则800余只，多则2200余只。2017年以来，各地统筹山水林田湖草沙系统治理，洞庭湖生态环境明显好转，小天鹅越冬数量突破3000只。

屈原管理区三面环水，拥有岸线65.5公里，境内大小河流24条，大中型沟渠1500多条，湿地面积达2万多亩。东古湖人工湿地占地700多亩，荷塘连片，芦苇摇曳，湘莲、茭白、红菱等30多种水生植物得以恢复。小天鹅最喜欢吃水生植物的叶、根、茎和种子，它们新发现的觅食地本属稻虾田，春天养殖小龙虾，夏天种植水稻，秋收过后，种虾就在稻田外围的沟渠中抱卵过冬，护林围壕、浅水池塘和稻田草滩，恰为“草根”出身的小天鹅提供了理想的栖息场所。

“628X”号小天鹅优雅自如地睁开小眼睛，轻轻松松与两个伙伴闲游，被东洞庭湖国家级自然保护区摄影师姚毅抓拍一个正着。这张珍贵照片，发现小天鹅颈部带有合金制成的鸟类环志。它是世界上用来研究候鸟迁徙动态及其规律的一种重要手段，鸟环刻有安装环志的国家、机构、地址等。姚毅说，中国没有小天鹅繁殖地。“628X”号和它的种群应当来自俄罗斯。

屈原管理区村庄里的“天鹅湖”，被誉为洞庭湖生物多样性修复工程的成功典范。

天鹅湖　2020年/摄

第二章　屈子祠，光争日月

沅湘流不尽，屈子怨何深。
日暮秋风起，萧萧枫树林。

——（唐）戴叔伦《过三闾庙》

屈原投江后，楚人最早是在其南阳里故宅立祠祀之。汉末，庙宇犹存，《水经注》及历代地方史志均有记载。唐天宝七年（748），玄宗下敕重建，名汨罗庙。后梁开平元年（907），梁太祖追封屈原为昭灵侯，汨罗庙更名为昭灵侯庙。宋神宗元丰五年（1082），改封屈原为忠洁侯，昭灵侯庙更名为忠洁侯庙。南宋绍熙四年（1193），朱熹守潭州，奉敕重建，复名汨罗庙。元至正十六年（1279），元世祖加封屈原为清烈公，汨罗庙改称清烈公庙。延祐五年（1318），仁宗加封屈原为忠洁清烈公，清烈公庙更名为忠洁清烈公庙。明洪武二年（1369），湘阴知县黄思让重建，并在庙前建濯缨桥、独醒亭。嘉靖二十年（1541），知县戴嘉猷拆南阳寺僧舍徙建于玉笥山对岸江边，复名汨罗庙。清乾隆十九年（1754）庙宇被江水侵蚀，知县陈钟理以屈原曾居玉笥山，将汨罗庙徙建玉笥山。现存屈子祠为同治八年（1869）乡间集资重修，2002年列为全国重点文物保护单位。

屈原祭典

端午节风俗是在魏晋南北朝时期基本成形的，它的形成区域是长江中下游地区。最早记载“端午”吴越风俗的《风土记》早已亡佚，但类书及其他文献反复征引。梁代宗懔的《荆楚岁时记》对端午风俗有相当详细的记述：“是日，竞渡，采杂药。按五月五日竞渡，俗为屈原投汨罗日，伤其死所，故并命舟楫以拯之。”

夏至节日食粽与屈原联系起来，最早且明确的记载出自梁代吴均的《续齐谐记》：“屈原五月五日投汨罗而死，楚人哀之，每至此日，竹筒贮米，投水祭之。”随着南方经济持续稳步发展，南方文化在全国的地位不断提高，原本仅流行于长江中下游地区的端午节逐渐向中原传播，在唐代已经成为得到国家认可的一个重要节日，至宋代更成为一种全国性的传统节日。

据晋人王嘉的《拾遗记·洞庭山》载：“怀王好进奸雄，群贤逃越。屈原以忠见斥，隐于沅湘，披蓁如草，混同禽兽，不交世务，采柏实以合桂膏，用养心神。被王逼逐，乃赴清冷之水。楚人思慕，谓之‘水仙’。其神游于天河，精灵时降湘浦。楚人为之立祠，汉末犹在。”屈原作为汨罗江和沅湘水神，汉朝时期早已深入楚人民心。

官方的凭吊，现在有据可查的最早是颜延之代拟的《祭屈原文》。南朝宋文帝元嘉五年（429），湘州刺史张邵访怀沙之渊，驻车罗潭，遣户曹敬祭故三闾大夫屈君之灵。当时湘州管辖今湖南全省和广东北部、广西东北部等地，州治在今长沙。湘州刺史祭祀屈原，相当于省部级别待遇。唐天宝七年（748）重建屈原庙时，玄宗下敕“岁时祭祀”。此后，历朝数次给屈原追赠封号，官府数次修建庙宇，都会明确祭祀的礼仪。辛亥革命后，封建王朝的祭祀规定废止，各级地方官员仍然会不定期地前往屈子祠瞻仰凭吊。

刘石林，屈原纪念馆原馆长、研究员。他少年时代就是在屈子祠启蒙求学，汨罗江的水灵，屈子祠的幽深，端午节的粽香，划龙船的号子，似乎注定他为屈原而生，为汨罗而奔。他拿起锄头当农民，偷闲挑灯读离骚，终于当上了不脱产的公社文化站辅导员。1976年冬，34岁的刘石林先生当上了屈子祠文物管理员。屈子祠门庭破败，断垣残壁。他独自扎根玉笥山，逐渐恢复简易的屈原陈列室，任讲解员兼当护山员。1982年，刘石林出任屈原纪念馆馆长。1995年，汨罗市调他兼任市文物管理所所长，但

屈子祠　2018年/摄

他不肯离开玉笥山，自称“玉笥山人”，甘当屈子祠传经人。

屈子祠坐北朝南，正面牌楼式山门洞开。中门上方镶嵌着大理石雕，五龙捧圣的图案，拱拥着“屈子祠”镀金门额。琉璃花板的屋檐下，排列着17幅介绍屈原生平及作品的彩绘石灰堆画。石门框、石门鼓，还有石台阶前的石狮、石象，构成典型的汨罗江建筑风格。步入正门，前进正厅照壁上，悬有司马迁的《史记·屈原列传》木雕屏。顶上“光争日月”匾额，为著名书法家周昭怊所书。两侧配有李元度、郭嵩焘撰联。

李元度联云：

上官吏，彼何人？三户仅存，忍使忠良殄瘁；
太史公，真知己！千秋定论，能教日月争光。

郭嵩焘联语：

骚可为经，倬然雅颂并传，俪向尼山承笔削；
风原阙楚，补以沅湘诸什，不劳太史采轩猷。

咏联诵记，对景生情，读来“未尝不垂涕，想见其为人”。转过照壁，前厅与中厅之间的丹墀内，左右各有一株200余年的丹桂，飘香时节，满庭生津。环望庭院，前厅照壁北面，悬挂着一幅屈原画像，两侧对联为美籍华人潘力生撰书：

招魂三户地；
呵壁九歌心。

前进北山墙花岗石上，阴刻苏轼撰联：

诗赋离骚亦时用；
文章尔雅称吾宗。

生性豪放的东坡曾叹道：“吾文终其身企慕而不能及万一者，惟屈子一人耳！”

与之对称的中进山墙花岗石上，阴刻有董必武撰联：

旨远辞高，同风雅并体；
行廉志洁，与日月齐光。

中进正厅，高悬着李铎手书“德范千秋”匾额。正面安放着屈原神龛，木质饰金，雕有龙、凤、马、狮缠绕其间。龛内供有黑底金字的灵牌“故楚三闾大夫屈原之神位”。神龛两侧邑人王自成撰联：

汨罗江辟黄龙而下洞庭，小田厝杜，河泊沉平，一水有缘双瘗圣；
屈子祠耸玉笥以临岳郡，司马留踪，贾谊吊赋，千秋同泪几知音。

左吊巨钟，右置大鼓，梁悬八角宫灯，供桌、香炉、铁磬等祭器一应俱全。中厅门柱楹联也是湘阴人郭嵩焘所撰：

哀郢矢孤忠，三百篇中，独宗变雅开新格；
怀沙沉此地，两千年后，唯有涛声似旧时。

此联以屈原诗篇起首，以变雅开新格对涛声似旧时，读来令人咀嚼，余味无穷。

李元度不甘示弱，撰联悬挂西殿门柱上：

江上峰青，九歌遥和湘灵曲；
湖南草绿，三叠频招宋玉魂。

后进中厅，矗立一尊高3米的屈原塑像。屈子头戴高冠，手抚长剑，昂首问天，视死如归，一副壮怀激烈的形象。两旁金柱上，悬挂着郭沫若集《离骚》句、于立群手书联：

屈原塑像　2007年/摄

集芙蓉以为裳，又树蕙之百亩；
帅云霓而来御，将往观乎四荒。

纪念厅“德崇骚雅”匾额及对联为平江籍曹瑛撰书：

胜地重游，屈子有知应识我；
长天一览，汨罗江上最宜秋。

“洞庭之阴，烟波浩渺，逶迤东来者，汨罗江也。汨江之阳，林石清幽，巍峨高耸者，玉笥山也。”1990年10月，由作家康濯和书法家聂毅先生发起，在屈子祠左侧新建碑林，著名剧作家曹禺撰《屈原碑林记》。山字斗拱形的牌坊门楼，“屈原碑林”匾额由全国人大常委会原副委员长、书法家楚图南题。两侧挂着李白诗联：

屈平辞赋悬日月；
楚王台榭空山丘。

屈原碑林　2007年/摄

屈原碑林主体建筑分为离骚阁、天问坛、九歌台、九章馆和招魂堂5个亭阁，上盖琉璃瓦，下铺花岗石，以九曲碑廊相互勾连。走进屈原碑林，穿行其中，指点勾勒，既能欣赏到沈鹏、张爱萍、欧阳中石、李铎等书法名家的力作，又能感受到屈原辞赋的博大精深，不失为一处饶有书香诗意的凭吊之地。

龙舟故里

2006年1月，由文化部牵头，汨罗江端午习俗与湖北秭归和江苏苏州的端午习俗一起，正式被列为国家重点保护的非物质文化遗产。2009年9月30日，联合国教科文组织保护非物质文化遗产政府间委员会第四次会议在阿联酋阿布扎比审议，批准中国“端午节”列入《人类非物质文化遗产代表作名录》，“汨罗江畔端午习俗”名列其中。

五月五，过端阳。
门插艾，香满堂。
吃粽子，点雄黄，
龙舟下水喜洋洋。

龙作为一种灵物崇拜，体现了超自然、超人类的神话力量，它是华夏民族文化的伟大创造。最早在夏代的时候，就是整个中华民族的图腾，它成为我们国家的一个象征，民族的象征。中华儿女是龙的传人。龙舟则是这种生命图腾符号在江南水乡物化与演变的产物。水既从天上来，又往地下流，河流在人类的眼中，便是上可通天、下可入地的唯一通道。龙能水中游、云中飞，本是能够贯通天、地、人三界的神兽。这就不难理解，汨罗江及整个湘楚之地的百姓，在屈原投江殉国之后，何以会选择龙舟竞渡来作为祭祀水神屈原的最好形式。

“洞庭三千入东海，龙舟之源在岳阳。”端午日龙舟竞渡纪念屈原，最初从汨罗江和湘楚之地传往吴越水乡，并经东南沿海传至海外。作为龙舟竞渡的发源地，1987年5月底，岳阳市在南芭蕉湖举办了首届岳阳“屈原杯”龙舟赛，拉开了承办现代龙舟比赛的序幕。2005年端午佳节，中国汨罗江国际龙舟赛从岳阳市区正式移师汨罗市区。从那年始至2022年止，汨罗市先后举办了18届赛事，汨罗江国际龙舟竞渡中心以“天空之舟”的优美姿态，成为龙舟故里的标识。

清康熙《鼎修湘阴县志·风俗》载：“四月八，各社庙开门造龙舟。”传统龙舟的制作，打造龙舟所需的经费及粮米与蔬菜，都由当地群众自愿资助捐赠，俗称“送红”。而打造龙舟最重要的龙骨木料不能送，要“偷”。鞭炮声惊动主人家，自家的木料拿去做了龙骨，说明家里有龙气，兆头好，左邻右舍知道了，还会上门道喜祝贺。

龙舟赛　2018年/摄

屈子祠镇许桂生从15岁就跟着父亲学木匠，20岁他开始独立造龙舟。锯木、削板、钉船、刷漆，传统木制龙舟十几道流程，许师傅精心打磨了四十几年。为了适应现代龙舟赛的标准化要求，许桂生不断改进龙舟制造工艺，将玻璃钢薄膜应用到木质龙舟的舟身和舟底，这种现代竞技龙舟生产工艺获得了国家专利。如今许桂生是岳阳市民间龙舟打造技艺传承人，他经营的九龙子屈原龙舟厂是中国龙舟协会器材委员会的委员企业。许桂生不仅造龙舟，还帮助各地策划龙舟赛事。

汨罗《划龙舟》号子有一首是这样唱的：

杉木船子溜溜尖，我和你来划龙船。
龙舟划向前，河里捞屈原。
三闾大夫是屈原，粽子撒向深水渊。
投江在今天，捞了两千年。

所谓朝庙，便是各参赛的龙舟队一齐扛着龙头上玉笥山屈子祠，朝拜屈原的祭祀仪式，故又称祭屈原、祭龙头。如果新龙舟下水不朝庙，会看成是亵渎屈原的魂灵。

从归义街到磊石山一带，汨罗江尾闾靠捕江鱼、打湖草为生。过去划龙船以姓氏、屋场为单位，沿江有几十条龙船。每年五月初五，聚集在归义河段比赛。“宁荒一年田，不输端午船。”拼搏向上的龙舟精神就是从我们这儿传出去的。说起龙舟故里，屈子祠祭典代表性传承人杨基良先生充满自豪。

随着时代进步，朝庙祭龙仪式确实发生许多变化，但传统而神秘的祭龙头依然是龙舟赛的重头戏。《龙头点睛祝词》云：

龙头点睛，大显威灵。
红龙上天，天降时雨。
黄龙下地，国泰民安。
龙行一步，百草皆青。
龙头上红，遇事呈祥。
凶神远避，恶煞潜踪。

2019年第十五届中国汨罗江国际龙舟节开幕式上，祭龙头搬上了“我们的节日·端午”主题舞台。背依玉笥山，面朝香草湖，电视台直播，无人机航拍，现场似情景剧般气势恢宏。杨基良先生依然一身乌黑礼服，用他那汨罗普通话司仪号令，祭龙头，点龙睛，一步不能少，一步不能乱。

余光中：《汨罗江神》

乙酉端午前夜，余光中先生抵达汨罗，参加2005年中国·岳阳（汨罗江）国际龙舟节。我有幸随同著名诗评家李元洛先生迎候，车门打开，只见一位鹤发仙风的老人轻盈地踏在诗歌源头的土地上。先生脸上全然不见半点倦容，一件浅红色的衬衣，一条灰色长裤，黄纱袜、黑皮鞋，显得特别的精致。先生从台湾飞香港，从香港飞长沙，再从长沙转车汨罗，这旅途的劳顿对时年 77 岁的老人来说，用“风尘仆仆”来形容，显然已不够用。

海峡两岸的余光中、李元洛两位诗友时隔6年再次相聚龙舟故里，他们感受最深的，是“蓝墨水的上游是汨罗江”不但出现在汨罗市的各种文宣或龙舟赛的场刊，甚至还变成红底白字，在街头的标语中招展。6年前的1999年秋日，余光中先生首次湘楚之旅，在岳麓书院演讲答听众提问时，就有人问这句话的来处及含义。余光中以朱熹“问渠哪得清如许？为有源头活水来”作引子：“我想我的聪明，像所有中国作家的聪明一样，都是从汨罗江开始的。《诗经》当然是一个源头活水，不过那是集体的。而一位个人的诗人，像屈原这么伟大的诗家在中国文学史上第一个出现，那确实就在汨罗江。所以我认为汨罗江是一切一切作家的蓝墨水。不论你现在用什么，用电脑，用网络，总之汨罗江是一个上游，是一个来源。”

第二天一大早，先生便从风雨敲窗中醒来。他庄重地穿好黑青色西服，将一条印着“祭屈”两个醒目大字的长长的黄色丝绸绶带从颈后一直垂挂到胸襟前。这轻轻地一挽，便将那条狭长如带的汨罗江缠绕到了胸前背后，粽子的清香，还有艾叶、菖蒲的清香，弥漫在空气里，两千多年的历史气息随着江波的起伏一浪接一浪地冲刷而来。

风雨如晦，四野清凉。先生神情肃穆地走进了汨罗江边的屈子祠，出席国际龙舟节开幕式前的祭屈原祭龙头仪式。面对故楚三闾大夫屈原牌位的神龛，肃立着青袍黑褂的主祭官，侧立龛旁的是麻衣麻帽的司仪。高门槛外，前排站着10人，分成左右两列。左列5人是作家，左起依序是陈亚先、韩少功、李元洛、谭谈和年纪最长的他，越海峡而来的诗人。右列也是5人，都是岳阳的官员。在他们背后，是六队龙舟选手的代表，肩上扛着卸下的龙头，其中还有体态健美的外国女选手。

猛然一阵鞭炮炸响，震撼过后便是浓烈的淡蓝色的硝烟迅速地将雨幕烟浸。大乐三奏，小乐三引，苍凉悠远的曲调如古老的江水汩汩地流淌，又将那颤动的心灵抚慰得趋于宁静。庭院天井里东西两边的那两棵桂花树，湿漉漉的枝叶泛着白光，散发出古老的清芬。先生满头的银丝亦如江畔的青草般湿润，显得格外清亮。

先生早年便立志要做屈原的传人，在他近千首的诗作中，只有20多首诗是吟咏历代诗人的，写屈原的便有5首之多。诗的题目分别为《淡水河边吊屈原》（1951年）、《水仙操——吊屈原》（1963年）、《漂给屈原》（1978年）、《竞渡》（1980年）、《凭我一哭》（1993年）。此《汨罗江神》为第六首。

烈士的终站就是诗人的起点？
昔日你问天，今日我问河
而河不答，只悲风吹过水面
悠悠西去依然是汨罗
所有的河水，滔滔，都向东
你的清波却反向而行
举世皆合流，唯你患了洁癖
众人皆酣睡，唯你独醒

逆风而飞是高昂的令旗
逆流而泳是矫健的龙舟
急鼓齐催，千桨竞发
两千年后，你仍然待救吧？

余光中先生在汨罗江
2005年/摄

不，你已成为江神，不再是水鬼
待救的是岸上沦落的我们
百船争渡，追踪你的英烈
要找回失传已久的清芬

旗号纷纷，追你的不仅
是三湘的子弟，九州的选手
不仅李白与苏轼的后人
更有惠特曼与雪莱的子孙
投江的烈士，抱恨的诗人
长发飘风的渺渺背影
回一回头吧，挥一挥手
在浪间等一等我们

先生冒着扑面而来的风雨，像一名勇士登上冲锋舟，乘长风破急浪，朝那水深江阔的汨罗江国际龙舟赛的主赛场御风而行。在彩船的簇拥下，龙头闪光的运粽木船从秭归而来，停靠“祭屈”的高幡旗下。先生在金童玉女的伴随下，庄严地登上祭坛。300青衣童男、300红衣童女排成三列，每人舞动着手持的艾叶，齐声朗诵《离骚》名句：“路漫漫其修远兮，吾将上下而求索。”诵完第二遍，独立祭坛的余光中先生开始朗诵自己为这盛典而写的新作，经过扩音喇叭传递的声音掠过空阔的水面，在阴沉的雨云下发出天籁般的回响。先生激情豪迈，亮起圆润而铿锵的喉咙，引领600诵诗童子及30万观众一齐呐喊。

祭诗合诵完毕，他从秭归来人的手中接过一沓沓黄宣纸的祭文，投入火舌抖擞的祭钵里。祭屈诗文又吐出几口淡蓝色的火焰，在先生庄重的目光浸染下迅速化作一股轻烟，向那2283年前遁水远逝的灵均飞去。只这短暂的一刻，便将汉时贾谊投书凭吊的历史轻飘飘地翻过新的一页。他又接过一篮粽子，先生将自己从台湾带来的5只大粽加进去，拎到江边，一只只投入水中。这该是他身为诗人，一生中最有象征意义的一个动作了。

屈子书院

屈子书院又名汨罗书院、清烈书院。北宋大中祥符年间（1008—1016）始建，此后几经兴废，其办学与搬迁始终与屈子祠相伴相随。清同治年间，富绅欧阳博吾捐钱千贯，修复屈子祠山门，“谋拓其祠之地以为兴学计”，在祠东新建了教室和庖厨，书院同时恢复。1926年，欧阳博吾后人欧阳淑回乡，利用屈子祠和书院旧舍创办了私立汨罗初级中学，并在祠产中拨谷700石，于祠西新建教室和办公用房。新中国成立后，在屈子祠内创办了湘阴县第二十三完全小学，后改为屈子祠完全小学。

2009年底，汨罗市决定在玉笥山北麓重建屈子书院，扩建屈子文化园。屈子书院占地15000平方米，建筑面积4539平方米，是中国目前体量最大的穿斗式偶数开间的全木结构仿古建筑。它具备讲学、藏书、展示等三大功能，以“屈子书院讲坛”为载体，秉承屈原的求索精神与爱国精神，倾力守正创新，经常邀请各地专家学者开办公益讲座，成为莘莘学子心仪的神圣殿堂。

宏开华夏诗歌史；
独立东皇太乙前。

屈子书院由夏湘平先生题匾，中华诗词学会顾问、著名屈学专家周笃文撰联，沈鹏恭笔。走近求索堂，廊壁格扇雕画屈原行吟图，幽雅清香扑鼻而来。乡贤曾维纲撰联，道出邑人心声：

汨罗何幸也，昔大夫泽畔行吟，留得伟辞昭日月；
黉舍又巍然，令学子堂前问道，好承逸韵续风骚。

汨罗市坚持按照建设屈子遗产露天博物馆的总体规划，以玉笥山遗址、香草湖楚堤为主线，山、水、祠、院、馆、址融为一体，整个风格古雅、简拙、恬淡、舒展，逐步将屈子文化园打造成为具有国际影响力的精神家园。

香草美人地，诗韵汨罗江。2018年端午，汨罗市在屈子书院开启了首届“中国·汨罗江文学奖”全球征文活动。2019年11月初，“中外诗人汨罗行”，来自全国各地及俄罗斯、美国、英国、澳大利亚、韩国、新加坡等近20个国家的知名诗人、文化学者、编辑、翻译家100余人聚集屈子书院，带着不同水土孕育的文化传统和审美经验，感受来自中国诗歌源头的文化魅力。2020年12月底，中国汨罗江国际诗歌艺术周如期举行，中外诗歌追梦人相聚“汨罗江之夜”颁奖晚会，从这条象征中国诗歌精神的河流中找到更多的共识，携手保护未来的生存环境，将“蓝墨水上游”诗风楚韵推向一个新时代。

诗言其志也，歌咏其声也。情动于中而形于言，言之不足故嗟叹之，嗟叹之不足故咏歌之，咏歌之不足，不知手之舞之、足之蹈之。诗词格律与音乐舞蹈共同融合且体现的优美情感，使得中华诗词铸造出独特而永恒的艺术魅力。从楚辞到汉赋、唐诗、宋词、元曲，古体格律诗词始终坚守“诗歌”的本原。可惜，今天我们只能从屈原诗句的楚语、楚地、楚物中

汨罗江之夜　2020年/摄

寻找“楚声”的蛛丝马迹。

《全唐诗》选录唐蜀人雍裕之《听弹〈沉湘〉》：

> 贾谊投书吊屈原，瑶琴能写此时情。
> 秋风一奏沉湘曲，流水千年作恨声。

湖南理工学院音乐学院古琴专业教师朱益红，师从中国著名琴家丁承运教授。她与朋友成立微月琴社，丙申端午首次举办纪念屈原“搔首问天”雅集。此后，汨罗江雅集端午古琴音乐会成为独领风骚的文化品牌。朱益红认为，因《离骚》，从唐初至明末经历了“依文协声”到“不在文而在声，不在声而在乎神”的独奏过程，渐渐沉淀在历史的长河中。在琴曲中倾诉心中与屈原同病相怜的“骚意”之乐曲，还有《泽畔吟》《屈原问渡》《渔父辞》《搔首问天》《远游》《屈子天问》《屈原》《吊屈原》《宋玉悲秋》九首。它们以《离骚》为核心，乐曲的调式大多采用凄凉的楚商调，一种表现怨愤、悲郁、无奈却又不甘屈服的超脱情绪。这种指代特质情志的调式，和乐曲主题题旨紧密契合，而它的题旨精神来源于屈原其人，或屈原作品，或其弟子的精神气质。

汨罗江雅集　2022年/摄

朱老师说，这种现象在琴曲中是唯一的，可谓空前绝后。

> 矫世哀民，为谋纯粹臻三后；
> 补风变雅，尽吐心肠入九歌。

黎凤兮先生撰联，镌刻于新建的屈子书院藏经楼。所谓楚辞，如果用今天的通俗语调来分类，口话出来是楚语，书写出来是楚词，器乐演奏出来是楚曲，吟诵出来则是楚声。听黎老先生用汨罗腔的标准楚声吟诵《离骚》，乡贤“凤兮”先生的名字，似乎注定他一生与楚辞结缘，成了汨罗“离骚痴人”。古罗子国的汨罗地带原以长乐街为中心，形成新湘语区的长乐方言区。我曾随中央电视台《国乐的侧脸》栏目组沙洛导演采访黎凤兮先生、杨基良先生、孙浩先生，这些土生土长的汨罗人具有泥土与水灵的芳香，那种发自内心血脉的激情吟诵，其声音腔调包涵着许多独具个性的情感理念，注定他们成为“离骚楚声”传承人。

第三章　自古流传是汨罗

怀沙原不为谗嚣，要与江山作美谣。

千载孤忠动神物，三湖分向汨罗朝。

——（宋）袁说友《汨罗》

据附山园遗址出土的文物考证，早在新石器时代境内就有人类聚居，先民已有在距河溪较近的地方建筑村落的能力。夏代为“三苗”部落所居。商代，汨罗江下游冲积平原人口集中，以种稻为主，陶业亦发达。周代，成王分封诸侯，地属楚国。公元前690年，楚武王灭罗国（俗称罗子国），次年春将罗子国遗民从长江北岸迁徙至湘水流域，自此属罗子国地。先民选择汨罗江尾闾南岸修筑城邑，罗城古名的出现，距今已是2700余年。公元前548年，罗子国遗民领地整理田制和军赋，丈量登记田土、山林、草地、湖沼。公元前537年，楚灵王率军攻打吴国，过罗水。古罗境域包括今湘阴、汨罗、平江及岳阳县南部、沅江市东部，战国晚期隶楚黔中部。它是当时汨罗江流域方圆5000平方公里的政治、经济、文化中心，属湖南历史上最早有记录的藩国，是研究楚国历史、湖湘文化的重要平台。

罗城新发现

清代湘阴著名诗人周韫祥曾吟《古罗城》：

匹马南来汨水头，古罗城郭惨萧飕。
千寻老树埋荒谷，一抹青山界古丘。
长乐钟残啼鸟散，坏垣云断老猿愁。
湘中剩有张王庙，斜日灵旗冷暮秋。

1956年，湖南省文物管理部门对古罗城遗址进行了小规模调查与试掘，发现城址整体略呈长方形，东西长490米，南北宽400米，总面积约23.6平方公里。城址东、南、西三面有护城河，北面城墙及西面大部城墙保存较好，西南部有长25米、宽7米的土台，墙基宽达14米，墙高3米，用黄土分层夯筑而成。考古挖掘共发现遗迹现象90多处，包括城门、河道、道路、房址、灰坑等，出土陶器的质地、器型、饰纹的风格与长沙楚墓中的陶器风格基本一致。城址的时代当属春秋战国时期，与罗国子民迁此筑城的历史吻合。

清代徐柱有《古罗城》诗曰：

春秋罗子国，土城峙江浒。
高可二丈余，围丕三里许。
按位关四门，两山蹲如虎。

城中垦熟田，掌平无隙土。
传闻风雨夜，隐隐鸣金鼓。
往往田之中，耕获瓯鼎古。
年年山鸟啼，岁岁山花吐。
屈指胙土已历千余年，
而今谁是山鸟山花主？

2013年，罗子国城遗址被国务院公布为第七批全国重点文物保护单位。2015年，在罗城遗址的东南角发现了一座建于六朝时期的小城。

2020年初，湖南省文物考古研究所对罗城遗址北部的小洲罗遗址进行了发掘整理，又发现一大批春秋中晚期阶段的陶器、石器。这些陶器与湖北江汉平原西部地区春秋时期的陶器几乎完全一样，与湘江下游发现的同时期文化遗存差别较大。这说明，此时罗城遗址的居民不是本地的，可能是来自江汉平原西部地区楚文化系统的移民。秦军破郢后，罗县成为楚国战略后方。由于城市功能的变化，南方地区战国、秦汉、六朝时期县城有一个从大到小的变化过程。罗城遗址是秦汉以来南方城市发展的代表，为研究中国古代城市发展史提供了重要资料。这是目前国内仅见的、能够证实罗国史迹的唯一一处遗址，楚文化大规模进入湖南的最早一处地点。它的发展历程是湖南华夏化进程的缩影，是湖南被正式纳入中原王朝治理体系的起点。因此，“罗城

罗子国城遗址　2009年/摄

遗址”比此前的“罗子国城遗址”这一称呼，更能全面展现这座城市从兴起到废除的过程。

拜谒屈原墓

屈原农场彭仁满先生潜心研究汨罗江史，他认为汨罗本是哀屈原自沉而产生的地名，主要指河泊潭至磊石山一带。河泊潭先后有过汨罗、屈潭、屈原潭、罗渊、汨罗渊、故渊等众多称谓，应是千古汨罗江名始称地。此说《康熙字典》曾引《一统志》注释：“汨罗，江名。在湘阴县北十里。源出豫章，流经湘阴分二水，一南流曰汨水，一经古罗城曰罗水，至屈潭复合，故曰汨罗。西流入湘。”屈原时代湘水尾闾河网交错，有三十六坪、四十八汊。屈原在河泊潭投江，乡民争先恐后划船打捞屈原的尸体。洞庭龙君感其民意，令湖水陡涨，汨罗江倒灌三十里，托其尸骸逆流而上，浮至名山河段。渔民这才将屈原的尸体打捞上岸，陈尸三尺墩上。后人为了纪念屈原，将此墩名为晒尸墩。

读离骚，吟九歌，屈原汨水留傲骨；
观渔夫，颂天问，诗人宇宙贯英名。

屈原墓位于汨罗江北岸屈子祠镇的汨罗山上，攀缘石级走进屈原灵冢，昂首握剑迎风行吟的屈原雕像端立山丘，花岗岩铺砌的石阶平台，摆设神位香炉案台。在约4平方公里范围的绿树林中，分布有12座屈原疑冢，均为五花土夯筑，形如小丘。除京广铁路西侧有一座于1958年修路被掩埋大半，其他保存完好。封土堆底直径约40~50米，高7~10米，立有清同治六年（1867）和清光绪二十八年（1902）墓碑，碑文分别为“楚三闾大夫之墓”和“三闾大夫墓”。撑持雨伞，脚踏湿地，攀缘11号墓葬顶峰居高远眺，冬枯春绿交替的山野景色，在苍茫雾水中远铺天际。汨罗山四周丘陵平坦，耕地与墓地界线分明。这里是古罗遗风真正的精神家园，千百年来，当地土著村民与远古先祖相伴相依，共同守护汨罗江畔，清明祭祖，茅草枯黄，松柏青翠，大大小小的坟堆墓地星罗棋布，黄花红盏的钱纸吊串色彩艳丽，成为独特的民俗风景线。2019年，汨罗山墓群（屈原墓）被列入第八批全国重点文物保护单位名录。

唐朝李吉甫的《元和郡县志》载：“左徒墓在县北七十一里。”杜佑的《通典》载：“罗江有屈原冢，今有石碑，文为楚放臣屈大夫之墓，其余字灭。”明《一统志》载：“屈原墓在汨罗山上，汨罗山即今烈女岭，在汨水东北。”清代周嘉湘有《谒屈原墓》诗云：

> 女萝薜荔长山隈，凭吊秋风曳杖来。
> 冢土未销江介憾，渚宫长剩劫余灰。

汨罗山屈原墓　2018年/摄

黑鱼岭上寒猿泣，狮子滩头杜宇哀。

二十四坟何处是？残碑无字蚀苍苔。

黑鱼岭又名烈女岭。相传屈原尸首头部还是被江鱼蚀去一半，女婴为其配上半边金头。女婴含着眼泪以罗裙兜土筑坟，感动天神，遂派土地神以赶山杖驱土。民间后来遂有“九子不能葬父，一女打金头”的传说，讽刺楚怀王有九个儿子，却客死于秦。诗中二十四坟，还有十二座坟葬在何处？传说当时女婴还在平江筑建十二座疑冢。诗与平江罗水、罗城的说法相当吻合。

汨罗古城邑考

据任建云先生的《汨罗古城邑考》载，从公元前 221 年秦置罗县，至唐武德八年（625）并入湘阴县止，古代罗县建置长达 846 年。东汉以后，随着行政建置和区划的多次变更，汨罗市境的部分区域曾属汉昌、湘滨、玉山、吴昌、湘阴等县，境内先后有 7 处分别设过州、郡、县治，并建有城池。

罗城属春秋战国时期之国都，秦汉以来至南朝梁陈之县治。

岳阳故城，在今长乐镇长南村，约公元504—592年为岳阳县、岳阳郡治所。

夹城位于汨罗市城区西南约2公里处，地名就叫汨罗镇夹城村曲尺塘，南北朝梁代时的罗县县治。城池呈长方形，面积约0.4平方公里，东南北三面残存土筑的城墙，西面城墙高1.5米，长约450米，外有护城河。土城建有七门，夹在罗州、湄水之间，故名“夹城”。南朝大通二年至太平元年（557—559）置罗州，州治设夹城。下领岳阳郡，郡治设长乐街。

清光绪《湖南通志》载："夹城与古罗城夹濆水相望，适当湘滨、玉山之中。"隋文帝开皇九年（589），隋省湘阴入岳阳，旋改岳阳为湘阴，故隋唐时，湘阴县治亦在夹城。

隋开皇年间（589—604）初设玉州于玉笥山，故名玉州城。《隋书·地理志》载："湘阴，梁置岳阳郡及罗州，陈废州平陈，废郡及湘阴县入岳阳县，置玉州。寻改岳阳为湘阴，废玉山县入焉。十二年（592）废玉州。"清康熙《湘阴县志》载："梁以湘阴置岳阳郡及罗州，隋于玉笥山置玉州，并为玉山县隶岳州。唐省罗县入湘阴，亦隶岳州。而玉州、玉山县则已废矣。"清光绪《湘阴县图志》载："隋开皇初，设玉州于玉笥山。"1981年修订本《湖南省志·地理志》载："玉州城，即玉山城，在县（湘阴）治东北57里玉笥山油榨冲。"距汨罗市城区西北10公里的汨罗江北岸玉笥山地处屈子祠及屈子文化园一带。

南朝梁（502—557）时，析罗县南部置有湘滨县，县治设城江城，位于汨罗市川山坪镇常公村的常公桥附近。自唐中宗神龙三年（707）湘阴县东部地区置昌江县始，城江城为唐代、五代的后梁、后汉和后周初年的湘阴县治。城址建在两个相邻的小山丘上，南北略长，东西稍窄，呈长方形。东北两方城仅存两个高大的土堆，各长约100米。西南两方城只存土埂。清光绪《湖南通志》载："明史注：县东有湘滨废县，今城江城适当县东，当为湘阴县故城。"

汨罗市川山坪镇南约3公里处另有一座白茅城，位于湖鼻山东的李家洞彭家坳附近。五代时，后周广顺三年（953）许可崇任大理评事摄县事时所建，为五代的后周、北宋及南宋初年的湘阴县治。《湖南通志》载："湖鼻岑有城址，曰白茅城。唐五代湘阴县徙治于此，至周广顺中始自白茅城迁今治。"清光绪《湘阴县图志》载："案府志，五代许可崇迁湘阴县治于湖鼻岑北。"白茅城城池为等边六边形，北城墙290米基本完好，最高处10米，最宽处7米。护城河最宽处20米，最深处1.2米，东段100米左右仍能蓄水，南段210米仍存土埂。南城墙东段尚存土埂，西段和西城墙上面已平，外侧为陡坳，最高处有10余米。整个建筑现辟为茶场，南城门豁口处有碎陶片堆积，保存着古城遗迹。

琴棋望位于鲶鱼洲中部，屈原农场三分场对面，离磊石山2公里。《水经注》曰："湘水经磊石山，北对青草湖，西对县城口。"县城口即指该城口。自南朝宋刘昱元徽二年（474）始，为南朝宋、齐两代湘阴县治。

今日汨罗

1966年1月8日，中华人民共和国国务院全体会议第160次会议决定：设立汨罗县，以湘阴县的部分行政区域为汨罗县的行政区域。2月20日，湖南省人民委员会下发通知。为了适应战备和农业生产的需要，经湖南省人民委员会决定，并报国务院批准：设立汨罗县。以原湘阴县所辖的汨罗、桃林、长乐、白水、弼时五个区为汨罗县的行政区域，县城设汨罗镇。

汨水江铁路大桥　2015年/摄

首选的战备优势，水陆交通便捷。水路有汨罗江、湘江通联洞庭湖和长江沿岸各城市，陆路有7条古大道贯穿南北。

汨罗江航道，自大丘湾到磊石山入洞庭湖，全长20公里，原有码头6个，可通

50吨机帆船。从长乐街芦箭河至大丘湾，无大险滩，全长27公里，洪水期水面宽300米，有汨罗港及码头35个。汨水南岸杨泗庙的汨罗港，曾有轻便铁轨与火车站连接。清末民初，最大的船可载40吨抵达平江县城。1955年整理汨罗江航道，对平江至长乐航道50公里的多处险滩进行炸滩处理。由于滥伐树木，导致水土流失，河床泥沙淤积加剧，航道条件日趋恶化。1964年，再次疏浚航道险滩12处，并在杨泗庙滩修筑导流坝。终因平江修建黄棠、青冲等多处电站，导致下游水枯，泥沙淤积，汨罗港于1974年弃废，汨罗江航运从此中断。

清光绪二十二年（1896），清政府统筹南北铁路建设事宜，两年后定修粤汉铁路，拟贯湖南腹地。1912年6月，武昌至长沙段按古驿道大致走向测设，铁路局委派英国籍工程师布兰特实地勘测，确定现行走向。1914年购地动工，1915年修建横跨汨罗江的南渡桥，两年后建成8孔单跨50米穿架式桥梁。1918年9月16日，武昌至长沙段通车。汨罗站发送货物以木材、粮食、茶叶、茶油、土纸、生猪为大宗，经武昌、长沙转运其他商埠销售，输入煤炭、食盐、布匹、南杂、日杂等商品。后因战乱，铁路时毁时修，客货运输时断时续。1949年10月起，作为南北交通大动脉，多次加修扩建京广铁路复线。邻近的平江、湘阴、屈原农场及江西的修水和铜鼓、湖北的通城和沙市，包括长沙、益阳、常德等地的部分进出口物资经汨罗转运，交通运输业的流通腹地将近1万平方公里。

从汨罗火车站、汨罗办事处到设立汨罗县，回望其兴衰轨迹，交通依然具有决定因素。今日汨罗市地处洞庭湖东畔、汨罗江下游。东部、东南部分别与长沙市长沙县、望城区接壤，西邻湘阴县和沅江市，北接岳阳县，东北与平江县交界。

第四章　长沙之下，洞庭之上

浮世纷纷醉到今，千年看得几个醒。
九歌哀怨孤臣泪，三户消沉半角亭。
生死江鱼牢磊砢，废兴秦鹿总沉溟。
赖有贤侯知此意，遗祠烟雨满沙汀。

——（清）郭嵩焘《题屈子祠》

明嘉靖《湘阴县志》载：“白鹤山在长沙之下，洞庭之上。派自豫章，历连云而来，秀峙于此，峻拔二十里，周匝二百里。湖湘胜地也。”整个山脉峰岭相连，明月山海拔566.6米，大龙山748米，生梅咀560米，主峰达摩岭海拔777.5米，属湘阴县（包括今汨罗市）最高的山峰，故称玉池大山。

玉池大山

玉池山海拔704.6米，因白鹤洞而出名。相传晋太尉陶侃的孙子陶澹及其侄陶烜为避举，从长沙临湘山徙罗县，有一白鹿和两白鹤相随，山上凿有炼丹玉池，留下白鹤洞、白鹤井、珍珠岩、鹤泉庙等遗迹。玉池大山涵盖范围包括汨罗市弼时镇影珠山，神鼎山镇麻石山、飘峰山及神鼎山，白水镇密岩山，川山坪镇湖鼻山、九峰山，还包括长沙市望城区桥驿镇的长沙黑麋山国家森林公园。诸水无论流向汨水，还是流向湘江，均来自玉池山脉。

白水江发源于玉池大山白鹤洞，沿江左右，受纳数百余水，又名百水江、拨水。上承四水，其四为丰仓水，源出神鼎山的岳峰尖。白水江由东南向西北，流经李公桥、张公桥至西长冲出境，再经湘阴东湖汇注湘江。全长37公里，流域面积176平方公里，其中汨罗境内长30公里，流域面积150平方公里。

神鼎山镇双江口　2019年/摄

神鼎山位于汨罗市境东南部，相传黄帝采用首山铜在此铸鼎而得名。山体呈南北走向，岳峰尖主峰海拔464.3米，宋真宗大中祥符七年（1014），南岳禅宗九世洪諲禅师在此建有资圣寺。寺内藏经万卷，住僧百余，为湘北地区参禅诵经的神圣之所。神鼎山水穿过黄柏、沙溪二乡，汇鹅笼水注入汨罗江，如今设置神鼎山镇。

沙溪乡双江口村位于湄江与鹅江交汇处，河床沙滩流水潺潺，来自神鼎山的湄江水匆匆忙忙从石桥墩栏间穿过。双江口桥始建于清朝晚期，全长43米，桥面宽1.2米，桥墩长3.95米，宽1.26米，桥墩间距3.5米，它以八墩九孔的恢宏气势，2011年被列为湖南省级文物保护单位。桥头东边通往平江县向家镇双龙村，东岸田野传来吱吱的土推车声，老农夫手推双轮木车，装载饱满的金黄色编织袋，不急不慢地推上双江口桥。光脑壳，蓝布衣，黄跑鞋，肩扛手扶健步推行，神态安然的笑脸，童年记忆中的“吱吱呀呀”送粮忙，就在湄江河上的古老石桥不期相遇，如此诗意般展示在眼前。

郭嵩焘：清醒看世界第一人

郭嵩焘晚年自号玉池老人，且归葬原沙溪乡飘峰山。

郭嵩焘（1818—1891），字伯琛，号筠仙。湖南湘阴县人。清道光十七年（1837）乡试中举，二十七年（1847）进士，入选翰林院庶吉士。咸丰八年（1858）郭嵩焘奉诏入京，以翰林院编修入值南书房。同治五年（1866）郭开缺回乡，定居长沙，著书立说，掌教城南书院，倡建王船山祠。同治十三年（1874），又奉诏入京。次年署福建按察使，两月后诏任兵部左侍郎，在总理各国事务衙门行走。光绪二年（1876），授礼部左侍郎。同年十月，以大清钦差出使大臣身份赴英国，成为中国首任驻外公使。光绪四年（1878），兼任驻法国公使。三年任期未满，请辞获准。光绪五年（1879）三月初五，郭嵩焘抵达上海吴淞口。他没有回北京述职，上折请病假三个月，径回长沙养老，再没有迈出湖湘一步。清光绪十七年（1891）六月，郭嵩焘在长沙病逝，终年73岁。是年农历重九那天，郭嵩焘归葬湘阴县东70里的飘峰山。墓地是郭嵩焘生前自己选定的，连葬礼的具体安排，用什么棺材，穿什么衣服，陪葬物件及安葬程式，他都有详尽的交代。

郭嵩焘雕像 2019年/摄

郭嵩焘一生著述颇丰，有《养知书屋文集》《养知书屋诗集》《使西纪程》《玉池老人自叙》《郭嵩焘日记》等。2014年，岳麓书社出版《郭嵩焘全集》，称其为“清醒看世界第一人”。清同治年间，郭嵩焘纂修《湘阴县图志》，与李元度的《平江县志》珠联璧合，成为研究汨罗江人文地理的重要论著。

郭嵩焘死后，七月二十五日，直隶总督李鸿章上奏，湖南在籍绅士及前国子监祭酒王先谦等联名有折，依郭嵩焘的学行政绩，请宣付史馆立传，并赐谥。清政府批复：“郭嵩焘出洋外使，所著书籍颇滋物议，所请著不准行。”这个结果似乎早在郭嵩焘的预料之中。郭嵩焘对自己不合时俗、频遭反噬的一生，从来没有后悔。郭嵩焘曾自云：“谤毁遍天下，而吾心泰然。”自觉“所犯以骂讥笑侮而不悔者，求有益国家也”。晚年他曾有《戏书小像》诗二首，既是其生平事迹真实写照，亦为他百年千载后的声名留下预言：

傲慢疏慵不失真，唯余老态托传神。
流传百代千龄后，定识人间有此人。

世人欲杀定为才，迂拙频遭反噬来。
学问半通官半显，一生怀抱几曾开。

郭嵩焘墓　2019年/摄

郭嵩焘不会想到，他入土十年之后，光绪二十七年（1901），八国联军侵占北京，迫使清政府签订了丧权辱国的《辛丑条约》。民间怨恨指向洋务派，还有人上奏朝廷，要求掘开他的墓茔，鞭尸暴骨，以谢国人。只是朝廷自顾不暇，这场荒唐的闹剧才没有上演。

郭嵩焘似乎是命中注定，死后必有劫难。

1958 年“大跃进”，中国农村掀起了基本建设高潮。乡人破旧立新，打起早已无人照管的郭墓主意。就地取材，先将墓茔、墓庐的块石与碑石全部翻拆去修了石桥与水库。雕有“墓庐”两字的汉白玉巨石被翻过来在背底上雕上“划江水库”，嵌进了水库的坝体。后来干脆将残败的墓庐拆除，砖瓦檩梁悉数取去，在田园对面的山坡上修建划江小学。

改革开放新时代，定识人间有此人。1999 年 11 月，由湖南省社会科学院等 8 个单位发起，全国郭嵩焘思想研讨会在岳阳市举行。翻开郭嵩焘的日记、书札和奏稿，人们不难发现，这位最早出使西洋的大臣与学者，为我们真实地记录了近代中国打开国门走向世界的种种艰难与痛苦。他自觉而理性地亲身体验了西方社会的现代文明，称得上一位杰出的外交家和思想家。在很多方面，他探求的思想非常深刻，他追寻的脚印走得很远，不仅超越了他所处的时代，对于我们今天的实践，依然不失借鉴作用。

齐天地于一指；
吐霧霈乎寸心。

幸得乡贤李泽惠、村民缪冬生竭力维护，郭嵩焘墓遗址得以留存。2003年3月23日，新华通讯社向国内外发通稿：《汨罗市着手修复我国第一位驻外使节郭嵩焘陵墓》。2011年，郭嵩焘墓列为湖南省文物保护单位。2013年，皇清光禄大夫兵部左侍郎郭公嵩焘之墓修葺一新。2018年12月，纪念郭嵩焘200周年诞辰，湘阴县郭嵩焘纪念馆落成。旭日初升，阳光透亮，“清醒看世界第一人”背依故土，眺望西方。详读雕像长廊石刻画卷，郭嵩焘，湘军创建人之一，中国近代杰出的外交家和思想家，走向世界的先驱。嗟乎！盖棺定论何其晚矣。

仇鳌：肝胆相照

仇鳌纪念墓位于古培镇雨坛村冲里仇，青山环绕，田野铺展，墓前两侧建有诗刻碑林，记述了这位中国民主革命家与中国共产党荣辱与共、肝胆相照的光辉历程。

仇鳌（1879—1970），原名炳生，学名曜元，字亦山。早年留学日本，毕业于明治大学。他积极参加反清活动，为中国同盟会主要创始人之一。曾襄助孙中山、黄兴、宋教仁等人首倡辛亥革命，后又大力进行倒袁、护法活动。他无意仕途，献身教育，因他年长资深，知识渊博，思想开明，故威望甚高，深得社会各界的敬重。

当时长沙船山学社的社长正是仇鳌，何叔衡是该社的老社员，与仇鳌是旧交。毛泽东在第一师范读书期间，曾多次听过仇鳌的讲演。1921年8月，毛泽东、何叔衡来到船山学社拜访仇鳌，提出要创立一所使文化普及于平民、学术流传于社会的新型大学。仇鳌欣然同意，决定由船山学社承办，取名“湖南自修大学”。船山学社的部分房屋和每月400银圆经费划归自修大学。仇鳌先生被推选为校长，从此，湖南自修大学在仇鳌和船山学社的掩护下，成为中共湖南地下党组织的活动场所，不久引起反动当局的注意。1922年秋，仇鳌辞去校长之职，赴欧美考察。次年，湖南自修大学被下令查封。

1949年12月，毛泽东在中南海设家宴，为他亲邀至京的客人仇鳌洗尘。席间提到，早年在长沙闹革命，亦山先生是帮了大忙的。

秋来荒草尚萋萋，屈子祠前柳荫堤。
玉笥嵯峨连地起，碧梧旖旎向天低。

文章异代留弦诵，风雅衰时入鼓鼙。

莫上骚坛俯流水，沉沙港外有乌啼。

仇鳌先生这首《战后过汨罗谒屈子祠》，表达了他对屈原精神的修行之道。

1949年3月，中共湖南地下党组织与仇鳌取得了联系，转达了毛泽东、林伯渠、李维汉、谢觉哉等老友的问候，希望他凭借自己的声望和影响，为解放事业作出贡献，以使湖南人民免受战火之苦。仇鳌不顾年逾古稀和各种威胁，欣然应允，并说：“亦山一生，别无他长，唯爱国爱民爱乡之心，之死靡他。只要湖南人民能免兵战之苦，愿竭全力。”他以湖南人民和平促进会为阵地，积极联络各界人士，开展和平运动。

仇鳌墓　2022年/摄

时值仇鳌71岁寿诞，他曾赋诗言志：“鸿洞风尘里，稀年又一周。龙钟添暮景，鱼烂有深忧。梦醒天难晓，鸡鸣雨未休。老夫心力殚，拭目瞰神州。”

8月2日，长沙市各界迎接解放联合会正式成立。仇鳌被推为领导人之一，迎接解放的准备工作顺利进行。4日，程潜和陈明仁领衔，30多名将领联名发出起义通电，后来成立湖南省人民军政委员会，由程潜、黄克诚、陈明仁、仇鳌等13人组成。程潜任主任，黄克诚任副主任。8月5日晚，人民解放军先头部队举行入城仪式，长沙10余万居民歌舞喧天，夹道相迎。

1949年末，仇鳌到了新中国首都，见闻了新气象，欣慰之余，愈感光荣，抚今追昔，感受颇多，咏《都门偶感》：“天回地转客里明，万户千门旧帝京。高阁红旗翻晓日，交衢小队舞新声。黄袍梦醒销荧惑，紫盖人归识太平。阅尽兴亡乔木在，冲寒古柏亦峥嵘。”

1954年春天，仇鳌携全家迁居北京。他曾任湖南军政委员会委员，中南军政委员会政治法律委员会委员等职。中国国民党革命委员会第三、四届中央委员，全国政协第二、三、四届委员。

第五章　罗水，不尽丰饶不尽诗

涵空一碧漾层波，有客临流吊汨罗。
憾煞怀沙千古事，倚栏惆怅听渔歌。
——（清）唐赞衮《汨罗江》

《汨罗市志》载，罗水跨岳阳、平江、汨罗三县市，干流长88公里，流域面积595平方公里，属汨罗江第二大水系。上承三源：北源、东源、东南源。北源最长、为主源。自岳阳县罗内之坳上屋，流经关王桥入境。东源为洪源洞水，东南源为蓝向水。蓝向水在女子桥附近汇合后，经三江口汇注罗水。南流至大洲湾与汨水汇，合成汨罗江。

巴陵步仙湖

《春秋地理考》和《水经注》称罗水“源出巴陵罗内，故名罗水”。从三江口直插岳阳县步仙镇，罗水源藏匿岳坊水库上游。罗水拦河堰坝上石桥挺立，七座尖角方柱石墩像楔子一般顶托上游来水，冬枯水浅淡淡地漫过堰坝。三列长条青石板架桥铺路，连接两岸田园山庄。脚踏板桥流水，眺望河湾茂林，不经意间，桥面忽然发现一条两尺多长的蛇蜕壳，枯白蛇皮纹理平压盘卧青石板上，似乎昭示空寂无人的溪河梦境。“关王庙里去烧香……”街市的喧闹或寂静，不知是否还有花鼓戏《珍珠衫》唱腔随风飘逝。

清光绪十八年（1892），《巴陵县志》收集的李元度《重修关王桥记》载：“巴陵山脉来自平江之幕阜，其东南交界处曰清水岭，有水出柘溪东北，流数十里，纳罗内及北斗岭诸水，汇于关王桥，径湘阴境入洞庭。”此文佐证了罗水一脉来自罗内柘溪。他还说，关王桥以庙名命名。

岳坊水库 2017年/摄

汉前将军关侯庙祀遍天下，初晋王爵，至明神宗时封帝号，桥必建自明朝初。关王桥一直是巴、湘、平、临之孔道，他少年时赴巴陵郡应试，一再经焉。

1970年11月，步仙区委组织男女老少齐上阵，在饮泗桥拦截柘港河修建岳坊水库，1976年12月基本竣工。岳坊水库集雨面积53.1平方公里，灌溉农田5.82万亩。“鼓足干劲，力争上游，多快好省地建设社会主义！”莲荷渡槽巨幅标语搭起，1200米长的过山渡槽高148米，最大跨度38米，横跨山谷，将岳坊水引向罗外，近半个世纪来依然水流潺潺灌溉乡村沃野。愚公移山的伟大壮举，永远成为步仙山区引为骄傲的精神财富。

辛丑岁金秋十月，步仙镇诸位文友相约，轻舟快马探索罗水源，从大坝码头搭乘机帆船荡舟游览，二十几里水路弯弯曲曲恰似一条绿色飘带。梨树墩，梓木洞，小柘洞，袁公岭，西家洞，步仙湖偌大的四十八洞，洞洞茂林修竹，处处鱼跃鸟鸣。穿行仙湖，攀缘陡岭，蓝天山鹰翱翔，湖水野鸭振翅，老树、古墓、残窑、旧屋，退耕还林、移民安置带来的生态修复，展示着青山碧水新农村的秀美画卷。小柘港古松树下偶遇垂钓者，摩托轻骑来自张谷英镇风景名胜区。沿柘港洞上溯三十多里，渭洞山区与平江交界的清水岭便是罗水的主源。

岳坊水库今称步仙湖，罗水源头最美丽的高山平湖。它既是巴陵罗内的地理标识，又是连通张谷英镇、岑川镇、三江镇的重要通道。汨罗江流域为何归属巴陵郡？它不仅拥有注入洞庭湖的豪迈，罗水亦是古罗文化的重要源头之一。

罗水女子桥

顺水返回汨罗市三江镇，蓝向水与罗水汇合于荆浒村，堤岸直挺，河

罗水女子桥　2017年/摄

流平缓，蓝天倒映，水草浮沉，一派秀丽的田园风光。

罗水东南源为蓝向水，分为两支。蓝家洞水发源于八景洞的焦家源万家洞，经赵家堰、王家坊流至灵官堰，建有蓝家洞水库，现为八景风景名胜区。向家洞水从平江岑川镇龙盘村发源，流至女子桥附近，与蓝家洞水汇合。两座水库开凿1280米群英隧洞连通，从此统称蓝向水，灌溉天井、长乐、古仑、智峰、三江、大荆、红花、黄市等8个乡镇6.78万亩农田。2015年12月，汨罗市将三江、智峰、八景三乡合并，设立三江镇；将红花、黄市、天井三乡合并，设立罗江镇。

夕阳斜照，雾霭初升，寂静田野一片青翠，平平缓缓的罗水弯弯曲曲，丰盛的水草缠缠绵绵，若隐若现飘逸起修长的丝带。罗水支流大荆镇蓝向水河道由左向右拐一大急弯，流至古仑乡黄道村。一座花岗石三孔桥从旷野平川悬空而跨，近水生长辣蓼、野芋、茭笋，高坡爬满葛藤。从上游顺水远眺，三个石拱城门联袂洞开，中央正门尖头石柱威严守护，左堤右岸两边侧门岿然连体，高高的城楼台阁关卡横立，从石头缝隙长满杂草，凉粉藤临空垂下，长发飘飘竞与水色比高低。桥头西边香樟树林撑天，桥头东边广袤田野稻谷遍地，波光倒影随着流水穿过桥孔轻柔北去。峥嵘岁月的风霜雨雪，遵循日月星辰的时光流逝，如此宁静而致远。

“罗水女子桥”明万历三十七年（1609）由一妇人募捐而建，迄今400多年容颜未解。这种石券桥属中国传统桥梁四大基本形式之一，造型与石拱桥相似，它们都是半圆形的拱券结构。但从营造形式上分析，石拱桥的两侧拱脚多为地面，且只是单孔，跨径较小，一般只能用以步行。石券桥是建在两岸平行的承重墙上，按照一定的券形弧线，以楔形的券砖或券石支撑券体，它的跨径较大，桥面直平更适宜车辆通过。罗水女子桥长33.65米，宽5.51米，通高8米，三孔跨度均为8.6米。造型古朴、大方，不同于明代宫式石桥，专家称赞它是汨罗江上现存年代最早、保护最好，极具湖湘地方特色的石券桥，2002年被列为湖南省文物保护单位。

平江岑川水

罗水三源，洪源洞水别有一支岑川水。清同治《平江县志》载：“在县西九十里。源出九龙岩，经九峰山下西行十里，与巫峰尖水合，出水口桥入湘阴界。又行二十余里，至渡头桥合巴湘水入汨。”所谓“巴湘水”，即巴陵步仙桥水、湘阴女子桥水。

巫峰尖东坡另一支曲水，流经余坪乡，集谈胥乡全部径流，于石嘴头汇入昌江，河长20.6公里，流域面积125.41平方公里，是平江境内二级支流中流域面积最大的河流。路过巫峰山，破雾爬上尖顶，阵雨复来。暂且借歇古寺庭廊，山风雨雾相伴洗涤，凉爽极致，果然云外清宫仙境。雨过天晴，站在巫峰尖眺望，峰尖并不高，海拔604米，左香炉，右石帽，她率领众山环绕合抱，中间地势平坦。深山盆地果然钟灵毓秀，有三条小江从塅中穿过，到处小桥流水人家。据说唐朝有位朝廷官员路过，发现如此美妙的世外桃源，小而高之山称岑，河流平原乃川，从此“岑川”以荆南小天府称誉湘楚大地。明朝鲁国柱有《登九峰山》诗云：

万叠峰峦一水隈，白云深处可衔盃。
松青竹翠皆供具，倦枕流泉醉不回。

青山铺明镜，高峡出平湖。九峰水库静悄悄地，后依幕阜山余脉，前有金鹅山为屏，借助雨霁雾霭天光云影，风吹细浪，云飘阵雨，微波涟漪摇摇晃晃，将千年村落的画卷沉浮打捞。水库深底曾是茶马古道，淹没耕地785亩，拆除房屋592间。始迁祖唐侍郎李安甫公墓，唐敕封观察史李敬先、诰封一品夫人费太君墓合葬，万古佳城，终焉久臧。李安甫墓背靠一脉青山，面朝九峰水库。水涨水落湮没了麻石碑塔，烂泥草滩痕迹枯黄，又重新萌发鲜嫩青色。五柱四碑的古朴风貌，依然再次经受山洪水涨的湮没考验，似乎历史故事总与政治风云相呼应。

岑川李氏宗祠始建于南宋，明献宗成化五年（1469）改建，二公同祠，香火兴旺。今祠为清道光年间重修，被列为湖南省文物保护单位。走进岑川中学校园，只见古祠修葺一新。青灰色麻砖对缝的清水墙，黑色燕子瓦及琉璃瓦盖顶，凸字形墙与屋脊犄角翘饰，李氏宗祠镏金牌楼，彩绘李渊登基、李耳出关和三官赐福图，兵书宝剑张扬李氏宗族的光辉灿烂。据李氏族谱载，清康熙年间宗祠便兴办私塾，从文习武延续300余年。

五代南唐时期，黄氏始祖瞻公自金华迁分宁双井，后裔有朝庆、朝昌、朝汶、朝德、朝礼、朝儒、朝启、朝义、朝宗、朝泰、朝宾共11族，皆由分宁迁居湖南。宋宁崇嘉泰元年（1201），黄庭坚曾孙朝汶公自江西分宁迁九峰，遂为九峰黄氏始祖。黄秀（1657—1747），巴陵县黄沙街人。他60岁中举，授翰林院检讨，后来从山东御史告老还乡，寿高91岁。黄秀博通经史，对天文、地理、医卜、理学等多有研究，续修《巴陵县志》及《贵州通志》，尤其精推阳明理学，乡人尊称道山先生。清同治《平江县志》录有巴陵黄秀《阅平邑志纪事》：“昌江地古罗，周季属楚地。嬴秦废侯封，改邑不改井。”五言长诗详述幕阜道岩连云纯水等古迹佳景，应是他审阅平江县志的心得。黄秀寻根祭祖，清乾隆年间牵头重修九峰黄氏宗祠，亲自开馆办学，此后多有学者传道授经。1972年九峰水库扩建前，祠堂曾是周边四村的中心小学、供销社、卫生所、大队部，以及

岑川山水　2017年/摄

岑川黄氏宗祠　2017年/摄

红军驻扎、湘北抗战遗址。

烟波荡漾岸影婆娑，一座青峰亭亭玉立，两侧溪湾托盘，背后青龙奔走，金黄色庙堂建筑静卧高坡上，恰是水口大坝曲径通幽处。环湖穿越林间山谷，文化诗墙引入仙境。走进黄氏宗祠，诗联书香扑鼻而来。一个偏僻山村，岑川镇2006年斩获湖南省“楹联之乡”“诗词之乡”之美誉。2013年又开风气之先，平江县境第一个孔子学堂正式授牌。书法、绘画、家风、国学，老有所乐，幼有所学，岑川人的民俗礼仪重振山谷遗风。

拓荒者

巫风楚骚始终在汨罗江上发出璀璨光芒，当然也是屈原精神的永恒魅力。在中国现代乡土小说创作这片坚硬土地上的拓荒者中，自彭家煌初始发轫，康濯与时俱进，再到杨沫、白杨姐妹的“青春之歌”，当代又出现以韩少功为代表的汨罗江乡土小说作家群。

彭家煌（1898—1937），出生于李家塅，在乡里念完私塾和高小后，在舅父杨昌济的帮助下，到长沙省立第一师范读书，开始接受新思潮。他在一师毕业后，恰遇杨昌济到北平大学任教，他便带去彭家煌，打算让彭去法国勤工俭学。彭家煌一边在北大旁听，一边在女子师大补习学校教课，作留学的准备，却因杨昌济病故而留学未果。为了追求进步，彭家煌辗转来到上海，招入中华书局参与《小朋友》杂志编辑事务，次年随妻转入商务印书馆，担任《儿童文学》《教育杂志》助理编辑，开始文学创作，发表了40余篇童话和儿童故事。1926年第一个短篇小说《Dismeryer先生》发表，得到茅盾高度评价。彭家煌从此全身心投入乡土小说创作，1927年小说集《怂恿》作为文学周报社丛书由开明书店出版，成为乡土写实的代表作之一。由郑振铎介绍，彭家煌加入"文学研究会"，后来又由潘汉年介绍加入"中国左翼作家联盟"。《活鬼》《怂恿》《陈四爹的牛》等代表作充满洞庭湖泥土气息，黎锦明称赞其"较之欧洲各小国有名的风土作家并无逊色"。

康濯（1920—1991），原名毛季常。他出生于湘阴县城，从小热爱文学。1938年10月，康濯历尽艰辛终于抵达延安，就读鲁迅艺术学院文学系第一期，从此长期工作在文化宣传战线。50余年创作生涯中，康濯共完成33部作品，计300余万字。部分作品被译成日、法、英、俄等外文版，《我的两个房东》《水滴石穿》等代表作品影响深远。康濯曾任湖南省文联主席，中国作家协会书记处书记。1987年，康濯从湖南调北京任职，他特意赶到汨罗市红花乡毛家河寻祖，赋诗：

四谒诗魂屈子祠，重瞻故里弼时居。
毛家河上寻根处，不尽丰饶不尽诗。

1980年10月，在湖南省文联主席、汨罗老乡康濯先生的陪同下，著名作家杨沫、著名影星白杨相继踏上寻根之旅。

白杨（1920—1996）从小喜欢看戏，她11岁考入上海联华影业公司，在北京创办的演员养成所拍摄无声电影《故宫新怨》初露头角。1936年，白杨在上海明星影片公司与赵丹联合主演《十字街头》。抗日战争时期，白杨参加拍摄了《中华儿女》《长空万里》《青年中国》3部电影，其余大部分时间都在演话剧。1942年，由文艺界进步人士排演的大型历史剧《屈原》在重庆公演，轰动整座山城。白杨和张瑞芳、舒绣文、秦怡一起，被誉为话剧界的“四大名旦”。抗战胜利后，白杨重回银幕，先后拍摄了《八千里路云和月》《一江春水向东流》等八九部电影。1949年，世界戏院在美国旧金山落成，《一江春水向东流》作开幕上映。1985年，世界戏院重建，35年后又一次以它作为开幕影片，并特邀白杨参加。白杨被称为中国传奇式的巨星，驰誉海内外。

姐妹俩的家乡地处原湘阴县，今汨罗市古仑公社东山里。白杨亲笔留下《桂殿秋·还乡》云：

> 东山翠，汨罗青，
> 老大还乡始首行。
> 醉人阵阵金风爽，
> 脉脉湘音梦里萦。

时隔十天，大姐杨沫亦追梦而来。杨沫（1914—1995）曾就读于北京西山温泉女子中学，因家境破产难以为继，她抗婚离家出走。1936年与共产党员马建民结合，杨沫加入中国共产党。抗战爆发后，杨沫随丈夫投身敌后抗战，相继创作《某家庭》《苇塘纪实》等抗战题材的中短篇小说。

杨家姐妹

新中国成立后，杨沫先后在人民日报社、北京妇联、中央电影局工作。1958年1月，《青春之歌》由人民文学出版社正式出版发行，随后被译成英、法、德、俄等十多种文字，成为新中国最早发行量逾百万册的佳作。1986年，第二部长篇小说《芳菲之歌》出版；1990年，《英华之歌》问世，“青春三部曲”成为革命文学的经典。

2006年初冬，汨罗市图书馆收集地方文献，拟设立杨沫作品收藏专柜，致信杨沫的儿子马波，马波和大姐徐然捐赠了母亲杨沫部分手稿及26册遗作。杨家三代六杰：教育家杨震华，北京市文联主席杨沫，中国电影家协会副主席白杨，当代著名作家马波（老鬼）、徐然，“博鳌之父”蒋晓松。他们情系桑梓，多次寻根问祖，对汨罗充满关爱。

杨震华（1872—1947），原名杨风穆，字云卿。1904年京师大学堂商学学士毕业，分到户部任职。不久他辞官回乡，以举人身份开办私塾。辛亥革命后，他携妻重返京城，创办新华商业专门学校。1924年升格为私立新华大学，1930年因生源不足、经费枯竭而停办。1935年，杨震华还乡定居，开办农村夜校免费培训贫困青少年。抗战胜利后，他又自筹资金在旧居创办“上东山私立女子职业学校”。1947年逝世，享年75岁。

2021年10月，我与诸友一起寻访东山里。此次东山之行，就是为了帮助考证杨沫母亲丁凤仪。据现有资料，母丁氏凤仪夫人，生于清光绪十一年（1885），殁于民国二十一年（1932），葬在北平湖南义院。“丁家洞谟皆公之女”，给我们提供了寻宗问祖的重要线索。我赶往平江县城，拜访余坪乡丁普和先生。他热心相助，开车赶往乡村查阅《平江丁氏七修宗谱》。丁良颐，字弼成，号谟该。配彭氏，尧臣之女若兰。生子一，思荫。女二。长适湘阴杨云卿，次适李惠荪。丁凤仪的祖父丁耿光，太学生，平江著名乡贤。

汨罗江畔姊妹花，平江也是母亲的娘家。

韩少功文学馆

2017年金秋十月，韩少功先生创作40年，汨罗市别开生面，举办了一场“韩大爹汨罗老乡见面会”。天井乡长岭大队的村组干部、韩少功的茶场同事、长岭完小梁预立老师的同事、文艺宣传队老队员，以及小说创作的原型人物，大家重逢相聚。汨罗市作协特意拍摄12分钟专题片《今有韩大爹》，收集整理《韩少功文学年谱》，那个知青韩花，就从这里由文艺青年成为著名作家。老乡眼里的韩少功，就是一个爱穿“解放鞋”散步、爱挑大粪浇菜、爱抽烟聊天的乡里老倌。大家争着抢过话筒，讲述当年故事。韩少功认真聆听，随时应答，勾起许多知青岁月的深情往事。

1968年，年仅15岁的韩少功初中毕业，作为“长沙知青”下放到汨罗县天井公社茶场。1974年底，“文艺青年”韩少功被汨罗县文化馆录用。1977年底，韩少功参加高考，1978年3月就读湖南师范学院中文系。踏进大学校门，他的短篇小说《七月洪峰》就刊发于《人民文学》，汨罗江畔成为韩少功的“文学原乡”。2000年，韩少功携夫人梁预立回到汨罗乡村，安居八景洞。每年4月春暖花开，他们会从海南岛飞回来，一直住到

10月初。韩少功醮着山水灵气泥土芳香创作了《暗示》《山南水北》《日夜书》《革命后记》《修改过程》等重量级作品，散发出一种乡土书写的别样情结。《马桥辞典》入选“新中国70年70部长篇小说典藏”，《暗示》韩文版、《马桥辞典》意大利文版，韩少功作品先后有40多种外文译本在境外发行。

“故乡是认识世界的起点，更是心灵回归的终点。”韩爹的来去踪影，这种像候鸟一样极具规律的城乡转换生活，成为一道不可或缺的风景，越来越多的人文学者企望像他一样有记住乡愁的精神原乡。2017年8月，中国人民大学乡村建设中心等机构发起，来自全国十几个省市60余位

韩少功文学馆　2021年/摄

专家选址汨罗，在八景村与韩少功共商“发现故乡与乡土书写”工作坊大计，并发布“爱故乡·乡土书写”倡议书。韩少功作了《历史与世界的两个坐标》主旨演讲，他认为故乡是中国的核心文化元素之一，是我们富有的精神财富，是人们思想情感的源泉，是值得大力书写、永远追忆、一辈子守望的文化家园。

2021年秋，韩少功新著《人生忽然》由湖南文艺出版社推出，他以《长岭记》及《忆康濯先生》等理性散文，读大地、读时代、读自己。汨罗市选定韩少功生活了几十年的特色场景，利用闲置旧校舍在三江镇八景村设立韩少功文学馆，它将成为汨罗江流域一个独特的文化坐标。

八景洞晨光　2017年/摄

第六章　宋坊明驿

五月五日天气晴，古罗士庶思屈平。
声金伐鼓集画舰，浩歌竞渡招沈灵。

沈灵不返知何往，楚国萧萧空草莽。
聊将一滴菖蒲浆，洒向清波寄遐想。

——（明）夏原吉《汨罗怀古》

明隆庆《岳州府志》载：“岳阳，本湘阴古郡。隋改县称岳州，故岳阳名之此也。”梁武帝大通二年（528），于今汨罗县东部、平江县西部建立岳阳县，长乐街因县设郡的历史结束于隋开皇九年（589）。据史学家何光岳先生《岳阳地区各地建置沿革考》：“古岳阳县城、郡城都在这里。”它位于幕阜山之南，故名“岳阳”。今汨罗市长乐、新市、归义三个古镇分别有“梁街、宋街、明街”之说。

归义出了个夏尚书

归义镇位于汨水左岸，对岸有罗水奔腾而来。北宋时期称归义坊，明朝设归义驿。1966年汨罗独立建置，县治城关镇就选择在汨罗江南岸的归义街，东、南、北临城郊乡，西与汨罗镇交界。2015年底，城关镇、城郊乡合并，重新恢复归义镇。

归义驿的设置或许与它出了个夏尚书多少有点关系。明初，战乱平息，湖南土旷人稀，江西人口大量迁填湖南。江西德兴有个叫夏时敏的，奉母刘氏避兵祸辗转来到汨罗江畔，在归义街上安然成家立业。元至正二十六年（1366），夏夫人廖氏生下一个儿子，名原吉，字维喆。夏原吉出生时，母亲曾梦见三间大夫坐着轿子从门前路过，民间后来便有屈大夫降世投胎之说。夏时敏才学出众，明洪武六年（1373），他以一介布衣被明太祖朱元璋召见，褒授湘阴儒学教谕。夏家便搬到了湘阴县城，今称夏家桥。原吉自幼端庄好学，跟着父亲熟读经书，尤善吟诗作对，被乡亲们称为神童。不料，夏原吉13岁那年，父亲突然病逝，从此家道中落，夏原吉无法继续学业。母亲立誓要将儿子培养成才，领着夏原吉到处求师。儒学名士郑菊隐，元末明初结庐湘阴县城

夏原吉纪念亭　2022年/摄

东湖，其庐名“菊隐园”。郑菊隐慧眼识英才，收下了这个门徒，倾其所学训诲有加。待夏原吉服丧期满，郑菊隐便力荐夏原吉进里塾当先生，谋一份束脩补贴养家。这样郑菊隐指导夏原吉一边教书一边攻读，还将自己的独生女儿嫁给了这位得意门生。恩师成了岳泰，门生成了女婿，一时传为佳话。明洪武二十三年（1390），不满24岁的夏原吉以《诗经》选乡贡入太学。次年，他从国子监被直接选入禁中。三年任职期满，有司依例上奏，请示将夏原吉等一班太学生派到各部去。朱元璋点名说，夏原吉是一位端厚君子，不要试用了，特授户部侍郎。夏原吉历仕明洪武、建文、永乐、洪熙、宣德五朝，官至柱国太师，总六部尚书，荣禄大夫，太子少保兼太子少傅，户部尚书。他掌管财粮大权长达27年，为大明王朝经济的恢复与发展作出了突出贡献。

今日汨罗江国家湿地公园东起汨罗江新市大桥，西至磊石山汨罗江出口，包括汨罗江干流及其周边部分区域，其中心地带就在归义镇。落日时分，金色夕照，将汨罗江水披上绚丽光彩。2011年新建的滨江拦水闸将一条大河分割成为上下河段。这座中型拦河水闸工程位于汨江、罗江交汇口上游约400米处，包括拦河水闸、船闸及右岸河滩流堰等建筑，总投资6557万元。它既可抵御高洪水位，又可抬高枯水期的低水位，保障汨罗江国际龙舟赛事及两岸农业灌溉，满足城市发展用水需求。恰逢开闸放水，流堰过水卷起迅猛漩涡，上游平静如镜，下游白浪翻滚，太阳光芒惊艳变幻无穷的自然奇观。

故里山河少日游，尚书事业有荒丘。
南湖烟雨林泉渺，北伐旌旗涕泗流。
遗直如公真大度，老成当国有深谋。
我来下马寻残碣，古木西风飒飒秋。

美丽的友谊河，南起鲁狮坝，北至汨罗江。昔日城市排污的“龙须沟”如今成为亭台楼榭的游园景观，为纪念明朝廉吏特意修建一座尚书楼。郭嵩焘拜谒夏原吉墓地，曾经感叹先贤之伟业。友谊河畔，曾是夏府旧址，夏原吉读书的学堂，亦如清风朗月那般令人陶醉。一条河流的沿革变迁，既来源于地以人名的历史掌故，也取决于生态治理的保护工程。对于汨罗江来说，划龙舟，入洞庭，通长江，归大海，千百年来她静悄悄地守望，借仗青山绿水维系家国情怀的梦幻与功勋。

新市赵公桥

汨罗江流至平江、汨罗交界的赵公桥，左有鹅笼江来水注入。鹅笼江正源出长沙县境管山坳鰕公坡等处，《隋书·地理志》称湄水。河长41公里，流域面积344平方公里，属长沙、平江、汨罗三县的分界河，今称车对河。

汨水东来，湄江北去，在两水交汇处，经数千年的冲刷、淤积、演变，逐步形成一大片河洲。自隋唐以来，江西、平江、浏阳、宝庆各行各业生意人汇集这里，利用其通江达海水运优势，新建码头街市，故称新市街。北宋时期属湘阴县长乐乡，元丰年间（1078—1085）正式设置新市坊。明朝建有石鼓滩义渡，湘阴十六市之一。清雍正十一年（1733）新市置镇，次年专设新市巡检司，驻有弓兵10人。新市坊保存有三街九巷十码头，自古便是汨罗江的商贸重镇。

赵公桥横跨湄水，距平江县城120里，连通平江、汨罗二县交界。明正德年间，湄江东岸富商赵仁寿始建。清康熙年间，因水圮，新市街吴达五等重修，更名吴公桥。到了乾隆年间，吴公桥被洪水冲垮，赵家坚决不肯再让给吴家了，赵仁寿裔孙奉莪、渭英、连城等重修。现存赵公桥由赵耀黄在清嘉庆二十二年（1817）独资修建，高10米，宽6米，长66.5米。三孔石拱桥面建有八柱凉亭，亭中靠上游一侧，立有一米多高镇水妖的青石宝塔。桥亭两端设有高60厘米、厚20厘米与桥面宽度相等的石门坎，以防止载物过重的土车子损伤桥面。如果超载土推车遇特殊情况必须过桥，则由赵姓族人监督，用人力抬过去。赵公桥西北连接挡扒街，此街赵姓店铺较多，有50米范围的地产为平江赵氏公堂所有。主桥靠平江武莲一侧河滩上，另建有石板引桥，桥高3米，宽1.2米，长约15米。河里涨水，方便行人从引桥上主桥。赵公桥原来一直由赵姓管理，偶遇崩塌，赵姓培修。抗战时期，赵公桥亭被日寇飞机轰炸损毁，桥面栏杆、石门坎尚在。1975年，交通部门将赵公桥引桥撤除，桥面用钢筋水泥覆盖，并增加一孔修成了公路桥。

赵公桥　2015年/摄

平江县水运船帮拥有商船上百艘，驻扎新市街码头便有30余条。汨水下游石鼓滩南岸的胡家湾，江面宽阔，水流平缓，河滩草绿，高坡林荫，距古镇西边约3里，自古便是黄金口岸。然而清咸丰初年，接连发生龙卷风翻船夺命事故。传统文化中为辟邪制伏蟒蛇水害，桥上多用蜈蚣图腾，岸边多建宝塔镇妖。清咸丰五年（1855），平江船帮集资捐建七层佛塔，建塔石料全部由平江商船运来，杉木楠竹架起跳板木桥，人工抬，土车推，众人齐心合力搬运。用糯米煮饭作为黏合剂，砌石严牙密缝。历时一年半，大功告成。花岗石底座周长 14 米，塔高 17 米。八方形塔身，四方各开有一人高的圆形拱门，下四层设有石梯，可登至第五层观赏四方山水，取名齐云塔。从此以后，平江船帮派请专人，每天黄昏将马灯点燃，悬挂宝塔上。汨罗、平江从湘江、洞庭湖归来去往的船只，只要看到宝塔灯光，就知道新市街快到了。

新市街美如仙境，对岸红花乡多少有点不服气。荆楚文化叫作“不服周”，我楚人不服你周朝的。你平江人在新市街建宝塔，我对岸湘阴人也要修建一座。清咸丰六年（1856）惜字塔建成，青砖结构，五层六方，高约四丈，与齐云塔隔江相对，故名“对河塔”。一江碧水，两塔相映，“塔影横江”成为汨罗江一道靓丽美景。

公路兴起，水运中止。不仅齐云塔大劫难逃，对河惜字塔亦毁于一旦，“塔影横江”的美丽景象永远消逝。倒是中秋烧宝塔，这一始于元末明初的民间祭祀活动得以发扬光大。中秋之夜相聚汨罗江边，举行垒塔、祭塔、拜月、烧塔、闹塔、打塔等仪式，伴有祭河神、放河灯、猜灯谜、唱皮影、演灯彩故事等狂欢活动，祈求中华民族国泰民安。2021年底，新市中秋耍宝塔与汨罗龙舟制作技艺、长乐甜酒酿造技艺一并被列为湖南第五批省级非物质文化遗产代表性项目。

长乐故事会

长乐街南临汨罗江，东枕智峰山，三面环山，一面临水，自古为湘东北通衢。今日回龙门连接永庆、同庆、普庆、吉庆、北庆街，与平江洲隔江相望，平江县境时丰坪有普庆、普义、普祝、普坪村名，两岸尽显同乐喜庆。青砖石板悠悠踏踏穿越时空，千百年来“长久安乐”寓意，永远镌刻在五街八巷十门千户的水运码头。汨罗籍当代楹联家傅小松先生撰联：

> 乐土自繁华，千年不减风骚意；
> 长河流日夜，百里铺开锦绣图。

长乐古郡原来十门为北门、正阳、青阳、启明、钟毓、毓秀、挹秀、钟秀、迎秀与回龙门。唐建中元年（780），汨罗江岸就建有回龙门，花岗岩基础，东至船码头，西至月光台，南至汨罗江北岸。清乾隆年间重建四门楼阁，青砖木构，飞檐斗拱，翘首尖顶，2011年被列为湖南省重点文物保护单位。回龙门的来历，据说与屈原投江汨水倒流相关。屈原投江之后，洞庭湖水倒灌，打捞屈大夫的渔船从洞庭湖、磊石山一直划到玉笥山，最远便是上行到长乐的回深潭打转。为怀念屈子，人们建起回龙门，作为龙舟竞渡的终点。从“回深潭”这个地名不难推测，龙王潭本是汨罗江末顶的回水湾。汨水流过黄旗段穿越伍公市，又一路西行。黄旗段水发源于智峰山乌石尖，汨罗江水文观测站最初就定位在黄旗段站，它保存有洞庭湖顶托倒灌的记录数据。据老辈人讲，洞庭湖发西水，农田耕作能感觉到倒灌河水的冰凉。

从回龙门踏步长乐街，呈弧形状向北延伸，北至三官寺，全长约650米，宽约4米，麻石板铺面，临街东西两面店铺林立。

> 酒气腾空，飞鸟闻香化凤；
> 糟粕投水，游鱼得味成龙。

长乐甜酒原料必须是本地特产的糯米，米粒饱满，色泽白亮，寸金难买的优质食材，亦称“三粒寸”。智峰岭与汨罗江山水相融，日照时间长，昼夜温差大，空气湿润，使得鱼米之乡的长乐古镇拥有上千年独特的酿酒技艺。无论酿造白酒还是甜酒，“为酒为醴”长乐酒曲均为最佳上品。从精选糯米起，必须临时汲取深井水，酒曲须选用本地所产曲花籽制成的甜酒曲，同时采用陶器制品与竹木制品作为酿酒工具，经过选料，淘米，浸米，上木甑蒸，解淘，拌曲，装坛，入窖，出窖，包装等十道流程，这种古法原酿技术看似简单，家家户户都会酿甜酒，但其多少食料，多少温度，多少时间，一切遵古法而行，开工之前，焚香跪拜始祖，以表虔诚之心。

正月里闹元宵，天底下有华人的地方都闹，数长乐人闹得动静特别大。

长乐抬阁故事会始于隋唐，盛于明清。以真人穿戏服，画脸谱，操道

古镇狂欢节　2020年/摄

具，扮演传统戏剧或现实生活中的故事场景。“扎故事”从大年初一闹到正月十五，摆会竞赛，全民狂欢。踩高跷，舞蛟龙，抬故事，敲锣鼓，内容依然为历代忠孝节义的民间传说，表现爱憎与忠奸，渗透幽默与讽刺，显示技巧与新奇，传递友谊与祝福，祈求吉祥与和平。穿行于长乐街巷，满眼都是红红火火。大红灯笼在门檐下晃荡，耀着亮光；家家户户贴着大红春联，长着精神。镇上居民都是老街坊，守着店铺做生意，就着桌凳吃甜酒。满街戏妆故事的表演者，游客人人都是摄影家。挑担的，推车的，就近的，路过的，一个个踮起脚跟伸长脖子，看故事，比高低。

长乐街的孩子是这个古镇的角儿。从小在故事里长大，扎故事是美丽的梦想，谁家的孩子被故事会相中，这是莫大的荣耀。踩高跷的本领，得从小练起。长乐镇不论男孩、女孩，会走路了，用竹竿扎上横木棍，离地几寸高，手臂夹竹竿提着练习。眨眼的工夫，孩子踩着高跷长高了。长袍马褂，青裙彩裤，辣椒红，荷叶绿，宽宽松松地罩在身上，像一朵朵芬芳的鲜花，在春天的原野绽放。

长乐人玩故事，玩得兴起，便来“双龙戏珠”。以碧照巷为界，按居住地分成上市街、下市街两个社区，双方举行故事竞赛，名副其实的“故事会”大赛。上市街和下市街都有一套严格的组织机构，在首事（会长）领导下，按职能分，有编导、剧务、脸谱、道具、服装、高彩、高跷、锣鼓、火龙等各个小组，设有会计、出纳、保管，还有顾问委员会和监事会。自清同治年间的1850年算起，上市街故事会的会长传承了23代，下市街故事会会长已是19代。故事会的擂台一旦摆开，上市街、下市街立刻进入战时管制。全民总动员，故事会要人出人，要物给物。就连跨街过巷的走亲访友拜年贺喜，家家户户一律停止，以避“打探通敌”之嫌。

一些经典的故事会段子，长乐人妇孺皆知。

你出《和合二仙》，我对《福禄寿三星》；你出《五女拜寿》，我对

《八仙过海》。新春贺喜的和平序曲拉开，好戏就慢慢地来了。

上市街高跷踏出十二位英姿少妇，一个个戎装短束，手操兵器——《杨门女将十二寡妇征西》。不料，下市街早有准备，斜巷里响起“少林、少林……”的歌声，杀出十三位英俊少年，清一色剃光头穿袈裟，手持齐眉短棍——《少林寺十三僧棍救唐王》。十二寡妇对阵十三棍僧，短兵相接，“寡妇”们招架不住，本想脚底搽油溜之大吉，却被抄了后路。少林棍僧武艺高强，偏是不饶不依，杨门女将随机应变，临阵使出浑身解数，她们扭捏出万种风情来。多出来一位武僧挂单，孤零零找不到配对的“寡妇”，绕着场子插科打诨，挑逗起场外的大姑娘小媳妇。观众一时忘却比赛，欢快的笑声将小镇掀得热浪滚滚。

显然走漏了风声，上市街故事会吃了哑巴亏，连夜严加整肃。众人摩拳擦掌，决计一招锁喉。次日正午，上市街响起稠密的高跷声，闪出一面杏黄大旗，上书“替天行道”大字。只见宋公明、卢俊义为首，吴用、公孙胜为次，其余好汉按一百单八将的排名顺序，浩浩荡荡地冲杀出来——《梁山泊英雄排座次》。长乐街上从来没有一齐涌出这么多副高跷，麻石板被踏得像鼓点般震响。一百单八将呢，你下市街还能出个孙悟空，拔根毫毛变出来不成？

踩高跷　2011年/摄

过了老半天，下市街还没有什么动静，知道把他们难住了，上市街更是得意。趁热打铁，又推出一台历史故事——《乌江逼霸》。楚霸王项羽手握宝剑，从上市街走出来，一身霸气，可他走到下市街，便将宝剑横着咬在嘴里，脸色呈自杀惨状。挑衅再明显不过：下市街人，自杀算啦！

上市街一百单八将，确实将了下市街的军。下市街故事会的理事们连夜召开诸葛亮会，研究对策。数字游戏再要往大处做，显然没有多少胜算。唯有另辟蹊径，出奇制胜。第二天太阳刚刚露脸，街头便挤满了人。大家都在等待着，看看这决胜局的最后一场，下市街到底拿出什么绝招。只听得一声大锣响过，在“万岁！万岁！万万岁！”的吆喝声中，黄布盖顶的八人龙轿，抬出身着龙袍的道君天子来。龙轿左边立着钦差宿太尉，右边立着济州张太守，两面红旗高高举起，旗上分明写着“顺天”“护国”字样。呵，绝妙！同样是一台水浒故事——《宋公明全伙受招安》。你梁山一百单八将又如何？还不是被招了安。众人醒过神来，掌声、笑声、喝彩声此起彼伏，一浪高过一浪。

乡村振兴的春风吹来，长乐故事在希望的田野上鲜花怒放。农历丁酉年正月里，长乐街举办湖南省首届抬阁故事会文化节、《华夏地理》汨罗长乐摄影节暨汨罗长乐第五届民间文化节，长乐抬阁故事、宜昌夜故事、涟源梅海抬故事三家国家级非物质文化遗产和益阳桃江红迹塘故事、永州黄阳司扎故事两家省级非遗，五地联合闹元宵，宣布成立湖南抬阁故事联盟。

长乐故事会的会旗与会徽“双龙合拱回龙门”。活像一台故事，一台长乐故事。

第七章　汨水平江向西流

我悼屈正则，常怀宗国忧。
生曾吟泽畔，死尚咽江流。
宁使膏鱼腹，空余竞渡舟。
茫茫烟水外，何处问神游。

——（明）张意《汨水怀屈原》

连云山脉沿汨罗江水横亘百里，离平江境前戛然止步。湖源山峰并不高，海拔478米，偏一峰独峙，雄撑古罗西，势仰洞庭岸。唐朝始建长寿寺，坐东北朝西南，与东边的东山寺、西边的西山寺和南边桃花山的通慧寺遥相呼应。栗山水又名三星桥水，源出上下东山洞，西流合彭家洞水，迤北过七星台、四都塅，合湖源洞水，北流十余里出三星桥，乃汨罗江在平江县境最后一条支流。

伍公市

汨罗江上行船歌谣：

平湘两县把界分，左平右湘一条河。
锯木滩来三个湾，前面就是长乐街。
漂布滩来水双流，回龙门对平江洲。
朱家滩到丁家鉴，艾家坪来沙棚走。
转个湾到挂榜山，下去就是磨石滩。
磨石滩下有故事，转弯就是伍公市。
三百担与五百担，皇粮运岳毛家滩。

皇粮国赋，自古亦然。明朝末年，差繁赋重，将田粮一石化作三石，丁粮一石化作七石。如果自己有田犹有微薄之收，无田在丁则万无赍金之术。清康熙年间，豁免了丁粮四分之三，民困始复苏。至雍正六年，丁随粮派，无粮则无丁，从此良法美意，堪垂千秋。康乾盛世，涌现出一大批深受百姓拥戴的名臣贤宦。

清康熙三十八年（1700），伍士琪担任平江知县。伍士琪，字伯玉，阿迷州（今云南省开远县）人。喜爱古文诗词的伍举人，到任就重建文庙学宫，修建浯口、驷马等桥，修葺县署吏庑。伍士琪就任三年，平江面貌焕然一新。邑人称道“四新”：学有新庙，川有新梁，市有新肆，荒谷有新庐。

平江滩多水险，当冬季干涸之时，盘驳为艰。县邑漕馆随意而设，迁徙无常。特别是西乡各地，还得逆水行舟送往县城交纳粮赋。伍士琪深感不利，多次向上申报，几度实地考察，康熙四十二年（1703）终于在西乡边界的汨罗江边，征地创建官庾。伍士琪修建的漕馆为一厅六楹，左右廊房门墙均按行署规制。每岁开征，官吏悉于此办公。不仅钱粮在此设库征解，并设有禁房，甚至连解押要犯也在此关禁以羁。等征收任务完成，再返回县城。伍知县此举，虽说自增届期亲往督征的公差忙碌，却使输赋者得免四十八滩之险。

在新建的县衙正堂上，伍士琪手书的“清慎勤”匾额，作为勉励自己的箴言。这正是他严格遵行的为官之道。煌煌三字，清者不必其能慎，慎者不必其能勤，伍知县以冰雪之操行之，以缜密之性处之，事无巨细不旁

青冲水轮泵站拦河大坝　2020年/摄

落于吏胥。寅时开门办公，酉时关门休堂，从不曾有苟且告劳之意。

康熙四十四年（1705），伍士琪升任桂阳州知州。平江绅士与民众十分怀念他，称自大清王朝执政六十年来，平江先后十五任县令，只有伍知县任期，平江才真正建设成为太平盛世的美好家园。平江人知恩图报，大家相聚商议，如今人富年丰，树林有木材可以做栋梁，山上有石料可以打基脚，庾仓有存粮，工匠有手艺，大家动手在官仓码头旁边修建伍公祠，伍公他也没有办法禁止。民众同心，说干就干，不到一个月，伍公祠就建起来了。神龛奉供生人画像，各地百姓纷纷前来，将伍公当作菩萨烧香敬拜。

从此，集镇改称“伍公市”。

清乾隆五十一年（1786），台湾府取缔天地会，林爽文率军反抗，一时震惊朝野。第二年，乾隆皇帝派兵平乱，收复彰化、嘉义。乾隆五十三年（1788）正月初，生擒林爽文，此后兵乱逐渐平息。乾隆将平定台湾功绩勒石二块，分别立于台湾府城及厦门。台海战事吃紧之际，京城内外米价昂贵。朝廷在全国征调军粮，檄饬平江办米两千余石。

戴高，字小芝，江苏江浦人，以举人大挑平江知县。恰这个时候，他听说鄱阳湖陡发风暴，打散九只漕运粮船，淹没粮米一万多石，还淹毙十七人。戴知县心急如焚，初来乍到人生地不熟的，作为父母官又何忍心遽劳吾民呢？别无选择，他决心按照朝廷指令，亲自督运漕粮。

从伍公市发运，过洞庭，下长江，走东南沿海抵达福建。水路风高浪急，船舱漏水，所运军粮交付之时，大部分浸水霉烂变质，损失得照价赔偿。戴知县自己掏尽腰包，又将随行衣物全部典当，还是不够，他只好找僚友借高利贷。平江人知道后，说这件事情他莫一个人扛，大家主动出钱资助。戴知县坚辞不肯。他说：“此是我的职责所在，如果我又要老百姓赔偿，何必我亲自去押运呢？”事后，凡是有人将此德政归功于他，他总是谦逊地摇手谢绝，不再提及。

乾隆五十五年（1790），戴知县终于带领漕运船队平安归来。往返经历两个寒暑，戴公落下缠身的风湿病。又到了征粮季节，戴知县发现近两年伍公市征漕账目积弊如麻，他日夜加班，一笔一笔厘清甄别。刚刚理出头绪，着手清理整顿，因劳累过度引发瘿疾。戴知县犹强撑数日，坚持核对申饬数目，猝死伍公市行署。

壮志未酬身先卒。戴知县在平江任职三年，除了承命往闽，平江老百姓见诸政事，只不过数月时间。但平江老百姓并没有忘记他。特别是经过伍公市，老年人总会指着行署说起戴公。施善之人，立心行事，天老爷不公，为什么好人命不长？六七年过去，向曾贤还经常听老百姓怀念戴公，“邑人哀之，如丧私亲”。向曾贤心中常有同感，为了不埋没戴公德政，他特撰《邑侯戴公传》，并感叹道：“呜呼！天下借公以图私者比比矣，矧能遇公事而毅然以身任哉！天下无功而自诩者比比矣，矧实有功而毫不受民德哉！如公者，真足令人思也。”

老百姓将伍公市行署所在地称为“戴公岭”。

> 九皋鸣声动天地；
> 龙飞吐气洗山河。

伍公市、戴公岭。时过境迁，改天换地。依然为了民生福祉，伍公祠旧址建立了水文观测站，行署旧址新建了九龙图书馆。乡贤钟叔河先生撰联，寄语“读书当志有高远”。冥冥之中，康乾盛世的贤士名宦，永远佐佑国泰民安。

鲜为人知的向家

向家畲挨省城近，跑长沙比去岳州、上平江更便捷。旧时货运出境，陆路从向家畲去长沙，水路从新市街下岳阳。向家畲东北约五里远的新石村，平江县境西南边与长沙县接壤的一个山村，过去叫石洞。望湖尖山脚下有一栋旧式老屋，正名叫福来庄，平江向氏家族的祖屋，当地人习惯称它“砖屋”。如今作为向钧烈士故居，被列为湖南省重点文物保护单位。

向泰椿（1834—1925），字椒进，号寿吾。他学有所成，仕途得意，被清政府授奉政大夫，以五品衔候选通判。向泰椿终身不仕，坚持以教育济世，在家乡设馆授徒，开启民智。夫人郑氏是长沙县优贡生郑东元之女，生有三个儿子、四个女儿。女儿均择名门婚配，后裔越加兴旺发达。

向家砖屋 2013年/摄

长女大贞，嫁平江太学生钟晓初之长子钟伯坚；次女振熙，嫁长沙板仓太学生杨象洛之次子杨昌济；三女名三贞，嫁平江光绪辛卯举人江远举之子江学礼；四女漱虚，嫁长沙县翰林院监察御史黄晓台之孙黄叔彝。

板仓杨氏世代书香门第，秀才杨象洛原本是向泰椿的亲妹夫，次子杨昌济与向振熙婚配后，由外甥成为女婿，更是亲上加亲。杨昌济夫妇的长女开慧，从小聪明灵泛，深受外祖父一家宠爱。毛泽东就读湖南第一师范，其胸怀大志得杨昌济器重，与杨开慧结为志同道合的伴侣。

向钧（1906—1928），向泰椿的长孙、向理卿的长子。出生于平江石洞砖屋，15岁投身革命，1923年春加入中国共产党，任长沙市学联副主席、中共湖南省委青年部长，曾代表湖南省委参加中共“五大”。他曾参与发动秋收起义、株萍暴动。1928年1月24日，向钧在长沙英勇就义，时年22岁。

向泰椿曾这样评述向、杨两家的血脉亲缘：“自省粗有知识，实本于家庭之教育……吾考吾母之世系，上溯至鲁斋公，又以见君子之泽，渊远而流长也。”

向振熙（1870—1962），幼时在砖屋上私塾，后在隐珠学校毕业。1887年与杨昌济结婚，夫君出国留学十年，女儿杨开慧、女婿毛泽东从事革命活动，她全力支持。这位坚强的平江女人，一生经受过三次打击：51岁时丈夫杨昌济病逝，59岁时女儿杨开慧牺牲，80岁时外孙毛岸英赴朝作战为国捐躯，杨老夫人都坚强地挺过来了。1962年11月，杨老夫人仙逝。

2015年清明节，毛氏后人在板仓祭扫亲人陵墓后，专门至向家砖屋探亲。穿过屋后围壕竹林，春笋尖尖，鸟语花香，从青草小径爬上高坡，向钧烈士墓地眺望青山碧野，向家砖屋依旧静静地守居山脚林荫，风和日丽。

中华一绝：九龙舞

汨罗江发源于黄龙山，祭龙求雨为盛。沿江各乡广建龙王庙，祭祀必会舞龙，各种不同形式的龙舞应运而生。据平江县文化局1985年普查，平江龙舞有稻草舞、荷花舞、黄龙、疏龙、火龙、灯龙、花龙、板凳龙、三节龙、人龙、水龙、丧龙、单人龙、九龙等十余种。“九龙舞”始于汉，兴于唐，主要分布于汨罗江下游的浯口、时丰、伍市、向家。相传屈原怀沙殉国后，尸体被洞庭龙王扣留。每年端午，汨罗江沿岸的百姓都要摆祭坛、划龙船、抛粽子，为屈原招魂。龙王的九个儿子经常到汨罗江游玩，招魂悲声四起，号地呼天，悲壮场面打动了它们。九条蛟龙于是联合起来大闹洞庭，上告玉皇大帝，请来南海观音，逼迫老龙王将屈原忠魂送归人间。从此端午祭屈原，行龙三日，临江而舞。由于舞龙人数众多，少要百余人，大阵仗需要数百人，成为各村姓族打擂台争彩头的实力竞争，龙舞技巧套路相互保密，传内不传外。

伍市镇白杨村位于时丰坪，背靠智峰山，面临汨罗江，上邻浯口镇，下接长乐街，依然保持岳阳郡治的古迹遗风。传承人姚大明牵头，白杨村率先恢复“九龙舞”，收集整理代代口传的龙谱，不断推陈出新，形成不同于国内的南龙和北龙以腾、跃、盘、旋等竞技为主，而是在竞技中编织精美图案，舞者以跑位、穿插、编织动作为主，龙在图案中竞舞，图案在竞舞中变幻，观众的视线集中在龙的身上，欣赏独特的音乐舞蹈竞技造型艺术。1991年，端午中国湖南岳阳国际龙舟节开幕式，“龙出洞庭”环游岳阳。1998年，中央电视台为白杨村九龙舞拍摄了专题片，《中华一绝》多次在国际频道播出。1999年，伍市镇被文化部命名为“中国民间艺术九龙舞之乡”。2008年，白杨村九龙舞被列入国家非物质文化遗产保

九龙闹洞庭　2019年/皮皮摄

护名录。2019年庆祝中华人民共和国成立70周年，平江九龙舞再次惊艳岳阳城。

龙是神，请龙出舞是不能随随便便马马虎虎的。白杨村建有九龙会馆，九龙排列龙宫宝殿香案前，插龙旗，点香烛，摆供品。丛龙既不能靠墙，也不能落地，得按龙规将龙丛好。二耙横向撑住龙头前方，三四耙托住龙头，五六耙相互靠紧，七八耙托住龙尾。出龙、祭龙、倡龙、迎龙、接龙、丛龙、回龙、化龙都有一套完整的程序仪式。“龙会”铜锣一响，号令全村。燃放鞭炮，且用雄鸡祭龙。香案下面摆有一口可盛五担水的大缸，内盛智峰山请来的龙水。祭龙的赞语为四言韵词：

恭维府上，迎接龙神；神龙下界，造福万民；

龙行一步，百草皆青；风调雨顺，五谷丰登；

龙返仙界，五色祥云；雨露均沾，谢主隆恩。

祭祀完毕，各条彩龙依次在香案前摇头摆尾，然后大吼一声，冲出祠堂。国庆盛典，龙舞洞庭。呜、呜、呜三声长号，咚、咚、咚三通鼓声，两百龙兵一齐呐喊，同时从龙门两侧奔出。“九龙出水”抢救屈原胜利归来，龙头面向观众不停摆动，龙兵从左向右缓慢转动，形成龙腾虎跃阵势。“龙字大阵”过后，四角八龙飞奔穿插，在滔天浊浪中演化成河网状的“洞庭阵”。传说楚王想要剿灭洞庭，龙王父子兵齐上阵，杀得十万楚兵片甲不留。周天子论功行赏，封洞庭君为镇南护国大龙王。鼓乐齐鸣，龙旗领阵，一龙在梅花格中定位，三、五、七、九龙环绕四周，二、四、六、八龙各定一方，主龙头尾相随不停摆动，外四条龙一字排开保持相同高度，向右转动一周后，咕咚一声化成四个圆形，龙头在圆外向井中不停地上下吊水，“五龙捧圣”欣喜若狂。众龙兵将耙成行高举，九条龙左右周转构建“七层花楼”。在如来佛的指点下，再次决战洞庭。“铁笼关象”，从此天下太平。以龙字旗伞作为船头定位，龙头朝船头方向，尾在后作船篷。船中央竖起天篷，观音菩萨坐镇中央，周边九面三角龙旗相称，珠坨分两边撑篙，大幡旗对应排列，前有“风调雨顺、国泰民安”，后有“五谷丰登，四海升平”，长号声中打击乐奏响《九龙献彩》，九条彩龙垒成一只色彩斑斓的大龙舟，翘首昂尾九龙齐舞，竞渡汨江，出游洞庭，朝万里长江浩浩荡荡直奔东海……

第八章　浯口镇，崇文尚武

澄江一线仅通舟，滩石磝碻枕急流。
十月沿溪红树里，鸬鹚晒翅古潭秋。

——（清）向曾贤《昌江竹枝词》

浯溪水发源于指泉岭，行数里与长沙界白石岭水相会，从长江源一路向北，弯弯曲曲左右逢源，左有西江洞水、鸦雀尖及横盘岭水，当地称六十里江家洞河，流经三联村天子屋场前，从浯口镇注入汨罗江。明代始设浯口市，清末民初落得一个“小汉口”的雅号。

浯溪桥的功德

浯溪桥俗名浯口桥，明弘治四年（1491）知府李镜、知县黄华募建。清康熙四十年（1701）、乾隆七年（1742）绅士相继重修。县西官路诸桥，此为最大。现存石桥四墩三孔，阔三

浯溪古桥　2017年/摄

丈有余，高约两丈，水中央两墩头尾建有船形尖座以缓和激流，平整的桥面稳稳地横搁石船之上。拱券倒映水面，细弱的水流近乎静止，光影婆娑形成美丽的弧圆。镌刻“吴斗南修”大字，朱漆涂抹，鲜红明亮，首尾亦有补白：大清嘉庆二年（1797）重修。至嘉庆十四年（1809）冬，复垒石增高以垂永久。

吴先焕，字斗南，封五品。他父亲吴嗣龙，字云卿，例贡生，封六品。吴老太爷多病，吴嗣龙遍访武当、南岳、九宫诸山，逢庙便跪拜，替老爷子祈福。父亲去世，吴嗣龙闭门不出，陪伴庐墓守孝3年。凡地方上捐修路桥庙宇，吴家最舍得掏白花花的银子。倡修宗祠，吴嗣龙捐田二十亩；救灾赈饥，他出米谷数百石。嘉庆元年（1796），吴先焕捐金重修浯溪桥，次年竣工，知县贾策良有记。不仅如此，义口、朱砂两桥亦是他捐修。他还率子弟助修县学大成殿内泮池及围墙、照壁。嘉庆十七年（1812），吴先焕的善举受到朝廷旌表，特许修建“乐善好施”牌坊。

贾知县的《浯溪桥记》没有找到，如同溯汨水浯溪，故纸中追寻先贤的懿德嘉行，我意外查到湖南学政钱沣的《重修岳州试院考棚记》。

钱沣，字东注，号南园，人称南园先生，工楷书，擅画马，清代著名书画家。乾隆三十六年（1771）进士，任翰林院编修、监察御史等职，后官至吏部尚书、协办大学士。乾隆四十八年（1799），钱沣调任湖南学政，负责科举，主持院试，少不了到各州府督查。按当时的潜规则，学子都要凑钱向学政致意，称之为“棚规”。钱沣为官清正，一概不受，带头堵死这条财路，湖南传诵“钱沣来了不要钱”的民谣，一时声震朝野。钱沣在洞庭湖畔留下《重修岳州试院考棚记》，详尽记述了吴嗣龙、吴先焕父子两代人一段不应忘却的轶事。

乐华园民居　2022年/摄

这年冬试，钱沣到岳州主考，听说岳州试院刚刚花费六百余金修缮，便前往察看。钱沣不看则已，看后直摇头，“窃讶费多而工恶”。他暗中调查，知是主事官吏中饱私囊，且称历来如此。这天钱沣端坐公堂，亲自主持复试，不料东号第七、八考舍数根椽子突然断裂，随同瓦片一齐崩落，寂静的考场炸开了锅。所幸考生衣厚，又不曾击中要害处，没有造成伤亡事故。第二年，西号、南号考棚同时倾倒，靠搭建临时草棚应付科试，冷雨凄风，上漏下湿。钱沣多次催促岳州府重修试院考棚，地方官面露难色，说无处筹措经费，只能慢慢来。

某日，地方官满脸喜色找到钱沣，说平江人吴嗣龙主动应承，愿意独自捐资重修郡城考棚。吴氏平日捐修学宫、桥梁及庙宇，费以数万计。吴嗣龙没有别的要求，仰慕钱大人道德文章，又是著名的书法家，只愿学政大人赠送一幅墨宝，此事便可促成。钱沣爽快答应说，吴氏果真如此好义乐施，莫说索求我几个字，理当制文刻石，以寿无穷。钱沣满心欢愉，静候佳音，不料此去石沉水底。原来，平江县令拿得钱学政批文，心中顿起贪索欲念，县令趁机向吴家敲诈，索贿不成，便借故将吴家子弟拘捕入狱，百般折磨威逼。可怜吴嗣龙忠厚善良，怎能咽下如此恶气，一命呜呼！直到某令离任，钱沣这才得知真相。吴家兄弟涕泪纵横，立誓继承先父遗命，仍将举行前议。是年四月动工，五月落成，先耀、先诚、先辉、先焕兄弟合力任之，费银两千六百余两。冬十月岁试，钱沣复来岳州主考，他兴致勃勃视察考棚，只见西南二号新建，东号重修，上起公堂，下至龙门、官厅、号舍，包括桌凳，一体坚厚严密，既华既整，照耀众目。钱沣慨然长叹：“嗣龙不诚足因之不死矣哉！”

钱沣在《重修岳州试院考棚记》中说，他之所以详细记载此事，以见君子小人异趣，何时何地无之，唯在后之人慎所以处之而已。话语只几句，且很朴实，钱沣用他一生作了最好的诠释。钱沣任湖南学政时，巡抚浦霖是个贪黩小人，乾隆五十年（1785）湖南大旱，民不聊生，浦霖却以办寿为名敛财。钱沣愤然讥讽，浦霖被迫取消寿庆，并受到警告处分。十年后，浦霖贪贿案发，从福建押解北京问罪处斩时，恰逢钱沣病故，灵柩出京返乡云南，清官灵车与贪犯囚车不期而遇，相对而过，令人无限感慨。

嘉庆帝师向曾贤

明洪武四年（1371）首修平江向氏族谱，族人详考世系，按宋哲宗为向敏中家族特赐的御书派语，尊向敏中为始祖，并以"大耐堂"为名，表示继承先祖宠辱不惊的家风。向家后裔除迁岳阳、浏阳，如今遍布三联、长江、四合、指泉、白石、圹城、中村、坎头、阪陂、西江洞等十余村，人丁已上万数。向敏中为北宋河南开封府往事，向曾贤倒是生长平江本土，尊称"嘉庆帝师"值得关注。

《向氏族谱·世兰公五房》载：

> 曾贤，字省吾，号鲁斋，一号望湖。乾隆己酉（1789）拔贡，是科乡试举人，乙卯（1795）进士，补国子监崇志堂助教。俸满，送部引见，奉旨记名内用，敕授儒林郎。著有《鲁斋制艺》《爱古堂全集》行世。乾隆癸酉（1753）九月二十八戌时生，嘉庆辛酉（1801）十一月廿日亥时卒，葬鸦髻岭。

溯溪谷爬陡坡直插鸦髻岭，人工垦复造林将对面荒山烧成童岭，土坯瓦屋均单家独户，无闻鸡鸣狗吠。好在鸦髻岭山林依旧，鸡藤梗猛发鲜芽，冬茅草窜起比人高。披荆斩棘钻进西江洞猛虎跳涧，终与帝师默然相见，心中的忧郁豁然落听。麻石围墓立碑，向公鉴亭之墓居中，向公鲁斋之墓居右，向公寿山之墓居左。从右至左竖刻：生卒年月均详谱帙，葬西江洞猛虎跳涧壬山丙向，民国三十年（1941）吉日刊，荀善堂道元、爱古堂裔孙公立。

翻阅平江向氏派谱世系："朝廷重贤贵，国泰振兴良。"鉴亭公向重权，字秉钧，号鉴亭，一号竹溪，清岁贡生，授儒林郎，著有《竹溪诗草》。他生育8个儿子，依次名为阮贤、曾贤、闵贤、思贤、孟贤、蘧贤、冉贤、季贤，个个才华了得。长子阮贤号石溪，岁贡生，肆力诗古文辞，著有《石溪诗草》。向闵贤号月塘，恩贡生，博学工书，道光初曾聘主岳阳书院，著有《月塘诗集》。向季贤，字升甫，道光壬午举人，晃州厅学正迁长沙府教授。

向寿山字颜贤，淡泊名利，乐于山巅水涯，"冷眼界太古，热肠回阳春"，"乐事因诗苦，闲情为画忙"，终日樵歌往来，与松声水声鸟声及虚谷声琮琮相应答，有《鸦樵诗草》传世，向曾贤作序。

向曾贤墓　2016年/摄

向曾贤就读岳麓书院，学问以"宋五子"（周敦颐、程颢、程颐、邵雍、张载）为宗，衣冠言行皆有典则。每天读什么书、做什么事、接待什么人，他都习惯性地翔实记录以严格要求自己。向曾贤深受知院长罗典、学使钱沣器重，从拔贡举人进士官至国子监学录，“奉旨记名内用”，故尊为嘉庆帝师。

同窗好友云贵总督赵慎畛，嘉庆元年（1796）进士，任编修、御史，他在《向鲁斋文稿序》回忆说，两人先后任官京师，彼此寓居相距不过百步，清茶浊酒相见无间日，经常鸡鸣三更剪灯夜话。赵慎畛评价，鲁斋之学钩贯经子百氏，常研味宋五子之书，以躬行实践肩斯道，必求合乎圣贤，其鞭心植行独在不朽。

两江总督陶澍的《爱古堂文稿序》，说起他7岁随家父在岳麓书院读书，听主讲罗典推介向曾贤，父亲更是经常说最佩服鲁斋先生。嘉庆六年（1801），陶澍进京会试，他随同乡特去官舍拜见心中的偶像。先生尽默寡言，而谦冲浑穆之气盎然溢于面颜，非学纯养粹不及此。

当时向曾贤得知父亲病危，几次欲以亲友告归，老父亲不允许，向曾贤心情极其沉重。不久，闻父讣，恸绝。奔丧守孝不满月，向曾贤伤折过损，竟随父亲仙逝，卒年49虚岁。英年早逝，乡友无不惋惜，呈请奉批将向曾贤供奉乡贤祠。平江乡贤入祀者自宋朝以降凡三十人，从不敢滥登，向曾贤乃清朝唯一。

“平江不肖生”向恺然

向恺然的名字，大家可能陌生。如果说起“平江不肖生”，大家就知道了。无论中国功夫小说与影视，读者观众喜欢的霍元甲、大刀王五等英雄形象，便是出自平江不肖生的文学创作。民国时期《江湖奇侠传》《近代侠义英雄传》洛阳纸贵，神怪武侠片《火烧红莲寺》轰动上海滩。回顾现代中国功夫文化，无论武学技艺，还是文学影视，平江不肖生向恺然先生乃开山鼻祖，现代武侠小说中的一些重要的概念、重要的思想，都是从平江不肖生这里开始的，文武双全，德艺皆碑，或许无人超越。

向恺然于1951年《自传》中说明其家世变迁：

> 我姓向，名恺然，六十二年前出生于湖南湘潭油榨巷向泰隆伞店内。我祖父是开这伞店的，很积了些财产，因此送我父亲读书，在湘潭一般读书人里面颇有点名望。我五岁的时候，也开始读书了。我家原籍平江，祖父死后，我父亲将伞店歇业，全家搬到平江居住。那时我十一岁了，我父亲将我引进了旧文字的堡垒，打算猎取科名。

向恺然清光绪十六年（1890）农历二月十六出生，原名泰階，册名逵，字恺然。祖父向贵柏从湘潭伞厂学徒到店老板，家业逐渐充裕，除了置购田土，只望子孙读书有出息。向恺然的父亲向碧泉果然不负所望，考中秀才。向恺然天资聪慧，从虚岁五岁开蒙入学，直到十一岁那年举家返居平江，向恺然崇文尚武的“童子功”，显然得益于平江老家。

向恺然老家在今平江县浯口镇四合村，位于长（沙）、（平）江交界处一个叫长江源的毛坡冲。祖父向贵柏在毛坡城隍土地买了四十石租和一幢房屋，为举家回归打基础。祖父去世后，向碧泉将伞厂收束，又在长沙东乡苦竹坳板仓（今开慧镇）竹山铺买下良田两百二十石租和房屋一幢，后来变卖部分田土供向恺然赴日本留学。《江湖奇侠传》的开头，就从长沙小吴门出城，向东过苦竹坳，远远望见横跨长沙、湘阴两县的隐居山说起。

向恺然借助文学想象力的虚构，将本祖先贤作为《江湖奇侠传》小说原型，如《第十二回：跛叫化积怨找仇人，小童生一怒打知府》：

> 向乐山是平江人。兄弟三个，他最小。他大哥向闵贤，是罗慎斋

的学生。学问极其渊博，二十二岁中了进士。罗慎斋极得意他，看待得和他自己的儿子一般。二哥向曾贤，年纪比乐山大两岁，就由向闵贤教着二人读书。这时曾贤十岁，乐山八岁，八股文章都成了篇，并做得很好。向闵贤便带着两个兄弟，去考幼童。

岳麓书院山长罗典，字徽五，号慎斋，他最看重弟子向曾贤。小说移花接木，演化成武侠传奇故事。《第十三回：罗慎斋八行书救小门生，向乐山一条辫打山东老》云：

> 平江人本来尚武，不知道拳棍的人家很少。越是大家庭，墙壁上悬挂的木棍越多。向家因是世代读书，不重武艺，所以向闵贤兄弟皆不曾练习。于今向乐天既是想习拳棍，向闵贤便聘请了一个有名的拳师，来家教两个兄弟。但向曾贤的体质比向乐山生得孱弱，性情又不与武艺相近，练了几日，身体上受不了这痛苦，就不肯练了。向乐山却是朝夕不辍的，越练越觉有趣味。

清光绪廿九年（1903），向恺然十四岁考入湖南省官立高等实业学堂，从此离开平江闯荡江湖。向恺然爱好武术，到处拜师访友，结交当世英雄豪杰。著名拳术家王志群成为向恺然追求武道学术的良师益友。1905年，同盟会会员、湖南留日学生陈天华为唤醒民众反帝反封建意识，在日本大森海湾蹈海自杀。消息传到国内，群情激愤。次年五月，长沙举行公葬活动，向恺然作为学生代表积极参加，被湖南当局勒令学校挂牌除名，并令省内各校不得录取入学。向恺然流落上海，此时王志群正在日本，促成向恺然让父亲变卖田土，1909年自费赴日本留学。次年向恺然便加入同盟会，他一边读书，一边向王志群、杜心五学习武术，对日本柔道、射箭、空手道也悉心研究，了解日本社会民情风俗。

辛亥革命成功推翻清朝帝制，1913年初，向恺然从东京宏文学院毕业回国，即在长沙创办“拳术研究所”。他以本名“向逵”在《长沙日报》发表《拳术讲义》，并与王志群共创“湖南国技学会”，得到湘政府补助金3000元，延纳三湘七泽富于国技知识者近70人。

当时湖南军政界谭延闿、程潜、黄兴等人发起成立洞庭制革股份有限公司，以“振兴实业、挽回利权、补助军需”为口号，总经理由湖南军事厅长程潜亲自兼任，向恺然出任厂部书记长。不久，袁世凯指使凶手暗杀宋教仁，“二次革命”爆发，湖南独立出兵北伐，向恺然出任北伐第一军军法官，与拥袁的鄂军交战于城陵矶。讨袁失败，向恺然随第一军总司令程子楷逃亡日本，就读东京中央大学学习经济。因习武的爱好，与日本柔术界、剑术界、射术界名人均有交往，相互切磋技艺。

1914年，向恺然在日本撰写长篇小说《留东外史》，借讽一班亡命客的革命道德坠落，一班公费留学生不努力、不自爱。始以“平江不肖生”笔名开始文学创作，取名来自《老子道德经》：“天下皆谓我道大，似不

平江不肖生作品

肖。夫唯大，故似不肖。”小说中便有大刀王五、霍元甲的出场，开中国近代留学生文学先河，一时名声大噪。

此后向恺然在上海寓居十年，卖文为生。1924年初，上海《红杂志》周刊开始连载长篇小说《江湖奇侠传》；6月，《侦探世界》第一期开始连载《近代侠义英雄传》，《新闻报》连载《留东新史》《玉玦金环录》，同时《国技大观》等拳术技法争相问世。

1928年6月，根据《江湖奇侠传》改编、由张石川执导、明星公司发行的电影《火烧红莲寺》在沪上映，其后连续拍摄至第十八集，掀起中国武侠影片及武侠文艺热潮。据统计，1928—1931年间，上海约五十家电影公司共拍摄四百多部影片，其中武侠神怪片占了多半。

聚三山五岳健者于一堂，各显身手；
无武当少林门户之恶习，即是英雄。

1932年2月，湖南国术训练所从中央陆军学校（黄埔军校）请来技术总教官万籁声任所长，教务科各班学员达2047人。8月，向恺然离沪返湘，应聘出任秘书，主管训练所日常事务。10月，湖南省举行第二届国术考试，湖南国术训练所学员当然最优。1934年，湖南又创办国术俱乐部，向恺然兼任秘书，同时兼任高级班太极拳教员。在湘期间，向恺然主持筹划兴建礼堂、演武厅、国术大操场、射箭场、摔跤场、弹子房、民众剧院等设施，致力推广文体活动。1935年10月，第六届全国运动会在上海举行，湖南省国术队女子组荣获总分第一。次年10月，第六届华中运动会在长沙举行，湖南省男、女武术队分别荣获武术总分第一。

抗日战争全面爆发，国术俱乐部等长沙九团体成立湖南人民抗战总会，向恺然忙着为田汉剧团演出、徐悲鸿画展来长事宜。他将长子向为雨送往前线，后来在衡阳保卫战中为国捐躯。次子向一学考入黄埔军校第十五期步兵班，系中国第一批派往美国鹿克高级航空学校训练、深造的学员。1942年底学成归国，调空军四大队投入战斗。他驾机参加过鄂西会战，重庆保卫战，长沙、常德、衡阳、洛阳会战，击落日机两架，多次冒着生命危险往返驼峰航线。

1949年8月，向恺然随程潜、陈明仁将军参加湖南和平起义。新中国成立后，向恺然任湖南省文史馆员、省政协委员。他曾经撰写《革命野史》，小说虽署名平江不肖生，却因长久禁止印行而未续写。1956年，向恺然参加全国第一次武术观摩表演大会，任裁判委员，受到国家体委主任贺龙元帅接见。1957年，他的《丹凤朝阳》一文载于湖南省文联刊物《新苗》。向恺然踌躇满志，答应贺龙元帅撰写百万余字的《中国武术史话》，诸因未果。12月27日在长沙逝世，享年68岁。

"练拳术则身健，身健则魄力雄、意志强。魄力雄意志强，天下事不足为也。"（向恺然《拳术见闻录》）向恺然一生亲历战乱与动荡，他坚持侠义精神，致力国术推广，为中国功夫的升华作出了不可磨灭的贡献。

亿万年前的"阳合天书"

2015年3月，央视《地理中国》栏目组专程赶赴平江，拍摄端午特别节目。彭以达先生决定将他发现的"阳合天书"揭秘，首次在央视播出。

栏目组编导庞越、摄影师董庆胜，特邀湖南省地质环境监测总站高级工程师彭世良加盟。浯口镇最高峰望湖尖海拔只有491米，位于连云山脉西边，与长沙交界，秋高气爽可以眺望洞庭湖。阳合洞恰似十里长廊绿带，涓涓溪流，草木清香，初绽的杜鹃花点燃姹紫嫣红，火辣辣的早春气息令人醉迷。

奇妙的阳合天书 2015年/摄

没有想到阳合天书如此朴实，不像幕阜丹崖那般悬崖峭壁人力不可攀缘，恰像一头海狮从水沟钻出来，静悄悄地卧藏溪涧深处，嘴尾体长2米多，背脊尖高1.4米，亿万年的冲刷将岩石节理劈开V形水口，溪流从尾节叮叮咚咚穿过，翻起波光倒映。剑菖蒲绿绿葱葱，山倒影明明晃晃，极像一幅微缩瀑布景观。天公作美，地神惬意，惊叹大自然鬼斧神工。宽约2米的水墨丹青，灰白色“天书”如同一页尘封的纸笺残片，被风从天上吹落，洪水从山上冲来，终于被人发现，捡不走，读不懂，永远无法解读的自然谜语。

地质专家的眼光像X光透视岩石体，穿越大地那无边无际的遥远时空。没有任何人工斧凿的迹象，百分之百货真价实的自然天书。阳合洞砂质板页岩的形成大约10亿年前，在1.5亿年至6500万年前发生过几次造山运动，将海底泥岩浮出高山峡谷，砂岩内那些吸收二氧化硅等元素的藻类，生物化学反应的沉积形成硅质岩。硅质岩比砂质板页岩坚硬，在亿万年地表层的风化剥落进程中，板页岩侵蚀剥落较快，硅质岩风化较慢，天缘巧合形成了这些斑驳陆离的“天书”，它就像一层浮雕，其实它就是藻类生物残体，凸凸的，怪怪的，形成各种天象形态。但它又没有石英石那么硬，不像石英脉那样形成纯白的透镜体，它只是球状的薄层雕版，最终也会风化消融。

我知道类似石刻岳阳发现不少，包括蝌蚪文、古篆文，还有洞庭湖君山岛的秦始皇封山印等。请问彭工，阳合天书与前人发现的仓颉造字、大禹治水等天书相比，具有什么独特的意义呢？

不可同日而语。彭工充满信心说，阳合天书无疑是中国地理奇观，也是世界地理奇观。我跑过不少名山大川，多次参加过国家地质公园、丹霞地貌世界自然遗产鉴定，平江“阳合天书”是第一次而且是特别重大的发现。古人过去发现的那些天书，它们多是人工雕刻的遗物。虽说几千年、或几百年、上百年能够保存下来非常珍贵，应当作为国家乃至世界自然人文遗产重点保护。但阳合天书是亿万年岩石纹理留下的地理变迁印记，又有如此珍稀的灵秀容颜，它属于天地合一的自然奇观，大自然天赐给人类的瑰宝，它的保护与开发价值具有独特性，完全不可再生、不可复制。

我惊讶万分，大自然留下的“天书来信”，竟然与时代潮流如此吻合，难道亿万年之前它就预知人类的进化与文明的兴衰么？深藏如此偏僻寂静的密林荒野，地老天荒，天长地久，它在等谁？它的字体与诗意到底蕴藏着多大的天文地理能量？它的密码是什么？莎士比亚，或是雪莱？大洋彼岸，或是冰川极地？俄语、韩语，或是英语、阿拉伯语？面对如此神奇的石头，人类从猿类进化，就算数千年文明史，真不知该如何叹息人生的幼稚与短暂，赞颂智者的创造与奉献。未来，人类永恒的探索之路。

第九章　将军山下

汨罗江，水流西。
平江人，犟脾气。
出征不怕烽火烈，
归来白发换布衣，
将军山下见高低。

——平江山歌《将军山》

驱车钻过平伍公路将军山隧道，沉积的嗖嗖声响搅碎阳光，现代铁甲雄狮轻轻松松威武发力，刹那间呼呼荡荡穿越时空。将军山，好名字！英勇豪迈打开了将军县的西大门。

平江影像方志

2019年4月11日，持续的春雨终于停歇。天高云低，山清水秀。岳阳市水文局彭文胜率领“对话汨罗江”科考队赶赴平江，央视《中国影像方志》摄制组补拍杀青。2017年“6·30”特大山洪，端午水龙狂奔咆哮，致使拍摄搁置。时隔两年，“绿水青山就是金山银山”理念达成共识，江河湖泊全面实施河长制，汨罗江流域生态治理发生明显变化。端午佳节，《中国影像方志·湖南平江篇》在中央电视台科教频道首播，就从这首山歌开篇。

平江地名由来的其中一种说法，似乎为更多当地人所认可。清咸丰五年（1855），时任平江知县的俞凤翰曾撰长联悬挂衙前：

“对话汨罗江”大型水文生态科学考察　2016年/皮皮摄

是邦田少人多，介鄂赣两省上游，区爽挹君山，岳州本由天岳置；
自古地以人传，吊汨罗千载呜咽，水魂依沙港，平江或因屈平名。

这副对联的意思，就是汨罗江畔的平江人把屈原的名字当作了自己家乡的地名。“平江”二字，无论是出自流经这里的汨罗江，还是源于在汨罗江殉国的屈原，这个人、这条河，都似乎注定贯穿在平江的生命中。在这里，山塑造了水的生命，水成就了人的延续。从三苗之地到楚湘文脉，汨罗江塑造着这座城市的风骨。

2016年8月，“对话汨罗江”大型水文生态科学考察活动，就从将军山下的青口滩启动。那天正午阳光火辣辣的，热气袭人，汗如泉涌。从余坪镇市里村废弃采砂场下水，草木葱葱，沙石累累，弥漫着不废江河万古流的咏叹。抬头仰望将军山，峰尖海拔不过263米，却如峭壁刀锋挺立江岸，宽阔的汨水缓缓向西流，抱紧山脚与北来的昌江欣然相汇，蓝天白云的青口滩，波光倒影尽显藏龙卧虎的磅礴气势。冲锋舟突突地划破寂静，河风扑面带来清爽惬意。船尾V线水翻浪卷，一对凫水鸡受到惊吓，扑腾腾展翅踏水潜逃。陡壁石墩有人垂钓，田园草丛水牛呆望，浅浅的河湾有男孩玩水，一个照面挥挥手，另一个昭显凫水本领。记得少年骑竹马，从五月端午划龙船，玩到九月重阳霜降。正午时光最好逃学，三五个脸黑皮粗的野孩子相约码头浮桥，书包一丢剐脱衣裤，光着身子赤脚踩踏细白沙滩，亦如火锅上跳舞那般灼烫。一个猛子扎下水，水灵灵浑身来劲。那个年代江水清澈，鱼翔浅底，戏水垂钓的游乐带来无穷无尽的神奇魅力。

高温天气超出我的预料，有位年轻队员中暑险倒河边。新生代显然没有泡过汨罗江的冷水澡，母亲河水哺育所恩赐的幸福，随着生命河流的改变而悄然消逝。冲锋舟登岸，我独自沿将军山河岸草径捕捉汨昌二水相汇。烈日当头，汗衣贴体，口渴，不停地喝水，喝瓶装矿泉水。与母亲河对话，喝瓶装矿泉水，我感觉有点儿讽刺意味。水是生命之源，生命之本。我喝汨罗江水长大，血管里永远流淌她的乳汁。我们的后代，母亲河的儿女，被谁从小就悄无声息地强制“断奶”？

“对话汨罗江”后续的收官之战，这次选址昌水右岸入水，与上次拍摄的汨水左岸相对。快艇驰往二水相会的水中央，汨水清、昌水浊，一道弧线清清晰晰在河面划界。究其原因，不仅是植被绿化，更是汨水拦河大坝使泥沙量减少带来了水质发生重大变化。我忽然意识到，自由流淌千万年的汨罗江，自大禹治水到“人定胜天”，水利与水害的争斗从来没有停歇。过去靠手挖肩挑的大兵团作战，近年来靠钢筋水泥机械操作，不可避免划上时代的烙印。

将军县的前世今生

往事越千年，魏武挥鞭。平江将军县由来已久，开天辟地应当归功于汉昌太守、偏将军鲁肃。建安十五年（210），孙权拜鲁肃为奋武校尉，执掌兵权，特意于浏阳、汉昌、下隽、州陵四县设置汉昌郡，它便是岳阳置郡之始。鲁肃在汉昌郡任太守5年，到建安十九年（214），吴蜀争夺荆州又处于激烈战势，孙权调遣鲁肃领兵万人驻守巴丘。人们知道今日岳阳楼前身，便是鲁肃扩建巴丘邸阁城，城西门谯楼本是洞庭湖训练水军的阅兵楼。其实鲁肃驻守汉昌郡便组建水军，练兵基地设在今平江县城鲁肃山下的汨水湾。

幕阜山西南曲折百余里，尾巴斗角尖雄踞昌水与汨水相汇处，“秦时明月汉时关”谁来把守？清同治《平江县志》载：“由斗洞尖西行为将军山，山势峻拔，汨昌二水交汇。有祠祀宋将军邓雅，故名。是在县西三

对话汨罗江　2018年/摄

十里。”

邓雅（963—1053），字彦正。身长八尺。博通经史，尤熟孙吴兵法。宋太宗时，四川匪乱兵变频繁，特派名臣张詠（946—1015）出知益州，全力镇蜀平乱。《宋史》称张詠文武得人，治蜀有方，“前日乱世胁民为贼，今日我化贼为民”，民众欢呼响应，蜀境大治。咸平三年（1000），戍守益州的神卫军发生兵变，指挥使王均称帝建元，国号蜀，史称“王均兵变”。宋真宗果断出兵镇压，经礼部尚书张詠推荐，邓雅分兵平叛，所向披靡，因军功卓著授供奉官。邓雅迁知黔州，采纳张詠招降安抚的治蜀良策，同样不费兵卒招降2800户，平定黔南叛乱。又因楚粤蛮獠多变，朝廷将他调往全州，很快稳定了局势。邓雅官至御史中丞，封安定郡侯。宋仁宗明道二年（1033）“致仕”，将军告老还乡，安享故土家园。邓雅将军90岁高寿仙逝，朝廷谥赠太子太保，依规载入《通志》，祀乡贤祠。

山顶简陋的观音堂早已不见宋将军神位，倒是地坪基脚斜坡上，幸存十余块青石残碑。恰阳光斜照，抹扫尘埃清除杂草，仔细盘点残刻碎片，均为清朝雍正至嘉庆年间重修。将军祠古刹创建于宋代，自宋迳清，经四朝，历数帝，由地方官员春秋祭祀。清乾隆四十九年（1784），住持僧碧光扩建庙宇，组织本族募捐镂金重修，诸神殿宇巍峨，佛像庄严，僧堂华丽，皆较古而益盛。数百年来的风化损毁，足以佐证康乾盛世的香火之旺。

我忽然醒悟，邓将军满腹经纶，征战沙场，为何亲自勘择风水宝地作为守望故土的永生阴宅，其实蕴含着无限豁达的凌云壮志。第一位平江籍将军，唯有他够资格“墓于山、像于庙”，将军山从此地以人传。

清咸丰年初，太平军起义。咸丰二年（1852）七月，太平军自郴州趁茶陵、攸县，久围长沙，转取岳州，攻陷武昌。因丁母忧守制在籍的礼部右侍郎曾国藩，接到清廷“令其帮办理本省团练乡民”的谕旨，到省城长沙创办湘军。仿前明戚继光之法，以招募农民为勇，由绅士管带，兵随将转，兵为将有。从此募兵制取代了清朝长期实行的兵权掌握在兵部，兵皆世业、将弁由清政府按定制委派的世兵制，楚勇、湘勇、淮勇名扬天下。

平江界连长沙、浏阳、湘阴、巴陵及江西义宁、湖北通城，居本省要冲，实为省城东北门户。李元度、张岳龄等组织士绅乡民成立团练抵御，坚持奋战14年之久，历经大小数百次战役，平江成为南方各省太平军所向唯一未能攻下的县城。与此同时，平江营应诏出征，组建老五营、新三营，成为楚勇、湘勇主力军。清咸丰皇帝曾一年之内连发四道谕旨，称“平江团练为南省之冠”。

平江只有四姓大，
余蛮子带兵打海外。
李次青、张岳龄，
七篇文章钟昌勤。

平江先后10多万勇士血战沙场，由军功保提镇者49人，保副将者59人，保参将、游击加副将衔者48人，其余分别授予参将、游击、守备、都司千总者总数300多人。将军衣锦还乡，全是血染的风采。李元度，平江人习惯称李次青，他招募的平江勇和安越军成为曾国藩所创湘军的老湘营主力。他道光癸卯科举人，文才武略，知名度最高。钟昌勤既是癸卯科举人，又是咸丰庚午科进士，参加过皇帝殿试，所以说他“七篇文章”。他官至四川宁远府知府并加盐运使衔，与李元度、张岳龄等一样，因战功诰授荣禄大夫，封赠一品。余虎恩穷苦出身，人称余蛮子，他投入李元度的平江勇，随湘军转战南北，升为副将。左宗棠点将，余虎恩从平江招募5营北征，率骑兵虎字营转战6年收复新疆。中日甲午战争，余虎恩遵旨又在平江招募10营兵增援山海关。余虎恩带兵维护国家安全与领土完整，军功最大。

崇文尚武的强悍民风，造就平江豪杰辈出，舍死拼命投身革命。新民主主义革命时期，平江县牺牲20多万人，革命烈士名录2万多名，占湖南全省五分之一。纪念辛亥革命100周年，平江籍民国将领名录125名，其中中将20名，少将86名，政界19名。中华人民共和国成立，1955年中国人民解放军授衔，平江籍将军52名，其中上将3名，中将11名，少将38名；1965年授衔少将9名，共61名；另有省部级领导干部30多名。湖北红安，安徽金寨、江西兴国等著名将军县，平江名列第四。

张岳龄故居

张岳龄（1818—1885），字子衡，名南瞻，晚年自号铁瓶道人。平江县瓮江镇英集村人，晚清著名学者，湘军将领。他生于书香世家，父瓒昭公，为著名大儒。张岳龄幼承家学，就读长沙城南书院。太平军事发，曾国藩授命招募团练，张岳龄最早响应。他先后携平江、浏阳乡勇近万人投奔曾氏麾下，成为湘军老营的主力。同治六年（1867），左宗棠任陕甘总督兼任西北各省军务，策划收复新疆之际，保举张岳龄就任甘肃布政使，为戍边筹集粮钱，并授命担任征西南路翼长。因积劳成疾，张岳龄于同治十年（1871）辞职，回乡调理。光绪元年（1875）七月，授予荣禄大夫文职一品，调福建按察使，到福州赴任。光绪五年（1879）改任淮盐局转运使。光绪十年（1884）疾发告归，次年病卒。

张岳龄故居位于汨昌二水相夹的河东乡英集岭陈家坊，一栋灰砖黑瓦的古朴建筑错落有致，屋脊后山郁郁葱葱，坪前溪流环绕田园。正门石鼓双狮威武守望，四根石基木柱浩然坚挺，虽说雕梁画栋翘角花窗陈年老土的，依然保持耕读人家的豪迈气势。

汨罗寒水古今流，几叠青山卷里收。
柳岸无烟迟系马，石洪有路溜归舟。
骚人去后余兰芷，海客归来狎鹭鸥。
老我落星滩上过，郁葱佳气自千秋。

张岳龄这首《溯汨水有感》收录《铁瓶诗钞》，写于己卯年，即光绪五年（1879）。张岳龄远征还乡，一叶孤舟溯汨罗江行，岸芷汀兰，鹭鸥翔集，屈杜诗魂画意涌现心头。

清同治八年（1869）秋，张岳龄向陕甘督帅左宗棠禀呈请假回家养病。这次回老家英集里，张岳龄与侄辈同居，便开始谋划新修宅第，做好解甲归田准备。张岳龄多次与左宗棠、李元度等诸位好友商谈建筑构想，并索取楹廊墨宝。如果没有曾国藩“味蓼书屋”匾额，今人恐怕难以知晓张岳龄与湘军将领的亲密关系。

曾国藩题匾　2011年/摄

味蓼书屋　2011年/摄

光绪三年（1877）深秋九月，前后修建八年的张岳龄宅第落成。前廊列四楹，中左右三门，李元度题榜“方伯第”。踏阶而前，东西高壁门屋皆三楹，对山端正，如太阳东出，两峰旁耸鼎峙。回望后山如偃月形，所谓日月合璧。踏进正厅，左右天井明亮通畅，堂室与正宅一样深广。自左右门进巷通屋后，门侧有梯可登楼，东边收藏古籍名“传经”，西边会见嘉宾名“听雨”。正厅左宗棠题名“慎思堂”，左宅胡文忠手书“抗心希古”，右宅刘达善篆书“检书看剑”。古樟参天，山泉漱石，宅西旁有门巷，西屋二进三楹可通听雨楼，便是今日保存完好的“味蓼书屋”，曾文正公刻石颜其楣。后园纵横五丈，园中有方池，居其半池上，回廊可坐，小室可憩。曾经花竹掩映，鱼蛙游跳，左相国篆曰“澹圃”。张岳龄自撰楹联并请左宗棠篆书：

一方坐对流杯处；
百战归来种菜时。

左宗棠“澹圃”题匾如今被长沙方家收藏，曾出现在中央电视台《鉴宝》栏目。枣木材质匾长184厘米，高81厘米。篆书“澹圃”大字左侧竖排题跋：衡廉访归湘山养疴，别余泾州营次，属篆此，额其居。余方度陇，驻师瓦云驵，治兵之暇于隙地遍种南蔬，时雨既零，青葱弥望，盖老兵而兼老圃矣！子衡之圃与吾之圃其澹也将毋同，作此质诸异日可否。款曰：“同治八年（1869）中秋前五日左宗棠并记。”左下角“太子太保”“恪靖侯章”阴阳印章各一。

张岳龄故居　2011年/摄

张岳龄非常看重左公赠匾，《铁瓶诗钞》收录《左宫保篆澹圃二字赠归且叙及军中种菜事赋呈》，其诗云：

百战生还问草庐，荒园依旧带经锄。
虎头食肉吾无分，淡泊差堪赋遂初。

千军度陇翦蒿蓬，满望青葱玉帐中。
蓺麦莳蔬皆硕画，老农老圃不如公。

闭门种菜英难事。与张岳龄一样，左宗棠虽然在外厮杀多年，却无日不向往家乡的田园生活。他是从湘阴县樟树镇巡山村的柳庄走出去的，曾自命“湘上农人”，最喜欢种菜育茶。出征遥远的西北战场，左宗棠不忘广植柳树，遍种南蔬，其思乡求“澹”之情可窥一斑。这，或许就是声名赫赫的左宗棠题跋的初衷吧！

张岳龄晚年闲居澹圃，特别怀念军旅生涯。前后25年战火纷飞，国运中兴，人才辈出，而慷慨投笔者，楚材为多。从曾国藩、左宗棠，到与他征战沙场的挚友，包括曾国荃、郭嵩焘、李元度，或英年早逝，或告老别离。畴昔周旋，望风怀想，未尝不历历数之。张岳龄对烛沉吟，以诗抒情，得《怀人三十六首》，追忆35位英雄豪杰，《末章》自叹：

文官不要钱，武官不惜死。
不武亦不文，微尚乃如此。
自幼读韬钤，未老思田里。
功名谁复论？且从赤松子。

赤松子，神话中的上古仙人，相传为神农时雨师。63岁那年，张岳龄自述："敢诩政声留岭北，每逢知己在江南。""学书学剑两难兼，潦倒江湖岁月添。"可见其一生书剑的豁达胸怀。

武术之乡

汨水与昌水拥抱将军山，西流半里许，左有瓮江水款款而来。瓮江镇原设瓮江区，辖河东、双江、瓮江、三联、浯口五个乡镇。平江县境西条山脉，自萸桐岭经枫树岭过阿牛岭，西行至朱砂坳、搅车坳与平江、长沙交界处，西属长沙境，东出一支经洪山洞及花门楼、界陂塅，抵达平江西乡。

腾云山主峰海拔仅378米，森林茂密，岩坡陡峭，环顾四周，众星俯仰，八节岭、古木岭、鸦雀岭、阳合岭、指泉岭、龙形岭、白石岭、桃树岭、素岭等绵延数十里。从腾云山南麓下岭，古樟参天，竹林掩映，村庄田园依山顺水铺卷开来。溪流沟渠边，数株苍柏歪斜竖立，守护向家祖居的坎头大屋。雕梁画栋沉落，石柱门框依旧，断壁苔藓保持名家风范。大屋旧时专设宗祠蒙馆，向家子弟自幼开蒙，东厢读书，西厢讲武，前厅晒坪青石板排列平整，百年风雨霜雪没有改变它的坚硬。用力蹬踏数脚，铮铮声响回荡英俊少年的哼哈气势。

乡贤单佛保先生说，早年本地有三大武派——罗拳、向棍、童家腿。罗家拳是坎头罗二的"八拳与十六手"，向家棍是洞泉屋里向太泉的梅花桩"端枪子午棍"，童家腿是中间屋里童靖臣，他从王拳、白猿功、自门等多路拳中新创"单脚连环腿"。向恺然5岁就在祠堂读书，7岁正式拜师习武，打下了扎实的"童子功"。

平江西乡有句民谚："向家里讲礼，潘家里讲打。""栗蛮子"并不是不讲道理，而是古罗楚人"不服周"的遗风。潘自觉先生认为，向潘家风是从伍公市的宗祠传开的。潘氏宗祠对面，便是向氏宗祠。两大宗祠如此门当户对的，均是崇文尚武的望族。向家人讲礼有几条：祠堂门前有下马石，文官武官都得下马下轿，只准步行进去。进门拜见祖宗神龛，戴眼镜的人得把眼镜摘下来，如果视力不行，也得摘下眼镜先向祖宗神龛表示歉意，先“恕过”再戴上。向家礼仪尊皇帝恩赐，潘家拳棍万万不可低落。穷文、富武，越是大家族，宗祠悬挂的习武兵器越多。伍公市潘氏宗祠号称四十八根短棍，每年立冬祭祖，比试拳棍成为饭后茶余传统项目。一年到头弟子武功修炼如何，既向先祖列宗作个汇报，亦是炫耀宗族的名望。

“潘家里讲打”的史料依据，向恺然在《学习太极拳的经验》中有佐证：

> 平江有名拳师潘厚懿，三十岁时即以教拳为业，寿至八十方死，前后所教徒弟在三千人以上。其所传架式之不同，何止数十种？得其真传者不过十人。并非彼秘不教人，学者欲求速效，使彼不能不如此。现在潘之徒弟在各处当教师者，亦有数十人。

潘厚懿（1841—1922），字访贤。清末民初外敌入侵的乱世，官府民间均重视武功，他弟子三千虽不像孔夫子那般贤才七十有二，亦称得上一代宗师。长子才必，字先阶，更喜欢参师访贤，拿打功夫超过厚懿公。向恺然对潘家拳师如此肯定，足引以为傲。

平江人十分怀念1957年、1980年两次全县武术比赛，有拳术、棍术、刀术、剑术、软器械、对打等项目，景福坪体育场上杀声冲天。1981年经湖南省体委考核，全县获省拳师证46人，60岁以上老拳师有100多人，常年从艺习武8400人。查阅《平江民间艺人传略》，收录9位非物质文化遗产传承人，其中浯口、伍市便有6位。

潘孝斌（1900—1950），名才雄，字效斌。出身名门世家，父辈以上连续三代清太学生。他是厚懿公的侄子，拜堂兄先阶习武，很快成为开厂授徒的旗杆。后来他又得名师丁发礼、丁发清的真传，一个丁八步：“丁不丁，八不八；你不来，我不发。”出手软如绵，粘身硬如铁。孝斌公配王氏，生四子：正、大、光、明。石桥潘家派行：“才华见典章”，四兄弟便是著名拳师华正、华大、华光、华明。

潘华正（1926—2018），黄龙舞、舞狮、镋舞、彩龙船等民艺舞蹈传人。师从父亲潘孝斌，背起黄包袱去浏阳、益阳等地授徒，后回平江西乡办武术班多年，现有徒子徒孙几百人。1985年，以他为首在伍市、向家等地组建九龙舞队，恢复九龙舞。表演十八般武艺，他的镋舞兵器丁零零呼

平江潘氏宗祠　2020年/摄

啦啦随身舞转，将武术与舞蹈融为一体，成为著名的传承人。华正师傅年过九旬，耳聪目明，说话响亮。往事如烟，“潘家里讲打”，华正公说其实没有别的，唯有人齐心、武功好。

安定镇大桥村李家背屋，简朴的义厚堂天地君亲师位神龛，供奉恩师潘孝斌遗像，身着瓜帽礼服正襟危坐。李攷潜是潘孝斌师傅最后的关门弟子，八节过关、封闭手、五雷掌，父辈们津津乐道的“齐家门”功夫，刹那间激活起来。

因缘渐进，近年来平江县月坳湾钟农根、蒋山武馆邱赫富、时丰坪赵立高等乡村武林高手，他们正以享受乐趣、增强体质、健全人格、锻炼意志为习武要义，着力推进传统文化进校园，组织青少年玩龙舞狮，重振国术雄风。

国学培训班 2020年/摄

第十章　试登绝顶从头望

天下名山此亦奇，梧桐落尽少人知。
试登绝顶从头望，还是黄龙第一支。

——（明）黄昭道《梧桐山》

自幕阜山沿昌水左岸西南行，经南江镇翻过柘庄、哲寮步入梅仙镇。南行十余里至团山铺，攀缘梧桐山，试登绝顶从头望，西连英集岭，南折平江县城。

梅仙水，梧桐山

梅仙镇位于平江县境北部，相传西汉王莽篡政之时，南昌尉梅福弃官隐居此地。梅仙山，高二百余丈，山有泉水，古称梅仙水。梅福修仙时凿挖的炼丹井，留有摩崖石刻“梅子真隐处”。邑人唐文理《梅福井》记述：

梧桐山下　2018年/摄

冠挂南昌隐草莱，披沙凿石井频开。
系天有月沉生魄，探灶无烟冷劫灰。
活水一源滋药粒，刊崖五字老风雷。
闲从仙界寻遗迹，不用孤山再访梅。

山行水随恰似五龙捧圣，梧桐山坐拥三星伴月、龙顶泉、平顶古松、修仙洞、千山塝、七丘田等古迹胜景，正应山不在高之谚语，天下名山此亦奇。明代邑人郭本留下昌江八景组诗，其《梧桐暮雨》云：

深掩柴门夜寂寥，满城风雨正潇潇。
不堪心绪千条集，又见梧桐一叶飘。
野寺钟声惊客梦，谁家砧韵动商飙。
青灯黄卷鸡窗下，凉彻襟怀暑气消。

拾净喧城闹市的浮躁，从团山铺轻身快步攀爬梧桐山百级台阶，听晨钟当当，或暮鼓咚咚，不经意间高高的梧桐树上数片枯叶静悄悄地飘落，雨声滴滴随清风馨香穿越密林散荡四野，或雾里看花，或水中赏月，暂且忘却平生烦恼世俗忧愁，便有了登踏仙境的愉悦。梧桐山并不高，海拔578.8米，却是平江奇峰圣地。真武庙敬奉祖师爷、关帝等十多尊神像，或铜铸、或木雕、或泥塑，形象生动，姿态各异。据说始建于唐，兴盛于宋，明太祖朱元璋御赐铜钟、铁瓦、象牙笏三件珍品，封号“亚武当”。阳春滴翠，盛夏凉荫，知秋叶落，立冬挺拔，梧桐山如此清雅超脱的道家仙境，唯有晨游暮访的寂静时光，方可成就修身养性的绝妙。

黄昭道，字文显，号梅岩。明孝宗弘治年间（1488—1505）进士，官至右布政使，晋左布政使，以疾病告老还乡。他生平胸度坦夷，操守洁介，家居14年，一概杜门谢客，偏是喜欢借暮雨夜色登临绝顶，独自与天地对话。黄昭道精通道学知算天命，那日他整正衣冠招来子孙，笑一声“我去也！”驾鹤仙逝，享年74岁。著《逆鳞稿》《梅岩集》，入《一统志》，祀乡贤祠。

凉亭古道

溯仙江河北行，沿梅仙镇填得村新修公路爬上徐公岭，一座石拱凉亭荒弃蹬道杂林间。抬头穿过拱门对望梧桐山，蓝天白云青山翠竹恰似一副

八里岭　2017年/摄

扇形雕屏摆在眼前。

凉亭外，古道边，抗日战争毁于战事，“大跃进”就地取材兴修水利，汨罗江水运中断后，乡村公路交通重新布局，翻山越岭的茶马古道，渐渐成为荒野残垣。实地考察现存8处：虹桥天岳关、瓮江英集亭保存较好，城郊三阳天车亭、麟狮亭残碑遗址，其余4处包括徐公岭、梨树坳、八里岭、黄土坳，本是南江、虹桥通往平江县城的行旅通衢。

徐公岭凉亭修建于清光绪二年（1876），内空3.7米，长7米，宽4.3米。两边各有麻石长凳，两壁各嵌一块石碑。“梧桐清荫”匾额，花翎布政使司衔云南按察使色尔固楞巴图鲁癸卯科举人李元度题并书，诰授奉直晋授朝议大夫徐勋成仝男建修并刊。《徐公岭凉亭记》，诰授荣禄大夫赐进士出身运同衔四川补用道前任宁远府知府崇轩钟昌勤谨撰。静坐石凳，阳光明媚，微风清爽，光阴似箭凉亭修建距今已是140多年。

徐勋成（1820—1888），唐代侍郎徐安贞第三十九世裔孙，县境瑚珮人。理藩院职衔加二级升知府衔赏顶戴花翎，诰授奉直大夫（五品），晋授朝议大夫（四品）。徐勋成的祖父、父亲都封有官职，家境富裕。他与张岳龄有八拜之交，张的乐善好施感染了徐勋成。张岳龄在县城修建“万石廒”，徐勋成带头捐资1000吊钱。旧时，重男轻女思想严重，农村许多家庭，生活比较困难，遇到生有女孩即溺死。徐勋成办起育婴堂，雇人收养女孩，有生女孩者，给每个女孩家3担稻谷，杜绝溺婴现象。徐勋成还准备了若干墓石，孤坟野尸有谁人去收殓立碑的，工资由他支付。

除本境八里岭凉亭，徐勋成又费千余金修建徐公岭凉亭。二岭山险之区，非石亭不足以长纾行者之苦。钟昌勤的《徐公岭凉亭记》称赞徐勋成乐善好施，那年他主讲天岳书院，徐勋成捐资在斋之东塾建字藏一，于院前浚井一。特别是他还修古人墓，刊劝善书，献祀田以奉先灵，推租税以养老者。徐勋成汲古修绠的开怀胸襟，怪不得李元度、钟昌勤如此器重“梧桐清荫”。

四隐堂

梅仙水源出梅源洞，南流经傅家墩，东合招贤水，绕梅仙市，东合石塘水，约流十余里至哑口湖入昌江。招贤离不开贤士，石塘离不开石潭。高山溪涧巨石怪异，或平或凹，或裂或突，高深三四丈，流水倾泻而来，纵横曲折随势而赋形，急如飞龙，乱如喷玉，奔放九派的天工奇观。清代王鼎赞叹不已，《石塘》诗云：

> 平地龙门雪浪浮，九溪八节许同流。
> 也知朗月清风夜，应有仙人跨鹤游。

梅仙镇往北，昌水对岸便是大洲乡。它东连柘庄，西连余坪，北抵岳阳县界，总面积仅100.3平方公里，常住人口2万多人，典型的偏僻小乡。幕阜山脉，昌水流域，这一片丘陵地带地质地貌独特。西北略高，东南稍低，地面高程多在100米左右，最高点太平村五福山海拔519.2米，最低点板桥村筒车埠海拔70米，龙洞水、太平水携带山谷溪流注入昌江。

龙洞水源出巴陵县界的葛藤尖，流至上石坳左合洞冲水，至拖船坳左合黄小洞水，至螺蛳湾右合曾家洞水，25里流至山枣坳，与黄沙洞水、桥头洞水合，至石嘴头流入板口。大江、太平、龙洞、黄沙、大源、上洲、炉坪、清水、板桥、都塘、姚洲，这些古老地名不仅蕴含山水故事，大洲乡的声望始于“四隐堂”。

一条只有七八里长的小溪，它左合小仙人洞水，右合杨树洞水，西北流至铁炉坪注入昌江。唐玄宗天宝十四年（755）安史之乱，被黜的校检工部尚书徐安贞与兵部左侍郎刘光谦、侍郎白琪、左侍郎陈希烈四人潜迹南逃。他们从江西黄龙寺来到平江，最早就是在梅仙大洲铁炉坪落脚。第二年，侍郎陆善经、李安甫也寻友前来。他们后来分居幕阜山区，各自修建寺院清修。“六相隐平江、四乡建六寺。”宋代范致明的《岳阳风土

梅仙东隐堂 2021年/摄

记》有翔实记载，三墩、长庆、白水、九峰等地至今存有墓葬塔碑。

大洲乡地貌以花岗岩为主，山地起伏不平，水系完整，山地多为黏质黄泥土和青石构成。它的兴盛与衰退，并非传统农业为主。明清时期开始烧制石灰，板口、姚家洲每窑可出灰300~360担。1949年，该地建有私人石灰窑11座，年产石灰980吨。人民政府成立，石灰乃是农用与建筑之必需，县府每年向窑户贷米6800公斤，扶持石灰生产。1951年公私合营，1954年平江县石灰厂转为地方国有。因烧柴数量增加，使厂区附近山头的杂柴全部砍光。1957年，试用当地石煤烧制石灰成功，当年产石灰1.6万吨。同年开辟露天采场，石煤年产量高达2.86万吨。1958年，建立15~100吨的大围窑，后来改围窑为快速烧窑。随着石煤开采量增大，盖山厚达1.8米，每吨石灰成本由1960年的13.20元猛增至31.85元，当年亏损10.4万元。支援农业生产需要，1967年后，县委每年从各区抽调100多劳力前来挑矿石，用于粮食生产，以解决吃饭问题。

平江矿业兴起，除了黄金矿、非金属矿，大洲乡的石灰厂、水泥厂和石膏板厂应当是地方工业摇篮之一。1970年，平江在板口建立年产7000吨的水泥厂，直径1.5米、高7米的普通水泥立窑火光冲天，当年生产325标号普通硅酸盐水泥650吨。1984年，扩大新建水泥厂，年产各种标号水泥达9000多吨。此后乡镇企业崛起，平江县技术攻关取得突破，1982年试制成功防水防潮装饰石膏板，次年浮雕轻质、高强度装饰石膏板获国家农牧渔业部优质产品。

如今，矿产冶炼、化工建材等污染环境的“五小”企业，无论国有还是私营，均已关停。今日大洲乡集镇，依然可以看到废弃的厂区矿堆。

最后的文峰塔

柘庄哲寮溪缓缓流过五桥九堰十三陂，从西南出境由大洲乡倒流滩注入昌江。传统村落的规划建置，最看重河流出境的水口嘴。船形山海拔仅206米，溪口左岸立有翔霄石塔，右岸建有哲寮水庙，共同把守一方水土的天经地纬。

翔霄塔本名干霄塔，东西朝向，占地面积60平方米，塔高12米，外形呈六边形，边长2米，共7层，每层塔檐翘角整齐划一，保持浮屠宝塔的神圣。钻进塔心空间，底座周围一丈有余，拱门、石框光照明亮，宝塔全部用长条麻石垒砌。“干霄塔”青石板匾额面对哲寮村庄，底层南面“翔霄塔”碑文，首事湛瑞生撰，详细叙说建塔的重要功能。

文峰塔 2017年/摄

元末明初，鼻祖福六公从江西迁居平江，选择这片风水宝地，湛氏家族开枝散叶，繁衍28世，人丁已过万，哲寮村聚居

3000多人。湛家尽管富雄一方，但心中总有遗憾。万般皆下品，唯有读书高。子子孙孙参加科举考试迟迟未见发迹，在地方上面对书香门第终是做不起骜人。清朝乾隆盛世，十七世湛启云科考中举，300年后哲寮湛家终于扬眉吐气。

湛启云旧居北山屋呈月梁形，双鹤衔莲金碧辉煌，撑拱雀替雕花精美。神龛顶梁悬挂“庆合三星”贺匾，落款为原任广西全省提刑按察使司余有钦题。从池塘流水靠近屋场，地坪前左四柱、右六柱，一排石栏杆像皇家卫士保持严肃神态。麻石柱高六尺，宽一尺，厚半尺，上方刻成官帽曲线形态，柱体两个洞孔天方地圆。左边首块篆刻字迹清晰：“乾隆四十四年己亥岁恩科乡试中试第十三名举人湛启云立。”第二块：“乾隆四十年岁次乙未六月初十日巳时太学生湛启第竖立。”第三块字迹不清，不知何人何职。边际那块：“大清嘉庆三年戊午季冬月吉旦贡生湛先万立。”依据哲寮湛姓辈分，平安得胜功，唯伯万朝文，显祖荣宗远，佑启先培德。这三位“启、先”辈当是兄弟、叔侄共享荣华富贵。

据同治《平江县志》载，自南宋至清末，平江县先后有371人取得举人、进士、贡生、翰林资格。从大清开始，或许功德之家过于兴盛的缘故，牌坊、牌楼等坊表不再官建。凡举乡科登甲第照例由旌典官拨银30两，听其家族自行修建。允许厅堂走廊前列屏树斗，或设于门，或建他所，或四柱，或二柱。旗杆顶部带有乌斗图形，一斗为举人，二斗为进士，炫耀经魁折桂的功德。明清时期平江多处建有登科坊、世科坊、鱼跃天池坊、父子进士坊、父子簪缨坊，然而早已随科举制度的废止而消亡。哲寮保存的科第世家旗杆石，恐怕已是绝世孤本。哲寮翔霄塔，平江最后的文峰塔。

第十一章　幕阜山，昌水

幕阜山高一千八百丈，我疑山顶即天上。
扪罗蹑蹬到山巅，又如平地望青天。
始知天高百万应无极，幕阜苍苍一卷石。
洞庭八百古所传，到此遥看如镜圆。
若还更上三千丈，那知天下有山川。

——（元）胡天游《幕阜山》

幕阜山脉北插湖北，东入江西，西濒洞庭，南连长沙，湖南省北部屏障。其主峰海拔1595.6米，古称桓山，又名天柱山、天岳山、昌江山，属汨罗江流域第二高峰。

洞天福地

《诗经·小雅》说得生动："如山如阜，如冈如陵。"幕，覆盖天上的帷幕，恰指天柱山高。阜，无石头的土山包，

太平尖尖　2017年/摄

泛指阜陵、阜陆、阜丘。杜甫诗句“风动将军幕”，读懂经典诗意，我们便不难领悟幕阜山名的来历。

天子三经地；
皇帝九谒门。

幕阜山被称为中国道教发源地之一。李元度此联如今成为天岳幕阜山国际度假旅游区的门牌标识。

轩辕黄帝提倡“天人合一”，老子《道德经》及庄周等道家倡导“黄老学说”。东汉末年，张道陵吸收这些道学思想，创办“五斗米”道，道教逐步演变成为中国重要的宗教之一。至南北朝盛行，尊称张道陵为天师，道教因而又叫天师教。后来分化为许多门派，奉老子为太上老君，奉老聃为教祖。以《道德经》《正一经》《太平经》为主要经典，奉玉清元始天尊、上清灵宝天尊、太清道德天尊“三清”为最高神。此外还有四帝：玉皇大帝、紫微大帝、南极长生大帝、后土皇地祇大帝。玉皇大帝御前又有四大天师，灵宝派创始人葛玄为四大天师之首，还有张道陵张天

师、许旌阳许天师、萨守坚萨天师。汨罗江乡俗亡人做道场，其灵宝大法师就是葛玄天师。另多见“张天师在此”，还有三清神、许旌阳。

道教另一源流《易经》，源于上古八卦。它是中国本原文化源头，故有道、儒同源之说。而上古八卦正是远祖伏羲氏所创造。《易经》载，伏羲氏“仰则观象于天，俯则察法于地，旁观鸟兽之纹与地之宜，近取诸身，远取诸物，始画‘八卦’，以通神明之德，以类万物之情”。伏羲氏创建先天八卦，至周文王演绎后天八卦而称“周易”。阴阳学说的导入再加上金木水火土五行理论，“纳甲”筮法的充实，使八卦理论臻于成熟。后来孔子阐释八卦编成《易经》，成为中华文化的滥觞，被誉为群经之首，大道之源。

幕阜山传说是伏羲的陵苑，亦是伏羲研制八卦的圣地，由此与道家道教结下不解之缘。

东晋时期，著名医药学家葛洪登山采药，寻得先祖葛仙翁的药炉丹灶。葛玄（164—244），三国吴国人。出身宦族名门，自幼好学，性喜老、庄之说，不愿仕进，一生炼丹修道，人称太极仙翁。葛洪（283—363），葛玄的侄孙，字稚川，自号抱朴子。他是东晋道教学者，著名炼丹家，医药学者。葛洪的《幕阜山记》翔实描写了诸多胜景仙境，欣欣然赞叹：“二十四气，福德之乡。洪水之灾，居其上可以度世。”且明确记述了幕阜丹崖“有石如丹珠”，可惜“鸟道断绝，不可登览”。

天岳幕阜山百龙会　2021年/摄

幕阜山与道教结下不解之缘，列为第二十五洞天。唐代杜光庭的《洞天福地名山记》载："第二十五幕阜山洞，周回一百八十里，名曰玄真太元天。"幕阜山寺庙繁布，自唐以降，朝廷派遣州官前来致祭，古刹香火名扬三省。幕阜丹崖列为昌江八景之一，诗词歌赋连绵不绝。

太平尖尖，有个神仙。
龙王见他要下跪，
玉皇见他站下边，
如来见他要作揖，
观音见他要谢恩。

农历二月二龙抬头，三月十八又是伏羲寿诞。平江幕阜山区流传一种特别的仪式——伏羲八卦竹龙舞。竹龙从龙头到龙尾共18节，由幕阜山中的竹片、竹丝、斗笠竹叶和一种叫作猴脚板的藤状植物编织而成。舞龙队员披长发，戴草环，穿草裙，打赤足，打扮成粗犷的上古部落武士。喧天鼓乐声中，供三牲，读祭文，拜先祖。舞龙招珠人就是伏羲的扮演者，竹龙按照八卦七阵图踏鼓起舞，祈祷风调雨顺、国泰民安。

童谣中赞颂的太平神仙，正是竹龙舞祭拜的伏羲。他是三皇之首、百王之先，中华民族的人文始祖。人类始祖为"天"，山高而尊者"岳"。

伏羲八卦竹龙舞　2021年/摄

幕即墓，阜为土。天岳幕阜山，伏羲墓地也。清代学者张瓒昭曾在《楚陵述略》中考证："平江之天岳，即《禹贡》东陵，其下有皇坛，乃伏羲氏之葬地。"

寻访伏羲墓并不难，如果你留意，南江镇老远便能望见它。幕阜山西南边的阜山村，阜山一说浮山，浮通"瓠"，因洪水滔天唯它浮出水面，故名。一座独特的泥土丘陵，寂静地耸立高山坡上，自古以来不封不树，老百姓从不敢做屋、葬坟，任凭杂竹野草自然生长。它就是伏羲墓陵，叫作皇场屋，唯有水口城隍太平庙静静地守护。脚踏泥土穿过竹丛爬上峰尖，眺望幕阜山岭，光照特别好。伏羲墓南依幕阜山，冬塔昌江九曲流过，对岸西边一带阜陵称月亮山、太阳山、鼓山、旗山，皇场屋南北各有车马大坪，各朝官员春秋祭祀之所。

从苗蛮之地到楚湘文脉，幕阜山自古便是一方水土的根源。

从沸沙池到一峰尖

唐代无名氏有《苏幕遮·秋游幕阜山》云：

踏秋波，扶远岫，幕阜寻枫，同把山门叩。结伴天梯携雾走，迭宕层峦，尽在云中瘦。　　鸟啾鸣，峰挺秀，古刹藏幽，隐隐神钟奏。适与流沙泉共酒，瑟瑟山风，直把寒吹透。

流沙泉即沸沙池，位于一峰尖与二峰尖合抱山谷间，松林掩映，芳草萋芊。幕阜山巅共有东西南北中五井，此井居中位高。井侧建有龙王庙，矿泉水从井底沙盆朝天翻涌，白沙滚沸恰似朵朵菊花绽放。石池四围凤尾苔藓忠诚相伴，天光树影尽收井底。不论春夏秋冬或干旱冰冻，一股清泉不急不缓、不高不低，永恒不舍地汩汩流逝。未饮沸沙水，枉登幕阜山。千百年来一代又一代朝圣者，无不虔诚掬饮一瓢，清澈甘霖的心灵润泽比酒爽、比蜜甜。

不雨山常润；
无云水自阴。

水是生命之源，植物是生命之根。亿万年的地质地貌，千百年的动物植物，它们如此根深蒂固交融一体，大自然天赐神佑，人类乃匆匆过客。幕阜之巅，汨水之源。沸沙池位居幕阜山顶，也是洞庭湖区海拔最高的泉源，她永远是不应随意打开或关闭的“水龙头”。“水龙头”的说法，来自意大利学者克劳迪欧·马格里斯的《多瑙河之旅》。同一个地球村，多瑙河的源头就像尼罗河的源头一样无人知

天岳幕阜山　2018年/皮皮摄

晓，亘古以来即是。不管是追溯史前时代的历史或神话，还是今天我们的挖掘与探索，许多源头都迷失在广袤无垠中，迷失在浩瀚的地理中。

我之所以借用“水龙头”指代沸沙池，多少有点杞人忧天，担忧“保护”或“开发”，可能会意外打破沸沙池生命链的某个节点，包括地表植被、地下水源，森林或溪流，空气与气候，都有可能令亿万年前地质运动造就的神祇遭受伤害，或许消失。沸沙池，只是一个水龙头，又不是一个水龙头。

山川千古不易，人文因时而更。从一峰尖穿过极无峰，幕天席地，阜物康民。仙人对弈棋盘安坐悬崖峭壁，云影涛声随风飘荡。上狮洞诸多摩崖石刻若隐若现，佐证幕阜山峰的风雨沧桑。

昌字水探秘

清同治《平江县志》载：“昌水在县北百一十里，发源幕阜山，绕昌江洞，西流十余里，至九眼桥，南江水、石浆水入焉。”昌江发源于幕阜山南麓上塔市镇黄桥村傅家洞墨家山，集石浆河、鳔溪水、大洲水、余坪水等15条二级支流、11条三级支流、2条四级支流的全部径流，经冬塔、南江、大洲、柘庄、梅仙、张市、河东7个乡，在杨梅村青口滩汇入汨水，干流全长84公里，流域面积670平方公里。它是汨罗江水系一级支流。

如果与罗水数据对比分析，罗水干流全长88公里，流域面积595平方公里。若论河流长短，罗水比昌水还略胜一筹。从流域面积来说，昌江最大，罗水次之，昌江依然守住了汨罗江“最大支流”的荣誉称号。

江流灵共洛书传，激石成形出自然。
圭角磨砺双璧合，方圆周折两珠联。

源饶活水汪千顷，势挽颓波障百川。

岂为古罗新邑号，欲昌文运焕南天。

向曾贤的《昌字水》，诗意盎然，我赞同先贤的看法。诸如汉昌、吴昌、昌江等县名，均与“昌”字相关。但它的人文意义，寄托了“文运昌盛”“国运昌盛”的美好愿望。邑人李先梁说得更为确切：

河洛开文字，昌江复效灵。

冲波成古迹，绕石见流形。

觱沸从天岳，盈科会洞庭。

寻源分汨水，禹迹此曾经。

此《昌字水》诗从人文地理的角度，准确指定昌江水源自幕阜山，流归洞庭湖。特别是“寻源分汨水”的求索之旅，表明这位清乾隆年间的贡生与我们今日之行完全吻合。

南江镇四房里　2021年/摄

黄泥湾大屋

上塔市镇黄桥村黄泥湾大屋因属叶氏祖屋，又称叶家大屋。据《叶氏族谱》载，元朝末年（1367），叶姓始祖中庸公从江西武宁廉村先迁至湖北蒲圻。明洪武二十五年（1392），他的儿子叶永寿转徙至黄桥。这里山清水秀，土沃田肥，气候宜人，犹如世外桃源，就在此拓荒创业，造屋安居，繁衍生息成为当地望族。

黄泥湾古建筑群始建于清嘉庆二十二年（1817），以中厅为主轴，两边的天井和厢房对称分布，有房间108间，大厅9个，天井16口，占地总面积6820平方米，主体建筑面积达3672平方米。四进四出，左右铺陈，纵深发展，错落有致，似多个“井”字联排，走道回环，浑然一体。正屋的前门位于外墙大门的斜左2米处，站在外墙大门外只能隐约看见，大堂里的布局陈设藏而不露，江南典型的庭院式建筑风格。2015年9月，黄桥村被列入第四批中国传统村落名录。

中国传统村落黄泥湾　2015年/摄

走进黄泥湾大屋，门首正中“保健军民”四个大字，大门两侧题词：“本此针砭药石；战胜倭寇病魔。”左边墙壁上的标语这样写着：“患者以和平罹病，医者以仁心为主。”右边的墙壁标语响应：“要在痛定思痛，不忘裹创杀敌。”1938年武汉沦陷，湘北阻击战打响，国民革命军先后有10个师在此抵抗日寇，拉锯战长达6年之久。黄泥湾大屋被征用成为战地医院，总共入驻医生护士100多人，进门右边是手术室，院长室设在东边的吊楼里面。曾救治过来华参战的美国飞虎队成员，附近无名烈士墓地埋葬有上百位为国捐躯的将士。

2017年6月，央视《中国影像方志》曾在上塔市拍摄农民诗会。叶家大屋厅堂宽敞，天井明亮，中堂屋上悬挂“厚德载福”“中和致善”“惟适之安”等巨幅匾额，偏堂屋墙壁粉底陈旧，依然可辨祖传家训和《大学》语录。五位泥土诗人遵约，围坐大厅桌案。赋诗以“端午”为题，依照诗钟旧制，点燃一支香，香燃尽，时间到，大家轮流起立吟唱新作，以点评获优者为胜。然后启用文房四宝，各自抄录诗歌张贴墙壁，作为本月诗会成果。高手在乡村，诗歌与书法皆好：

粽香端午数千年，纪念灵均赴九泉。
堪笑滔滔汨江水，未能洗尽屈子冤。

年年端午赛龙船，万古相传吊屈原。
欲问灵均何溺水？须观醒世离骚篇。

听泥土诗人用平江腔吟唱起来，忧郁的磁声扣人心弦。

湘鄂山界狂风坳

龙头山属冬桃山支脉，首仰龙头坳，尾翘狂风坳，一条最会飞舞的小

烟茶世家　2020年/皮皮摄

龙，刹那间跃然止步。背依黄龙山，左拥幕阜山，右持张师山，直指五尖山，青山碧水夹带南江桥、上塔市，山谷盆地如画似锦。沉寂千百万年，偏有龙须栩栩如生，时常呼风唤雨喷吐龙涎，滋润着湘北大地。爬上桃花岭，经松源、坳上、小坪转往打油嘴，陡坡急弯总在怪石林荫提神发力。从龙头村新建村部冲刺登山险径，东华庙顶金碧辉煌，恰是半山腰最佳观景平台。从杉山里朝大风车直上狂风坳，分水岭道与湖北省通城县国有黄龙林场交界。借助湘北大门的地理优势，这里曾是通往长沙、岳阳、武汉的茶马古道。

清末民初，李家茶叶生意越做越大，人丁越来越多。祖父兰桂公扩建祖屋，麻石基墩，泥砖土墙，硬木构架，青瓦斜顶，依然保持幕阜山区普通人家的实用功能。为了应对狂风坳吹来的强劲北风，正厅家神龛案坐北朝南，大门转角朝向东南，左右天井，东西通廊，上下厅堂兼作制茶作坊，地坪台阶多设晾晒支架。这栋依山傍坡背风透亮的百年泥坯土屋，屋前金钱松直插云霄，屋后围壕林护荫，处处方正，事事圆满，持续衍生四世同堂的人丁兴旺，比起那些雕梁画栋的豪门建筑，更能代表湘北民居的隐士风貌。

正午时光，太阳当空。穿过水稻梯田，草深水满，一股热气从地上蒸发，高山上的阳光晒得皮肤烈辣。沿溪沟踏上茶马古道，钻进齐腰深的杂草丛中，老茶园生长茂密的丛丛茶蔸，果然枝条粗壮叶色苍古。山崖高台上，有三株古树茶，挺立的乔木撑起一团青云。李家制作的“玉指香”红茶，早年远销海内外。2012年，李曙光创办平江县青云生态林牧农民专业合作社，并与湖南古茶文化发展有限公司合作，带动本村100多人，在湘鄂两省交界处最低海拔700米的高山坡种植有机茶400亩，改良抚育野生油茶1000亩。

北风吹过狂风坳，处在北纬30°左右的高山云雾茶基地，年平均气温18~23℃，年降水量2000毫米，相对湿度80%，生长在这里的茶树、茶叶芽叶肥壮，含量丰富，正是高山烂石栎壤出好茶的理想之地。基地周围6个村还有2000多亩野生古茶树茶源群，它是生产高品质茶叶的优势资源库，更是研究平江古茶树物种的重要基因库。湖南古茶坚持绿、黄、红、白、烟茶齐头并进，研制推出谷雨烟茶、老叶萺、阜山青、玉指香、石镇乡茶等系列产品。

湘鄂边界　2020年/摄

村里人说，近年来山清水秀，狂风坳再没有过风灾。

李师坡

从平江县板江集镇溯流江村溪谷，翻过李师坡，登临青顶岭。远眺幕阜山脉，北临药姑山，南接一峰尖，苍山峻岭高迭起伏，其地理气候最适合中草药生长。明朝医圣李时珍从湖北南渡长江，登药姑山，过大云山，曾在青顶岭歇脚，然后攀缘天岳一峰尖。平江县境共有中草药物1301种，其中常用入药的322种，大宗传统药物107种，珍贵稀有药物111种，许多药物《本草纲目》有载。

清同治四年（1865），人工培植的平江白术名扬天下，此后特名“平术”。20世纪70年代初，国家大力创办农村合作医疗，提倡自采、自种、自制、自用中草药，县境内有条件的社、队合作医疗都建立药场。1989年，全县种植中药材1.8万亩，生产品种62个，年加工生产中药材9万公斤。许多规模较大的药铺都能自制各种膏、丹、丸、散，自己配方，加工，炮制。一种叫“紫金丸”的小儿镇惊特效药，不知救过多少孩子的命，在省内外享有盛名。

李穆14岁跟随外祖父巫书林行走乡村，17岁正式挂牌行医。后来就读于湖南中医学院，师从李钟文教授。作为人才引进，调往岳阳市区工作。李穆先生情系故土，年近古稀他依然奔波城乡两地。他遍览医籍，博采众方，攀缘深山老林采药，走访民间高手奇人。李穆先生曾获全国基层优秀名中医、全国优秀中医健康信使、中华中医药学会科普专家、全国科技创新先进个人等诸多荣誉。中国中医研究院中医药发展中心陈珞珈先生评价，李穆先生禀赋中医精粹的传承，又身怀民间的绝技妙术，恰是城市大医院的专家所缺少的。

药食同源，平江美食多以药材辅佐，过去街市的中药铺比饭店还多。可惜近几十年社会变化，识药人、种药人、采药人越来越少。20年前，李穆就在故乡李师坡带领村民种植、养殖、采收、加工，利用丰富的中草药资源脱贫致富。国药园占地8000多亩，按照与人生相关的十二生肖、二十四节气分区，种植420种中草药样本，其中幕阜山区的地方药物280种。天青地白，白花蛇舌草，败酱草，人字草，淡竹叶，钩藤，七叶一枝花。站在高坡上俯瞰园地，阴阳八卦草图与溪河边的猕猴桃、活血藤等藤本植物争奇斗艳。作为全国中草药识别科普基地，平江县幕平中草药文化产业园2015年评为全国科技创新示范园区。

2022年7月6日，岳阳市古今医药研究所成立30周年庆典，中国民间中医医药研究开发协会批复成立技术与成果转让推广分会，平江中草药正式纳入国家级中医医药研究开发基地。

石浆河与冬塔河相汇　2021年/摄

第十二章　虹桥，游人几度归来晚

古洞深幽远市哗，洞中千树碧桃花。
漫夸轻薄随流水，且看鲜红衬晓霞。
过眼恍如机上锦，寻真疑是武陵家。
游人几度归来晚，野径长松隐暮鸦。

——（明）郭本《桃洞朝霞》

虹桥　2013年/皮皮摄

传说秋高气爽雨后初晴，一道七彩飞虹横空翻越幕阜山，自东南连接南江桥，仙人吕洞宾就将桥东一带命名“虹桥”。神奇黄龙山，英雄天岳关。今日虹桥镇北连湖北通城县，东邻江西修水县及本县石牛寨镇，南接木金乡、嘉义镇，西过南江镇、三墩乡。沿平虹公路经安乐堰直抵县城，高山峡谷龙盘云绕恰似水墨画廊，被称为“最后的处女地”。

冠军屋轶事

冠军屋——平江现存最大面积的古建筑群，借助幕阜山脉的地理形态隐藏深山老林。屋脊摆阵，天井落幕，恰一缕炊烟袅袅升起，拉开风云变幻的时光倒影。虹桥镇平安村1700多人，95%同属明朝李思石裔孙，聚居400多年，繁衍生息人丁兴旺。清乾隆三十九年（1774），十四世祖李冠军，名世杰，以国学生身份帮父亲打赢了一场官司，为天岳李氏争了光。

冠军屋　2020年/皮皮摄

扬名吐气之时，恰新建大厦落成封顶。世杰公审时度势，立马叫停。他说自始祖迁居平安山庄，选址八仙台的天登傍，本是隐居求安。世杰公不惜花费重金，重将屋顶掀开，拆除几线墙砖，降低超高屋脊。另将偏矮的中厅添加石墩抬高立柱，显得更为宽阔。建筑风格一改，既体现海纳百川的胸怀，又不失仁义纲纪的家风。

春华秋实，霞蔚云蒸。冠军大屋麻石落基，烟砖透顶，楼台亭柱依然保持深庭阔院的古朴风貌。脚踏坚实的麻石地坪，从西侧头大门沿屋垛穿进，门庭合院与聚宝池塘相互辉映。大门八字开，左右上马石，门框一对石鼓，耳门墙壁竖起高大屋梁，木柱直立雕梁横贯，“冠军屋”三个镀金大字重振雄威，敲响传统村落的社鼓神钟。厅堂四进，“堂赓永锡”“荣济绿埜”“迺居迺康”，红底金字的贺匾连进高挂。祖堂天井明亮，天地君亲师神龛，李冠军夫妇及列祖列宗画像诰服端坐，斯馨为盛，香火永存。旧时每逢寿妇登百岁，或五世同堂，朝廷赏赐缎匹银两，旌表贞寿之门。李冠军妻张氏，子四、孙十六、曾孙二十二、元孙见二，喜开先河的大功臣；其儿媳余氏寿九十六，五世同堂；其孙媳邹氏寿九十二，亦五世同堂。三代夫人均以寿妇旌表，冠军老屋寿星绵延。

积善之家，必有余庆。当年胞弟病逝托孤，冠军公将贤侄方诞抚育成人。树大分丫、崽大分家，所有家产冠军公坚持按叔伯对半平分，侄子继承一半，亲生儿子只得一半。方诞成家立业后，特意修通石板小径，石拱桥头搭一条石板凳，方便伯父歇脚。大家习惯将冠军屋叫下屋，对面方诞屋叫上屋。六七百米长的情义路，上下屋几代人踏磨两百多年。“大跃进”对麻石路连同旌表门柱挖去修水利，只有裂角石凳如今安坐冠军屋头大门墙角边。年轻人外出打工成家立业的多，白发翁媪留守故土。几位八旬老人乐呵呵地忙着晒青菜、剥黄豆，相亲相爱其乐融融。

幕阜一脉传统祖屋，西有岳阳张谷英，东有平江李冠军。

普济庵与青阳宫

登幕阜山易，去普济庵难。晚清邑人唐文理有《登幕阜山半普济庵》诗云：

一山横突幕峰腰，高锁禅关昼寂寥。
苔径难寻归鸟迹，泉流易酌老僧瓢。
寒塘旧树频邀月，绝涧新畦晚种苗。
先世几闻遗手泽，独摩碑碣认前朝。

从虹桥镇仁义村抵达半山亭，盘山古道全是乱石陡坡，人烟稀少，密林茂盛，徒步攀缘至少得2个小时，非有开路先锋不敢踏险。石径通幽处，满山红叶香。普济庵背靠幕阜东麓，冬茅草白雪花穗丛丛乱舞，小阳春的暖意竟会有红杜鹃花开，充满碧黄红紫的诗画仙境。脚踏金色的银杏落叶，仰望挺拔的国槐青天，听山泉弹唱，闻幽谷鸟鸣，不得不赞叹千年古树的坚强与神奇。

清同治《平江县志》载："普济寺，即普济庵。在县北九十里幕阜之东山，宋建。明唐楚瑞复修，其后裔捐祀田。"普济庵保存一块"永垂不朽"石碑，光绪丙子年唐伯让立。走进前门，右墙嵌一块青石刻板，碑文开篇称叹幕阜山：

天岳垂名万古传，东吴合主有孙权。
为国避暑撑军账，遂改名称幕阜山。

普济庵　2013年/摄

普济庵另存一件铁磬，民国十一年（1922），十三都信士刘润亭敬献十方青阳宫王元帅台前。道家总是选择清静之处建立宫观，修身养性，采药炼丹，以求得道成仙。大约晚清民初，道家觉得幕阜山洞天福地，普济庵声名远扬，没有一座三清殿不妥，遂修建青阳宫。长沙岳麓山云麓宫高道吴明海亲自兼任青阳宫住持，精心培养弟子李至穆，算是青阳宫全真龙门派最后一代传人。

普济庵到青阳宫约二里山路，很少有人行走。青山依旧，树木逢生，秋去冬来的蓝天白云，永远保持着苍狗桑田的无穷变数。青阳宫坐西北朝东南，永固精湛的花岗岩工艺建筑构架保存完好，石材构建的断垣残壁给人以无尽伤感。“青阳宫”题额不知出自何人之手，平江县道教协会徐道长说，石鼓门框原有“河流九曲；道重三清”对联，不知何时盗毁。所幸门梁石雕犹存，一对玉兔托起双龙戏珠，左福神，右禄神，飞檐腾起鲤鱼跳龙门。“青阳”含义本是东方少阳，万木生生不息，春天死而复生。今日宫坍烟灭，立柱横梁无声无息地坚守最后的期待，灌木杂草年复一年，无论春夏秋冬何等潇洒。

秋宿紫清观

从虹桥镇往天岳关，指路牌左拐柘坪。幕阜山列为第二十五洞天，离不开柘坪紫清观。玉清宫在南江镇阜山村，宋朝敕冲真观，设皇坛守护。宋理宗端平年间（1234—1336），冲真观第四代传人胡之嵩率弟子李宗源、吴宗溪二位真人，翻过幕阜山背，在柘坪创建紫清观，宋嘉熙三年（1239）敕封。紫清观乃昌江九观之一，位于雷公峰侧。从此，前朝每年派遣州官登临幕阜山，凡致祭元真太元洞天，紫清观亦是必到之所。清代邑人唐允是作《秋杪宿紫清观》赞叹：

万古名山一洞天，我来方丈抱云眠。
松风夜半惊元鹤，几欲凭阑问葛仙。

紫清观遗址背靠竹林，面对远山，古井清澈，池塘辉映。清朝顺治乾隆年间，毛姓牵头众姓重修正殿及东院、西院。青砖石门，残垣断壁，“光绪廿八年壬寅岁”碑刻，依然遗存往年的兴盛气派。从紫清观过洗脚桥，攀缘石级可达上观古泉寺。“瀑布挺头悬苍壁，空中谁人持白练。”长达三里的磴岩石径，由李氏寡妇捐资兴建，雷公山清泉

紫清观　2019年/摄

由悬崖峭壁倾泻而来，虹桥、南江过往行人必定打湿鞋，留下“洗脚桥”美名。

夜宿柘坪，适逢农历丁酉年“七夕”，天高云淡，野风轻拂中，一杯烟茶与乡贤聊天，山里人家难得的热闹场景。次日凌晨4时醒来，窗外依然星空灿烂。架梯登上足球场大的观景台，正是秋收晒茴丝的好地方。东方晨曦绚丽，高台上架起照相机，附近村民陆陆续续赶来看热闹。一长溜人并立，对望天光云影，静观云彩变化，黄金时刻享受大自然的至美影像。当太阳翻越山尖，阴影斜带渐渐地东起西移，将远山近沟照彻透亮。东边日出黄龙山，从江西往南边转，石浆乡、大坪乡，晨雾下望见石牛寨、天井山，南边虹桥镇在山背后看不见。转往西边，幕阜山童子拜观音，背后远山一峰尖。北边是天岳关、只角楼。蓝天白云笼罩四野，诸多奇峰怪岩尽显风貌，如此壮丽的秋色，如此宏伟的穹顶，可惜闲搁荒野无人知晓。

天岳关

天岳关海拔840米，坐镇黄龙、幕阜二山之间，兵家必争之地。关隘始建于南唐元宗保大（945—957）中期，古称长山寨，现存城堡乃清咸丰五年（1855）重建。北风呼呼吹过山坳，太阳东升西落照亮山南，山北险峰地势突现。麻石堆砌的圆拱形凉亭，高2丈6尺，广2丈2尺，长8丈，关口如今依然通行汽车。面向湖北一楣“天岳关”三字，平江李元度书。面向湖南一楣“天岳”二字，则是通城魏世南书。每寻找一夫当关、万夫莫开的险峻，不管何时登临关楼，北边潜藏逆光阴影，南边总是阳光普照。小坳建关设卡，古来便是防御北边来犯，护佑湖南。

邑人李汉章的《天岳关记》中有一故事：关楼正在施工，遥望烟树迷离间，有数千人蜂拥而来。当即飞报各营率团勇驰剿。施工石匠无所畏惧，合力投掷巨石飞滚杀敌。贼大溃，从此不敢窥伺。李元度曾感叹，平江无城，山即其城。地势东北高，西南下，故水皆西南流，山势亦东北险峻，西南稍平衍。平江人深得守境法，逆贼踞崇通义宁累攻东北界，故为官营团勇所扼。我平江丁口多达五六十万，十取其二可得壮丁十余万。来犯者多不过一二万，少则数千，又有主客劳逸之殊，可使片甲不还，所谓地利不如人和，何畏彼哉！

东方日出，大地苏醒，天际云幕橙黄橘红铺卷长带，崇山峻岭水墨丹青渐渐露出峥嵘。踏登无名英雄墓道，林荫间一级一级台阶秋深叶落，夜色与晨光交际，地气与灵感融合。仪门位于天岳关北，朝向东方，石雕哨兵依然守护英勇的永恒。龙头门柱阴刻对联一副：

灵护荊岳；
气壮黄龙。

如果不是地处天岳关，我无缘认知古体“天”字的青天灵气。

抗日英雄墓陵位于山坡高地，左右两侧各立有高达3尺的子弹形石雕12枚，石板奠基平台坚实方正，五级台阶托起金字塔形的通天石碑，“无名英雄墓”顶端雕塑士兵头像，坐南朝北永远面对通城前方。漫

抗战无名英雄墓　2019年/皮皮摄

步绕行，虔诚敬仰先驱者，生怕惊醒晨光的寂静。轻轻地抚摸子弹石头，粗糙的麻石顶戴摩擦掌心，清清凉凉的指尖舞蹈，战火硝烟与和平岁月的它同样经受雨雪冰霜的风化侵袭。

只角楼

从天岳关到只角楼全靠脚板丈量，平江驴友通常从大埂岭登山，湘鄂省界森林防火带劈开通道，路程3个多小时，来回通常做好8个小时的准备。夜宿湖北通城县麦市镇天岳村竹贤居，特请本地村民带路。向导陈新良准时赶到，他说抄近路，两个小时可以爬上只角楼。

抄近路加速爬上山脊，松林杂木的枯枝落叶叽叽踏响，风的吹拂显现峰尖脊背光照。一簇藤蔓灌木的红果青果珍珠串链般迎候，它叫海桐叶白英，生长在高山密林或疏林下的标识植物。高声呼叫登上黄龙山顶峰，一脉青山似长龙盘舞跃奔天际。龙王顶朝东向北，白云飘飘荡荡，峰尖时隐时现，我知道那是湫池塘的神龙呼风唤雨。转往西北山脊，只角楼与凤凰翅遥相对峙，云峦雾嶂更显峰高路险。

民间传说离不开夏禹治水。话说幕阜山每日水退一丈，隔夜复涨三尺。夏禹从缆船坡驾船巡查，发现大江西边有黄龙作怪。他挥篙劈去，黄龙鳞甲坚硬，又溜又滑，反倒惹怒黄龙，掀起洪水滔天。女娲娘娘掐指知数，及时驾到。夏禹叩首禀报，女娲娘娘施法除妖，移大山将孽龙镇压，便是黄龙山，龙颈海拔1511米。黄龙恶性难改，摇头摆尾抖得地动山摇，女娲娘娘又移一座石峰镇恶龙脑壳尖，便是近在眼前的只角楼，龙角海拔1528米。

只角楼天生一个神仙洞，凡人可望而不可即。早听说许多驴友或望而生畏，或无缘闯关。光滑陡斜的花岗岩壁往北攀缘，唯有一条短浅石缝，只有脚板宽厚的泥土生长着茅草，成为天助我也的护栏。陈师傅开路，他侧身倒地，一个接一个伸手接应，鼓舞斗志。丢掉拐杖，匍匐前行，胆战心惊极像壁虎那般四肢爬移。爬上观音石像背坡，穿越杂林茅草转往东边顶峰，亿万年的石崖顶天立地豁然开朗。顺着斜坡踏向峭壁，云雾浓密遮住了万丈深渊。

“只角楼”，如此精准传神的地理特征，传说东晋道家葛稚川在此结庐修炼，他更具诗意名曰“云巢”。我内心钦佩古人的智慧，借仗杉木楼台我也打坐片刻，感悟云中鸟巢的奇妙。楼外苍天风起云涌演绎磅礴波涛，天堑雄关曾经的沧海桑田忽忽悠悠云雾翻腾，莫说日月星辰风雨霜雪，每个时令甚至于每一分秒的天光云影永不停歇地千变万化，无边天际的梦幻仙境展示眼前。陈师傅连说我们运气好、天帮忙。莫说冰雪封山，就是平常日子，爬黄龙山登只角楼最怕刮大风。哪怕阳光普照，若遇北风突然降临，行人立马蹲伏躲避，万万不可挑战风口，人真的会被大风刮上天哦。

登上只角楼　2016年/摄

风与云自由自在飘荡高山峡谷，只角楼峰千年万代如同自然界搭建的大舞台，永无休歇地演绎风云济世的活剧。大风起兮，云海舞兮，南天云朵与北方风向欣然相会持续对峙，忽儿云浪翻腾万物皆空，忽而风卷残云苍山峥嵘。南北分界线的龙虎天象瞬息万变，只角楼台岿然不动，与天地氤氲同乐。

我的内心从来没有如此宁静而致远。

阜山窑

岳州窑始于东汉时期，汨罗江一脉相连的湘江之滨，湘阴县青竹寺窑址，最早发现“汉安二年”即公元143年的细方格陶瓷残片，它是岳州窑的源头，也是中国陶瓷技术最为成熟的早期青瓷起源地之一。从唐代开始，岳州窑烧制范围扩大，烧制的茶具有茶碗、茶瓯、茶盒等，因而陆羽《茶经》称：“越州瓷、岳瓷皆青，青则益茶。”大约是晚唐时期，附近长沙窑兴起，岳州窑开始衰落。

2013年，青年雕塑艺术家李亮东伙同吴建红、魏湖海、李坚强等一批本地师傅，离开京都归隐故乡，立志复兴濒临失传的柴窑烧制技艺，重振岳州窑雄风。他们采纳景德镇窑的造型，结合龙窑特点，依据山形地貌创建“纯松柴”窑炉，更以本地泥、本地釉、本地艺术家之手，研究开发具有独特风格的“阜山窑”。青如天，明如镜，白如玉，声如磬。阜山窑新生代“紫金釉”系列茶器正式问世，古朴中流露高贵，简约中蕴藏不凡手感，温润而厚实，厚重而彰显底蕴，很快成为文艺界、商界、政界人士喜欢茶文化的品茗神器，并成功申报了国家专利。2019年度景德镇陶瓷国际博览会上，阜山窑凭借独树一帜的品牌格调、独一无二的柴窑工艺，以及独具匠心的艺术佳作，成为博览会的精彩亮点。

冬至来临，冰凌霜雪悄然封杀登高路径，寒冷刺骨的山风吹过，雪压竹林枯枝嘎喳断响，搅翻雪花飞舞。自由摄影师皮皮早就待不住了，他坚持扎营山巅。次日黎明赶早，天寒地冻，呵气成霜，全副武装登临幕阜山观景台，守望熟悉的山口，期待云开雾散。天公不负有心人，晨光照耀下的幕阜山脉，漫山银装，云海翻腾，一峰尖挺起脊梁冲天长啸。“天岳”，天地之间山岳为王的峰尖本质，从来没有如此豪迈奔放。

这位痴迷执着的年轻人，本学涂画艺术，面对故土乡情毅然决然搁笔操戈，背着行囊扛着相机，十几年来只为平江风光而摄影，坚持以“每日一图”公众号宣传故乡风景，皮皮收获的不仅是万千粉丝的点赞。将摄影作品用于阜山窑青瓷画和景德镇瓷版画，泥与火，光与影，渐渐探索出一种充满艺术活力的新彩瓷影版画，将平江风光从瞬间捕捉化作永恒记忆。

新彩瓷影版画　2016年/皮皮创作

第十三章　钟洞水，茶油飘香

习习芸香馆，墙荫绿未删。

我来劳下榻，净为扫苔斑。

——（清）向绍湘《过钟洞寓故刺史童瑞林旧馆》

钟洞水发源幕阜山脉南坡长庆源洞，流至三墩乡，右合幕阜山南来的西江水，自双江口南流童家坪，今日童市镇驻地。钟洞水又与恩溪水合，从三眼桥至白湖口注入汨罗江。全长62公里，流域面积321平方公里，属平江县重要支流。

安乐堰

中国行政自汉朝划分都甲，五家为伍，二伍为什，十什为里，十里为亭，十亭为乡。唐朝城乡分设，在邑居者为坊，在田野者为村。明朝城曰坊，近城曰厢，乡都曰里。明洪武初，平江县分为七乡四坊三厢，共五十里。清朝城坊分东南西北四街，近城分东南西北四厢。全县分七乡：太平乡、故县乡、永宁乡、南江乡、富华乡、凤楼乡、东阳乡，除南江镇外，其他乡名基本消失。下辖二十六都，许多地名沿用至今。如太平乡管辖第五都：传梓源、胡避、三墩、钟洞、烟洲、恩溪，古今均为钟洞山区。

幕阜山左黄龙，右凤凰。长庆水自小桑洞南流十余里，经东市桥至陂头洞，右合小澌山水、大枫山水、凤凰山水，从松坪流过仙人桥，合坪尖水、凤凰尖水，东南流三里经桃花洞至黄华桥，又东南流十里至三墩，始称钟洞河。传说远古时代山洪暴发，钟洞、恩溪两水顶托，黎民百姓哀号惊天。神仙派来凤凰、孔雀、鹭鸶三只神鸟，往水中一扑化作高墩解救百姓。从此取名三墩乡，中武、戴市、忠龙至今可见神鸟石墩。境内有桃花洞，颜江洞、小洞、西江洞、门头洞五洞，洞洞有溪，溪溪水秀，蜿蜒汇

五马奔槽　2020年/摄

入钟洞河流向汨罗江。传说西江洞是舜帝南巡“三苗”、二妃从征之所，至今留下娥皇殿的地名。

瑚珮原名胡避，避胡人之乱的隐居之地。唐玄宗天宝十四年（755）发生安史之乱，叛军安禄山、史思明均是北方游牧民族“胡人”，故称“胡避”。太平盛世，谐音改称瑚珮，瑚是指古宗庙盛黍稷的礼器，珮同佩，指古代的一种佩饰。为避胡乱，被黜的检校工部尚书兼理兵部侍郎徐安贞携眷属潜迹南游，最终隐居三墩瑚珮村，葬于徐家坊塔洞。徐氏迁平始祖安贞公墓与杜甫墓相似，更以僧礼在墓顶垒石为塔，保持唐代坟塔风格，被列为湖南省文物保护单位。

太平古乡山灵水秀，地灵人杰。新中国成立后，平江人民战天斗地，1972年在钟洞河上游修建安乐堰水库，集雨面积63平方公里，总库容460万立方米，农田灌溉面积达4005亩。1979年，又在三墩河上游的昌江公社中坪大队修建大江洞水库，坝址坐落在南江、虹桥二镇交界的凤阳村罗公岩，水库总库容3040万立方米，并建有两级发电站，装机容量4000千瓦，属以防洪、灌溉为主，兼有发电、养殖的中型水利工程。从此，凤凰展翅保太平的神话变成现实。

武功一脉先祖；
文治四方福神。

苏轼嫡孙苏符携幼子苏岘最初隐居平江东乡义口，后裔分支钟洞山区。明正统年间（1436），苏轼16代裔孙苏安善从三墩龙头湾迁居曾家岭。左望凤凰山，海拔1131.9米。对面水平尖，海拔940.9米。本地主峰黄沙尖，海拔817.2米。崇山峻岭号称“五马奔槽”，“耕读为本”“椿永兰芬”，苏氏家庙乡贤名士的传奇故事永远激励后来者。今日三墩与瑚珮合并，辖13个村，人口3.2万，土地面积117平方公里，山多田少，共有山林13.8万亩，其中油茶林就有8.9万亩，耕地1.75万亩。近年来因地制宜大力发展油茶产业，创办专业合作社，注册油茶品牌，老区人民脱贫致富走上了乡村振兴的黄金路。

寻找画桥罗

古罗遗训称："先有画桥罗，后有平江县。"唐有宗远公，宋有廷扬公，不知经历多少战乱风波，罗宗祖业一脉相传六七百年。廷扬公即罗孝芬。宋徽宗宣和三年（1121），罗孝芬殿试甲科第三。平江出了头个探花郎，官至吏部尚书。因不满秦桧把政，罗孝芬多次以父病母老为由，请求离京外授。老母亲百岁寿庆，皇上称罗孝芬"纯孝人也"，御敕"鹤算悠隆"匾额。靖康初（1126），罗孝芬奉旨归养故乡。县令许忻亲自督工，在县北平陆门外立状元坊，建石桥于居右，请长沙籍礼部尚书易祓题额"昼锦桥"。罗孝芬又在昼锦桥畔修建"金马桥"，宅前隔江搭建"秀雅亭"。四面层峦，前瞰汨江，江作青罗带，山如碧玉簪，亭后按诸葛亮八阵图结草庐其上。从当时县令郭闻《秀野亭》的写实，可知其风光秀丽。

孝魂同日月；
芬魄并乾坤。

由画桥罗裔孙罗平安、罗正春领路，我们前往城郊浊水拜敬探花郎。一抔黄土坐落在青草塘虎形山，半边沉陷半边圆，几块厚薄青砖略显宋代墓茔风格。野樱桃花红红火火，刺藤新芽蓬蓬勃勃。我们趁势驱车童市镇枫木坳，茂林修竹，曲径通幽。罗隆兴、徐俊逸夫妇，一家三代共有十六位从教，是湖南省著名教师世家。罗隆兴先生退休后，全力筹建罗氏纪念馆，从族谱研判到实地考证，奔走呼吁古罗遗址保护事宜。

走进罗氏纪念馆，古朴的建筑风格，传统的宗族文化，穿越时空追忆祖先。“宋探花罗公孝芬官……”古墓残碑犹存，宽118厘米，高70厘米，厚8厘米，青石板虽然缺损，雕刻字句清晰。“宋罗公孝芬，字廷扬，号翠峰，以经史自程，以记录自检。”附志并勒碑文于画锦桥畔状元坊处，续修墓志载：“六百余年不惟碑碣昭著，而且周山无虞。”查阅豫章堂民国丁丑年（1937）十一修《罗氏族谱》，石碑与族谱相互印证，《宋探花罗公孝芬官（吏部尚书墓志）》，清乾隆四十八年（1783）重修。罗子古国，四维传承。《罗氏族谱》《罗氏宗谱》源流考：“天下之属罗姓者，皆自昌邑始也。”

娥皇殿　2022年/摄

月坳湾

自童市镇溯钟洞水北上，坡陡垄转，林深水隐，约七里许抵达天子屋场。凤凰山紫气东来，八里岭合围相拥，昌江万山之中的桃源仙境，自有月坳湾守望。钟洞乡、童市镇，一个地方家族的迁徙，就从月坳湾说起。

童氏迁平始祖汰公，号沙亭，书香门第，官宦世家。北宋雍熙二年（985），三兄弟遵父嘱携眷避难，由洪都迁隐湖湘。神灵指点遇江则止，遇青则安。汰公迁隐平江北乡青石仑，乃平江之宗祖。次子海公徙居长沙青山杨梅江，开长湘之基业。季子渊公择地巴陵青江檀树港，启巴陵之源流。汰公在平江开基扩田，繁衍生息。他从虹桥奔走县城必经钟洞，见龙脉玉带，钟灵毓秀，山南水北，别有洞天。汰公心中常念雁门郡望，自当推衍天子屋场的传说。汰公殁于北宋中叶，生前亲自选址，卜葬于钟洞月坳下湾虎形山。

光宗耀祖不必挂在嘴上，实干成就大业方称至孝；
睦族敦亲确须长存心间，读书奠基根本可得大仁。

洪都世泽，青石家风。耕读为本，诗礼书香。明嘉靖年间，童承叙出任翰林院侍讲，清嘉庆年间刺史童瑞林之后，又出了个翰林院庶吉士童秀春。童氏家训，谨身劝族，倡导创业垂于后代，积书以教子孙。

钟洞地名的来历，当然离不开钟家。

一水泓澄流泽远；
千枝繁茂本根生。

钟族自河南颍川南迁后，世居福建汀州。因繁衍兴旺，人口增加，历代均有家族他徙。平江碧潭钟氏始祖清溪公，祖居江西袁州分宜县，宋哲宗时进士，任潭州（今衡阳）尹，以德政著称。宋元祐五年（1090）路经平江，留恋秀美山水，遂卜居县城北郊鸣水洞，殁葬于斯。清溪公之子，二世祖凌隐公，也是进士出身，当过元朝武陵县尉，殁后伴藏父墓侧前。平江钟氏尊清溪公为始祖，分为碧潭、花溪二支，合并后新建钟氏家庙，清道光进士宁远知府一品大学士诰授荣禄大夫钟昌勤撰联，依然悬挂颍川堂正门。钟昌勤是清溪公第二十七世孙，后来钟家又出了四位中华人民共和国开国将军：二十八世孙钟期光上将、钟赤兵中将、钟明彪少将，二十九世孙钟伟少将。

诗书绳其祖武；
忠义贻厥孙谋。

月坳湾　2018年/皮皮摄

月坳村垛子屋始建于清朝光绪五年（1879），背山面水把守山村水口，硬山式青瓦灰墙熠熠生辉，折射岁月的封面时光。颍川一脉先祖，镇宅五祀尊神，本宗颍川堂上钟氏一脉，历尽风霜的天地君亲师位神龛，祭联墨迹依然铮铮铁骨。大门左右守护的青石圆鼓，鲤龙、凤亭、福鹿、仙鹤，足够证实钟氏家族曾经的兴盛。踏进厅堂，一道道金色光芒从屋顶中央脊梁上悄然放射，厅堂正中梁枋的雕刻图画活灵活现，太极八卦居中，麒麟、蝙蝠南北守护，百年风雨岁月的尘埃侵蚀，鬼斧神工竟然令红底、墨黑、云绿的诸多雕像涂颜淡淡漠漠，越加衬托那金黄色彩的斑斓。

《月坳的晚秋》，一个充满诗意的偏僻山村，过去山断水隔交通不便，依稀保持世外桃源的乡风民俗，恰是童年记忆中的外婆家。2015年国庆佳节夜宿月坳湾，我们从此拉开“走遍平江”探索之旅。余湘群“组长”负责联络协调，皮皮负责摄影采录，我负责访谈撰稿，随处总有热爱故乡的“平江通”加盟。8年来不负青山碧水，协助中央电视台完成拍摄《舌尖上的中国3·宴》《平江影像方志·湖南平江篇》《国乐的侧脸·离骚》等专题片，“油茶之乡”童市镇成为平江全域旅游网红打卡地。

翰林故里烟舟村

童市镇烟舟村位于平江县城东北十公里，古称烟洲。东边是杨源岭，西边是枫岭，南边有南福山，北边有湖西殿。山不算高，但极其陡峭。四围岭脉相连，把整个烟舟塅一带田园箍得严牙密缝，东西长，两头尖，中间宽，四边斜，地势形状既像流水堆洲，更像一叶扁舟。朝晖斜阳里，炊烟袅袅起，轻风伴云生，雾霭淡淡浮。天地间总是弥漫着轻烟薄雾，狭长一带田园有如一叶小舟漂荡在雾云烟波，正应得“烟舟”诗意。

眉山世泽；
翰苑书香。

平江苏氏一脉，来自著名大文豪苏轼的后裔。苏氏家庙，大石板，还有上、下大屋和新屋，这些清朝建筑青砖透顶，石板铺地，高大的骑马鼓，飞挑的屋檐角，宽敞的戏台和厅堂，每栋大屋都可以容纳数百人。烟舟出过一个翰林，搭上科举“末班车”的进士苏舆。曾在平江工作多年的著名作家张步真，在湖湘文化系列专著《江湖之远》中，作为压轴戏将他重新搬上历史舞台。

苏舆（1874—1914），字嘉瑞，号厚庵，晚号闲斋。他幼年随父亲苏渊泉读书，13 岁补县学生员，食禀饩。旋入读长沙湘水校经堂，肄业。清光绪二十三年（1897），先充拔贡生，举于乡。戊戌变法时期，王先谦等人开始攻击维新派，苏舆积极参与保守派活动，以卫道士自居，成为当时反对新政最力者之一。光绪三十年（1904），苏舆赐进士，入翰林，授翰林院庶吉士。同年赴日本考察教育与邮政。光绪三十二年（1906），捐湖北即补道，次年经邮政部尚书陈壁奏请内用，补邮政部郎中。辛亥革命后辞官回家。中华民国成立后，苏舆认为“国政坏死，不可收拾”，心情郁闷，悲苦交加，导致肺病加剧，终致不起。民国三年（1914）病死于原籍。

苏舆先在岳阳拜吴獬门下，后去长沙，著名经学家王先谦收为爱徒。王先谦做媒，担保苏舆必中翰林，果然洞房花烛与金榜题名双喜临门。苏舆一生著有《春秋繁露义证》《晏子春秋集校》《翼教丛编》《辛亥溅泪集》《自怡室诗存》数种。此外还有《史记集注》《顾亭林诗集注》，未成。岳麓书社《湖湘文库》甲编为湖湘文献，主要编注湘籍人士著作，平江籍除李元度外，收录《苏舆集》。

启明女校旧址　2022年/摄

1937年始，日本推进全面侵华战争，平江县城先后四次沦陷。烟舟村较周围村庄海拔高出90余米，四面环山，易守难攻。为求自保，村民们在各地险关要处设寨，不远处的密岩寨、梧桐山、黄柏山对烟舟形成了拱卫、预警之势，使得烟舟成为平江焦土中最后一块净土。1938年10月19日下午，日寇飞机轰炸平江县城。县政府被炸，征用启明师范办公，启明师范搬迁大石板办学。岳郡联中紧随其后迁往钟洞乡，亦在烟舟开班。就在这片净土，淳朴的乡亲们省吃俭用、尊师重教，师生以“读书就是抗日”为口号，一批批优秀学子从这里启航，史称“三面敌围，弦歌未绝”。薪火相传，延续岳阳市一中及平江一中、二中，以及启明中学、城北小学，烟舟有了“革命摇篮”的美誉。方先渠先生撰联：

山雾烟舟，战时犹书歌六载，文昌一脉；
湘岳名校，今日忆栋木三湘，史册千秋。

2020年春节，中央电视台《消费主张》栏目组专程赶往平江，拍摄《家乡的年味》。烟舟村洗年猪，挖冬笋，玩龙舞狮，拳棍表演，唱花灯戏、皮影戏。“鱼吃跳、猪吃叫。”平江年味惊艳四海食客。

第十四章　天岳书院

山自青青水自流，花香鸟语满溪头。
道人际此身无累，亲见羲皇正冕旒。

——（宋）李儒用《春江游眺》

宋绍熙五年（1194）四月，朱熹知潭州，兼荆湖南路安抚使。他去长沙上任途中路过平江，李儒用等学子追随他就读岳麓书院。唯楚有材，于斯为盛。朱门弟子回乡兴办阳坪、台川、殊恩三座书院，平江先后走出53个进士、117个举人，湖南会试曾有三次整榜全是平江考生。知岳州军汪有开的《修先师庙记》分析："湖右之士盛于岳，岳之士盛于平。非士能自趋于盛，教养作成之素，学校居功之多。"

湖湘正脉

唐末宋初，天下征战，昔时那些繁华的州府、县城，竟然没有办法安静地摆下一张课桌，官学停办达数十年之久。读书人如同覆巢的鸟儿，无所依靠，各散自飞，四处寻找哪儿有一片能够栖息歇脚的林子。过去熟读的先贤诗文，在逃难的流离颠沛间，这时派上了地理指南的用场。那些远离人烟孤寂地，掩映在深山老林的寺院，还有出家人那比山重水隔更值得信赖的慈悲胸怀，这时成了文化人漂泊的第一选择。

书院，一种有别于官学与私学的教学肄业场所，就这样依托和借鉴着寺院，在远离市井的山水间拔地而起。如果说，寺院是佛教文化的载体，宫观是道教文化的体现，那么，书院则成为儒家文化的象征。中国传统文化的儒家、佛家、道家三大精华，史无前例地在绿色的山林中和谐相依而相得益彰，为后来程朱理学的形成与发展提供了历史的机遇。

平江孔子学堂祭孔典礼　2017年/摄

湘江边上的岳麓山，为南岳七十二峰最末一个峰，自古即为佛、道胜地。北宋开宝九年（976），潭州知州朱洞在岳麓山原僧人办学的基础上，筹资创建岳麓书院。当时的书院有讲堂五间，斋序五十二间。宋太宗咸平二年（999），李允则任潭州太守，扩建岳麓书院，中开讲堂，修建书楼，增建祭拜孔子的礼殿，从而奠定了书院教学、藏书、祭祀三大规制。李允则上书朝廷，获得国子监所藏诸经释文义疏及《史记》《玉篇》《唐韵》等书籍。岳麓书院就这样从乡野办学，进而得到朝廷的认可与支持，成为当时最有名的书院。

担任岳麓书院首任山长的儒士，便是来自汨罗江下游的著名学者周式。周式以行著于时。他的著述早已散佚，只剩下篇目，有《毛诗笺传辨误》八卷、《论语集解辨惑》十卷和《拾遗》一卷。明代周圣楷纂《楚宝》为他立传，称周式为“真儒”“不愧正学”的经学家，可见他的经义造诣是极高的。书院的招牌刚刚在岳麓山坡挂起来，周式日夜操劳，既要钻研经义，训诂讲学，又要联络学者，管理学子。在他的任内，岳麓书院完成了从僧人办学到学者办学的转变，时人评价：“朝廷重之、士望归之。”因此，太守刘师道再次扩修院舍，岳麓书院后来在历代学者关于书院的排名中，一直被列为中国四大书院之一。

周式这位来自屈原沉沙之地的儒士，曾以自己的人格魅力战胜了皇权、功名、利禄乃至于生或死的挑战，向世人昭示，作为一个知识分子，其独立精神、自由人格的伟大力量。

宋真宗大中祥符八年（1015），皇帝在皇宫的便殿接见了周式。这比起在金銮殿前远远地跪着拜见万岁，显然要荣耀得多。宋真宗对周式的确非常器重。两人一边喝酒，一边聊天。每听周式讲到精彩妙趣处，万岁爷忍不住拊掌击节、开怀畅饮。接下来的日子，宋真宗下令，让皇宫大臣和王子王孙都轮流恭听周式释经讲道。天子对周式的学问与道德非常满意，赐封他为国子监主簿，有意留他在京城伴驾。皇恩浩荡，似乎根本不容周式选择。一边是繁华京都，一边是寂静山野；一边是御前行走，一边是课堂讲学；一边是富贵荣华，一边是乡绅遗贤。可只有一条：一边是朝廷京官，一边是自由学者。周式根本没有选择，无论皇上是明谕，还是暗示，他死活不答应留在京城这件事儿。哪怕犯下抗旨的死罪，他也决不改变自己作为一个儒士的持守。宋真宗终于明白，拴住一颗山野间自由的心，有时会比征服天下更难。宋真宗索性好人做到底，赐给一大堆宫廷内府藏书和鞍马等礼物，准许周式南归，继续回岳麓书院当他的山长。宋真宗还御笔题赐了“岳麓书院”匾额，至今仍高高地悬挂在岳麓书院的大门上。

周式山长的人格魅力，就这样彻底征服了征服天下的天子。自宋至

湘阴文庙　2021年/摄

今，岳麓书院文昌阁左侧，有“六君子堂”，祭祀周式、朱洞、刘敖、李允则、刘珙、潘畴六位倡办岳麓书院的贤士。

南宋绍兴元年（1131），金兵南下，岳麓书院全体师生丢下笔墨拿起刀枪，在潭州城外与金兵相搏，多数师生壮烈牺牲。岳麓书院亦毁于战火。乾道元年（1165），潭州知州刘珙重建岳麓书院，聘请张栻主教，大致恢复了旧时规模。张栻以反对科举利禄之学、培养传道济民人才为办学宗旨，以岳麓书院为基地，创立了中国理学史上颇负盛名的湖湘学派，岳麓书院发展到了鼎盛时期。

朱熹帅长沙，重权在握，他做的第一件大事，便是大力扩建岳麓书院，将招生规模猛然发展到上千人。早在江西开办白鹿洞书院时，朱熹便参照禅宗寺院的管理经验，形成了包括建置、规约、讲授、辩难等一整套全新的关于书院管理的理念和制度。这样，朱熹很快自如地将岳麓书院变成了他研讨、传布理学的中心。

理学自道州濂溪先生发脉，亦称道学。经洛阳程颢、程颐兄弟“二程”奠定根基，到朱熹集大成，建立了一个庞大的学术体系，故又称程朱理学。朱熹一方面是通过讲学和同其他学派的辩论，不断扩大朱学学派的势力和学术影响。另一方面是继续使学术的各个方面理学化，对“四书”及其他儒家经籍以理学的教条重新解说，构建出理学的体系。朱熹完成了《论语集注》《孟子集注》《论语或问》《孟子或问》，序定《大学章句》《中庸章句》，此后写出《论语要义》《论语训蒙口义》《语蒙精义》，将孔孟之道上升为帝王之学。乾道年间编有《程氏遗书》《程氏外书》《太极图说解》《通书解》及《西铭解义》，进一步使二程理学得以发展而臻于完备。晚年完成《楚辞集注》《仪礼经传通解》《韩文考异》及《周易参同契考异》，修改整理《资治通鉴纲目》等，缕析理学的渊源及传承学脉，全力使经学、史学、子学及文学融入理学之中，后人编纂有

《朱子语类》《朱文公文集》，建立了一个宏大的学术体系。

朱熹将“爱国”的命题引入《楚辞》研究，对屈原舍生取义的精神深表赞许。他在《楚辞集注》中对屈原如是说：“屈原其忧忧国，其乐乐天。故君子之于人也，取其大节之纯全，而略其细行之不能无弊，则虽三人同行，犹必有可师者，况如屈子，乃千载而一人哉！”

平江九君子

朱熹曾有《春日》绝句：

胜日寻芳泗水滨，无边光景一时新。
等闲识得东风面，万紫千红总是春。

诗中的“泗水”，暗指孔门。因为春秋时孔子曾在洙、泗之间弦歌讲学，教授弟子。所谓“寻芳”，即是指求圣人之道。“万紫千红”，亦喻孔学的丰富多彩。诗人将圣人之道比作催发生机、点染万物的春风。这其实是一首寓理趣于形象之中的哲理诗。

朱熹路过平江，各界人士闻讯，一早等候汨罗江畔夹道相迎，争相先睹为快。邹行之是位有心人，他事先写好了一封自荐信，并附诗二章：

武夷洞前皎月生，归人近得坦途行。
阴霾涤尽无纤翳，远彻乾坤一样明。

野意凄凉远俗情，出门一笑乱山青。
痴儿白昼犹酣睡，可是无人为唤醒。

这两首诗，其一说朱熹，曾在武夷山修建武夷精舍，后称紫阳书院，讲学、著述，使得理学大放光明；其二说自己，如同痴儿白昼酣睡，盼望朱子来唤醒。回到驿馆，宴散夜静，朱熹读罢邹行之的信帖，不由为他的真切与执着所感动。朱子拈须微笑，决定接见这位山野学人。史载：“朱子独加礼重。”古人语，与君一席话，胜读十年书。何况是与天下君子所敬仰的朱子一夜长谈。这次会见，邹行之更加坚定了潜心研究理学的信念，也规划了他后来的人生轨迹。他追随朱子到岳麓书院求学，研读《四书》，终生不仕。晚年，邹行之干脆将家迁居到了县东汨罗江边的濯港，依山傍水建起一座土屋，取号“自乐轩”，日夜啸歌自适，著有《自乐轩集》。到了死时，邹行之家里穷得连下葬的钱财都拿不出来，丧事还是由平江另一位学者，连云先生方明甫出面操办的。

天岳书院额联　2018年/摄

追随朱熹到岳麓书院听讲的平江学子，除了邹行之、李儒用和吴伯英，后来又有许仲明、方明甫、毛友诚、鲁宝潭、方叔行、万子静六先生，相继受业于朱子之门人。邑人尊称他们为“九君子”。自元至清，平江建有九君子祠，县城至今保留君子巷。

李儒用，字仲秉，因家居练溪，学者称练溪先生。李儒用长于《春秋》，在岳麓书院求学时，最喜欢发问，在与诸子的往复辩难中，总有一些独特的见解与心得。每堂课毕，哪怕误过了吃饭，李儒用要做的第一件事，便是将讲堂上与朱子的问答仔细地记录整理好。后来在编纂《朱子语录》和《朱子语类》时，李儒用的笔墨颇多。朱熹很喜欢这位品学皆有君子风范的学生，说他“文字亦好”，经常叫他参与学术的整理工作。李儒用在《春江游眺》诗序中说，李子游于春江之滨，绿波潋滟，游鱼往来，夹岸杂花，鸣枝众鸟。心性悠然，若置身于黄虞之盛世也。李儒用的理学诗风，与朱熹的《春日》绝句一脉相承。

经四次乡举，李儒用于嘉泰二年（1202）进士。嘉定初年（1208），醴陵人吴猎任四川安抚制置使，并知成都府。他是李儒用在岳麓书院的同窗好友，对李儒用的才学、人品、经术都非常器重，便荐举到了朝廷。李儒用出仕到四川，在幕府当了一名制干，即是负责办理日常事务的干事。不久，他便死在那里。后人在他的旧居建有练溪先生祠。李儒用被尊为平江九君子之首，在明隆庆《岳州府志·儒林》中亦名列第一。

不知是哪一位朱门弟子，从岳麓书院将朱熹的一幅墨宝带回了平江，字迹庄重苍古，分四列镌刻在县城文庙戟门外的石碑上：行仁义事，存忠孝心，立修齐志，读圣贤书。这显然与《朱子书院教条》同出一脉，当为古今校训。

天岳书院

晚清湘军出现后，湖南人才辈出，各地大兴办学之风。

清同治五年（1866），平江知县麻维绪励精图治，决心重修天岳书院。召集平江士绅向国鸿、李藻、何忠继等12人董理其事。张岳龄因公差路过故乡，他积极响应，亲自参与选址。众人渡过汨罗江，来到城邑东南三里外的黄土仑，只见地势平冈，豁然开朗，左控连云，右矗幕阜，后耸星阁，前瞰碧潭。张岳龄慨然拊掌曰："此真书院地也！"张岳龄带头捐置地基，另外买下岁租138石的良田作为书院膏火。在张岳龄、李元度带动下，邑中人士踊跃捐输。从动议到建成，前后不到两年，建有栋宇4座，斋舍50余间，其藏书与生员均属从前未有之盛。张岳龄为长沙城南书院肄业生，李元度为岳麓书院肄业生，平江天岳书院完全承袭岳麓、城南书院的规制，集教学、藏书、祭祀于一体，也就不足为奇了。

走近天岳书院山门，两根四方麻石檐柱撑起大门斗口，门框上方镶嵌"天岳书院"黑底镏金大字匾额，两侧楹联：

> 天经地纬；
> 岳峙渊渟。

此联既嵌有书院名，又将地理形胜道出，且立意深远，气韵流长。张岳龄曾为讲堂撰联：

> 得天独厚，筑广厦以庇寒，望诸君继晷焚膏，兴邦撑起儒生责；
> 唯岳降灵，有大志期能达，学古人断齑划粥，立身当在秀才时。

受知县麻维绪委托，湘军名将李藻牵头修建天岳书院。李藻母亲去世，他回家守孝，担此重任。同治十年（1871）李藻就任银川知府时，重建毁于战乱的银川书院，他依照平江天岳书院修建模式，将院址移至文庙西侧，建有学舍数十间，广东陆路提督张曜为之记。后又毁于战乱，旧址便是今日银川一中。李藻在甘肃去世时，天岳书院院长李汉章曾撰挽联：

讲院辟罗城，大庇多士三千，题额天岳字如斗；

霓旌扬陇水，远控雄州百二，目极秦关泪满襟。

首任院长李汉章，清道光十五年（1835）进士，即用知县，改沅州府学教授，芷江明山书院山长，钦加五品衔。晚年回乡，协修《同治平江县志》，留下《天岳关记》《天岳书院记》和《练溪先生祠记》传世。他在《天岳书院记》说，书院之所以以“天岳”为名，取文峰之壮丽也。乡人以为“天岳书院”匾额与对联均是李元度撰。李汉章在挽联中记述“题额天岳字如斗”，证实此匾当是李藻将军遗墨。

余虎恩，外号“蛮子”，尊称“爵帅”，看似一介武夫，其实文武双全。《清史稿·列传二百四十二》开篇称道：“余虎恩，湖南平江人。少

汨水绕平江　2020年/摄

孤贫，喜读书。”自投身军旅，余虎恩深感少年读书太少。随着地位升迁，特别是赴陕安镇任后，他抓紧读书，经年不懈，终至大有进益。凡历代兴衰，山川形胜，毕罗胸中。故发迹后，十分关心家乡的文化建设，热心助学。清光绪二十九年（1903），平江县在天岳书院兴办官立高等小学堂。余虎恩全力资助，并亲自主持校务。天岳书院藏书楼墙壁上，《新修小学堂数》石碑，记录了余虎恩及县内士绅的功德。

清同治七年（1868），李元度又捐银千缗，倡议在天岳书院新建屈子祠和君子祠。清同治八年（1869），天岳书院扩建新祠落成，李元度亲撰《天岳书院新建屈子祠记》和《天岳书院新建君子祠记》，遵循“洙泗水南流，平江汨水亦西南流”的先贤之说，翔实论证屈子、朱子与汨水、平江密不可分的重要意义。

李元度评述：“学者幸生先贤过化地，读其书，想见其人。又以入庙思敬，钦挹其流风遗韵，益当奋兴百世之下。夫道德文章节义，无古今，一也。有能志古人之志，是即古人之徒也。屈子陟降以灵，其必默为佑启也夫。”

光绪二十三年（1897）知县冼宝榦主持天岳书院改革，他曾致信争取长沙时务学堂院长梁启超支持。次年开始革新课程设置。光绪二十七年（1901），清政府下旨改书院办学堂，光绪二十九年（1903）设立官立高等小学堂。1907年平江天岳书院旧址始办中学堂，民国后相继创办初、高两等小学校及县立师范学校、县立中学等，一直沿袭到今天的平江县第一中学。数百年风风雨雨，天岳书院弦歌未绝。

1928年7月22日，彭德怀与滕代远、黄公略在天岳书院广场举行起义。1988年1月，“平江起义旧址”被列为全国第二批重点文物保护单位。

第十五章　启明女校

白鹤鵁鸾族，来巢信喜徵
依人为卵翼，得止见知能。
粉署鸣声溢，乔林气象增。
一亭高建后，嘉瑞表冈陵。

——（清）钟胜芳《鹤岭记事》

清朝末年西风东渐，随着兴办新式学堂和出国留学风气盛行，一大批具有民主革命觉悟的新型知识分子，在民族危机的刺激下从爱国走向革命。不少革命者在国内策划反清起义失败后，又纷纷逃亡日本。1905年8月，孙中山、黄兴等人在东京发起成立中国同盟会，加入同盟会的863人中，湖南籍人数最多，达157人。

革命先驱凌容众、李樵松

凌容众（1874—1929），字盛仪。平江三阳乡人。1904年官费留学日本，习警政。1905年加入中国同盟会，1906年被驱逐回国。凌氏夫人李樵松（1872—1933），平江长庆乡人。1905年留学日本，入东京青山实践女校，为湖南省第一批留学女生之一。同年加入同盟会。1907年回国，热心妇女解放，提倡男女平等。1907年，凌氏夫妇在趣园创办女学堂，取名“启明”，以示启蒙开明之志。开学时只招收到9名女生，却开创平江妇女受教育的风气之先。

凌容众、李樵松夫妇雕像　2020年/摄

启明女学堂以传播新思想、新文化为己任，先后开设修身、中国文学、外国语、历史、地理、算学、博物、图画、体操、理化、法制、理财及心理学、伦理学等课程。虽说为了堵住封建顽固分子的嘴巴，在初办时期，也曾开设《女儿经》之类的讲经课，却是带头放脚、禁束胸、剪辫子、留新式女学生头，引得城乡女性纷纷仿效，为平江妇女解放之先导。平江早年投身革命的一批巾帼英雄，如湘鄂赣省委妇女部长胡筠、中华苏维埃政府办公厅主任李华英、湖南省民主妇联主任董纯，她们都是启明女生。为了便于工农群众就读，在凌翥翔的大力支持下，办学由趣园扩展到凌家相隔数里的燕子屋场，办起了“甲山寻常小学堂”和“甲山夜班学堂”， 扫盲识字，开启民智。转眼十年光阴，凌家卖掉了趣园、燕子屋场及田产等所有祖业，来维持启明女校的办学经费。1916年12月，国民政府教育总长范源濂致函凌容众、李樵松夫妇，称道“毁家兴学，毅力热心，十年一致，举世罕见”。足见启明女校在全国的影响之深。

1917年元月，启明女校迁入县城青石巷徐家大屋，改名“启明女子职业学校”。不久，凌容众几经周折，筹款买下了老县衙门后山鹤岭作为永久校址，改名“私立启明女子师范学校”，开始进入正规化办学时期。凌容众亲自设计，依山就势新建校舍，斥资增设图书、仪器教具，师范扩至4个班，职业扩至6个班，小学由5个年级扩至6个年级，有教职工34名。1921年3月，启明女校以平江私立启明女子师范专科学校的名称，呈准国民政府教育部备案。湖南省政府在省教育厅预算中，专列平江私立启明女校补助费经常科目，每年准由省库径拨，不需临时申请。这在各县私立学校中唯此独有，可见启明女校办学之成功。1922年冬，启明女校经费正式列入平江县财政预算。

早在甲山创办女学堂之初，凌容众就从日本引进一台脚踏纺纱机，能装纺筒60个，日纺纱4斤多，作为工艺班实习之用。清宣统二年（1910），创办启明女子实业讲习所。民国元年（1912），改名启明女子实业分校，李樵松兼校长，招收染织、缝纫、刺绣等班。1924年，启明女校参加在武昌举行的西南五省教育成绩展览会，当时师范、高小、国小、职业各班共有学生500余人，学校送去染织品、造花品、刺绣品、缝纫品、园艺品及其他制品多件，博得好评。

1928年，曾任湖南省都督、省长的谭延闿先生出任国民政府行政院长，他亲题“启明女校”四字由南京寄赠凌容众。自然勒石门楣，一直作为启明女校的金字招牌。

启明女校为旧制师范，从小学6年到师范5年，前后11年时间。就这样，19个班大约700名女生，由天真幼稚的小女孩培育成长为亭亭玉立的女教师。加上后来学制为一至三年不等的简易师范毕业生，启明女校先后培养了2000多名小学教师。新中国成立后，她们成为平江县教育战线的骨干力量和各条战线女干部的主要来源之一。在其他职业技术教育方面，从1907年7月开办工艺第一班开始，到1927年上半年止，曾有过一个统计，共办缝纫班37个，缝纫补习班7个，刺绣班7个，工艺班1个，印染班10个，培养各种职业技术人才2000余人。启明女校从成立到1950年4月并入县立中学止，办学43年，累计为平江县培养女界人才4000多人。如果计及这些有新文化、新知识、新思想的新女性在家庭、子女教育方面的社会贡献，那更是功德无量！

青山明月证灵魂

1911年10月10日，武昌起义成功。10月22日，湖南宣告脱离清政府“独立”。10月24日，平江革命党攻入县城，县知事逃离，警察等公干作鸟兽散。次日，革命党招警察数十人，推请凌容众为陆军警察长，负责维护地方治安。老天爷总算是给了这位攻习警政的留日学生一次“专业对口学以致用”的机会。后来，谭延闿先生曾委请凌容众为平江县知事。他在目睹宋教仁遇害、焦达峰死于暗杀、老同盟会员胡瑛卖身投靠袁世凯等事件后，决意淡出政界，专心办学。此后至死，他恪守“生不离平江，死不出启明”的誓言。

1925年3月12日，孙中山先生逝世。平江县各界于3月31日举行追悼大会。凌容众慨叹，先生四十年为国驰驱，所持主义，不第为国民本党所宗崇，即东西各国政党伟人莫不钦佩。今先生已矣，国民党群龙无首，能否一竟先生之志，所不可知。他献上一副长长的挽联：

> 公怀旷世经纶，仗策誓师，数百载腥膻永绝。以地治证功夫，天界南北，久合必分。三民主义未行，非公计左；
>
> 我预横滨盟约，绝趋矩步，二十年竞业不遑。本教育造共和，志贯初衷，老当益壮。一部党纲长在，鉴我心坚。

凌容众的身体状况逐渐恶化，自知来日无多，更喜以酒解忧。他病重时曾在日记中写道：“余即将离此尘世，不禁拍腿称快！”凌氏自东渡日本开始写日记，每晚入睡前必先写完当天日记，才更衣就寝。不论居家、旅行，数十年如一日，从不间断。且采用同一式样的日记本，字迹工整，格式划一。他亲自监制一口檀木箱，收藏其日记本。迄至临终之日，不能执笔，犹将当日之事，口授其子凌敏力代书，亲阅后命于尾句加盖其私章。嘱咐家人，死后须将私章带入棺中，其日记移置图书馆妥善保管，20年后方许开箱阅览，以免除日记中偶对当道人的评议引起麻烦。凌容众日记42本，现存湖南省图书馆。凌敏力

启明女校纪念碑　2020年/摄

后来参加红军，牺牲在长征路上。

1929年夏天，凌容众先生病殁于长沙刘忠壮祠，享年55岁。遗嘱丧葬时不要采取任何迷信方式，只需在断气后燃放一挂长鞭炮，使邻居知道死者去矣就够了。当凌容众先生的灵柩运回平江时，万人空巷，吊唁者络绎不绝。灵堂前高悬凌容众生前自撰祭联：

卅年奔走空皮骨；
万古云霄一羽毛。

校方遵其遗嘱，葬于校后鹤岭顶端。其墓碑上有凌容众生前自撰挽联：

许国自同盟，以教育造共和，白首清贫负素愿；
盖棺有定论，于身世无渣滓，青山明月证灵魂。

谭延闿先生亲笔撰写墓志铭。

1933年，李樵松女士病逝。湖南省教育厅厅长朱经农先生亲笔书赠挽词“懋绩昭垂”。李樵松多年操劳校务，与学生朝夕相处，亲管亲教，情同母女。全校师生如丧考妣，哭声震动古城。祭唁后与夫合葬，其墓全用青石板结合。墓前辟有平坦拜坪，坪中设有石桌、石凳，两旁植有柏树，可拜祭，可诵读，日夜弦歌相闻。

瓜蔓绵长

平江私立启明女子师范学校创办之时，社会习俗依然重文轻商，且高小毕业的男孩都得到长沙、岳阳去读中学。1923年，平江县商会出资创办平江私立懋通乙种商业学校。1989年《平江教育志·商业小学》载：

> 平江私立懋通简易商业学校，原名平江私立懋通乙种商业学校。于民国十二年（1923）由县商会创办。校址在北街岭乌龙庙（现平江茶厂）。首任校长凌懋猷。办学宗旨是“为商业系统培训人才，发展城市经济”。学制三年，除按公办小学开设课程外，高小六年级增设商业和簿记。学校设有贩卖部，专供学生轮流实习。
>
> 学校设董事会，董事长由商会会长兼任。校长由董事会选举产生，教师由董事会聘请，师资质量高，管理严格，学生成绩优异。从民国二十二年（1933）起，全县高小毕业生会考一、二、三名多为懋通商校学生。师生思想进步，对抵制日货，宣传爱国主义起了良好作用。在该校毕业的学生中，有后来成为中共高级将领的钟期光，西德波恩法学博士、国民政府高级官员李元簇和著名工艺美术家李昌鄂等。民国二十五年（1936）该校至为兴盛，学生达260名。民国二十七年（1938），因日军侵入平江而停办。

1938年10月19日下午，日寇飞机轰炸平江县城。懋通商校一位员工被炸死，学校基本停办。后来借居白雨湖的南山寺恢复办学，勉强维持两年。1939年4月，日军犯湘，岳阳沦陷。湖南岳郡联立中学从岳阳县画眉湾迁平江县钟洞乡杨源洞三义堂。次年春，湖南岳郡联立乡村师范学校也从岳阳迁往杨源洞四美堂。

李航寰（1899—1961），又名昌用。平江长庆乡人。14岁在县立第一高等小学毕业，考入湖南省第三联合县立中学，即湖南岳郡联立中学的前身。他1932年回岳郡联中任教，1933年被推选为校长，前后凡17年。1938年10月，李航寰自岳阳逃回平江，仅携校印一枚。经他四处奔走，多方求援，租赁校舍，借用校具与图书，邀回教职员工，终使得岳郡联中伴随启明师范在钟洞乡村复课，成为屹立在湘鄂赣抗战前线唯一的完全中学。抗战胜利后，他发动校友募捐，修复岳阳校舍。1947年下学期将岳郡联中迁回岳阳原址，为今日岳阳市一中的发展奠定了基础。李航寰考虑平江学生入学困难，筹资在城西曲池创办湘北中学，他兼任校长。1949年7月，平江解放，县人民政府成立教育科，各校维持现状，继续开学。1951年底，教育科改称文教科，县立中学改名平江县第一初级中学，湖南私立湘北中学改名平江县第二初级中学，步入人民教育新时代。

永远的启明之光

从1926年开始，启明校务实际交由喻苍霖先生管理。

喻苍霖（1887—1963），平江安定乡人。湖南优级师范学堂毕业，任教岳郡联中，曾任学监（校长）。1920年起任平江县立师范学校教员、教务主任。1926年，喻苍霖出任平江启明简易师范学校校长。他从事教育工作36年，为平江培养了大量师资力量。喻苍霖曾任平江县第一届人大代表、第一届县政协委员，被遴选为湖南省文史馆馆员。

鹤亭　2020年/摄

战乱时期，喻苍霖担任平江县教育局局长，仍兼启明师范校长。启明女校经历危艰、进展、极盛、艰苦、复员五个阶段，他主持了后三个时期。抗战胜利后，启明女校从烟舟迁回鹤岭，他先后五次扩建宿舍、教室、礼堂、厨房，校院焕然一新。1947年1月，启明举行40周年校庆，在校园为创办人凌容众、李樵松竖立纪念碑，时任教育部长朱家骅、湖南省省政府主席王东原等为纪念碑题词。

> 美哉，启明之光辉。美哉，启明之光辉。鹤岭之下，昌江之湄，是光辉的发源地。鹤鸣九皋声闻天，昌江九曲流不已。弦诵声声，花香阵阵，添几许山川肥美。美哉，启明之光辉。美哉，启明之光辉。愿睹光辉之艳美，陶淑个人兼社会。来！吾同学，诸兄弟。来！吾同学，诸姐妹。

从1943年启明女校改名为启明简易师范学校，曾一度男女生兼招，歌词中有了“诸兄弟”。平江鹤岭原名牧岭，每年洞庭湖鹤秋去春来，成百上千筑巢繁衍。清康熙初年，知县许国璠依麓建有喜鹤亭。从启明女校迁入鹤岭办学起，这座千年的靠背山，在当地老百姓口中，就改称“启明”。从新建的文化广场拾级而上，凌容众李樵松夫妇的墓葬、塑像、雕屏与纪念碑亭依山坡缓缓铺展，风飒飒，叶簌簌。如果你静心静意地聆听，风中传来琅琅读书声。平江县在鹤岭西郊新建了启明中学，每天清晨《启明校歌》响遏行云。

第十六章　坐看沧桑换海田

古罗城下夜投宿，清气一宵吟未足。
月在碧潭风在松，何必洞天三十六。

——（宋）吴景偲《金铺观》

平江独立建县始于东汉灵帝熹平年间（172—177），分罗县东部设置汉昌县，县治就在今安定镇安永村的金铺观。建安十五年（210），刘备、孙权分荆州而治，曾置汉昌郡，郡治亦设此。孙权称帝后，黄龙元年（229）省汉昌郡，汉昌县改吴昌县。隋文帝开皇九年（589）推行数县并置，吴昌县并入罗县。唐真宗神龙三年（707），恢复罗县东部设昌江县，折腾一百多年，金铺观老县城已经废弃，重建在汨水环抱葫芦形的中县坪。杜甫老病孤舟投靠亲友，卒葬大桥乡小田村天井湖，船岸离中县坪就很近了。

故县乡，古罗人的家园

安定镇旧时曾名故县乡，清代周兴珏有《过古罗城》诗云：

古迹于何见，云山尚可图。
秦人开县郡，宋代辟仙都。
蔚苕千林木，蒙茸四野芜。
春郊凭吊处，汨水但西徂。

汨罗江流至安定镇，算是真正意义的穿越潭岳之间，连云、福石山脉错落有致，平江与浏阳、长沙山依水连，与省城越加亲近了。山高水丰的平原丘陵地带，始终是耕作面积最大的粮仓，故自汉朝至唐代，一直是古

安定镇风光　2020年/皮皮摄

罗县治。唐献宗元和四年（809），称此地“水轻土薄，畴咨官众，上请诸司，下迁二十里”。依然选择汨罗江畔，鹤岭东南汨水环绕，西北山丘林立，便是今日平江县城。昌江县改名平江县，则是后唐五代同光元年（923），屈指算来也接近1100周年。时光伴随江河流逝，汉昌镇名随着县治变迁，故县乡的遗痕渐渐淡化。明洪武二十年（1387）一位名叫程安定的乡贤在此修建石桥，俗称安定桥。

老辈平江人，常以甲午年（1954）大水作为汨罗江洪涝标尺。1954年7月22—30日，连续9天集中降雨408.7毫米，县城超警戒水位9.1米。全县3.4万户、11.9万人受灾，淹没农田20万亩，倒塌房屋2.4万间，死亡74人，伤76人。其中7月25日特大山洪，由原来19米的水位猛涨至33米以上。安定桥是重灾区，昔日粮仓变成汪洋大海，4万多亩早中稻颗粒无收，泥石流冲毁良田，地下翻冒黑水，倒塌房屋上千间，伤亡多人。

岳州府平江县南乡第八都锦江庙，城隍社主依然把守大桥乡水口嘴。来自福石山脉的白水、卢水、高坪水、清水在此汇合，锦江又东北流约里许，至双江口注入汨罗江。杜甫病逝的孤舟就是停靠在铁匠坳码头，当地群众帮忙将诗圣遗体抬至小田村，安葬在天井湖边的高坡上。

通往长沙的南大门

安定镇长田市与浏阳社港市交界，清朝时平江设二十六都，长田是第七都，辖狮蹲、蒋山、爽源、渡头、鸣山、水南、芦洞、城下、水台九个村，包括今日思村、爽口、安定、芦洞一大片。茶马古道水陆两路会集，石拱桥青藤掩映，老街巷商铺依旧。接货的土推车、货郎担从长田市翻过山界，平江通往长沙的南大门。

高坪水源出平浏交界之龙头尖，经泥鳅湖东流八里至长田市。1954年

秋湖水库　2021年/摄

特大山洪过后，以粮为本，纲举目张，为了摆脱贫困解决吃饭问题，从互助组、合作社到人民公社，发挥集体经济的优势，修复传统的平塘、堰坝，合力兴建小型水库，掀起农田水利基本建设的高潮。

秋湖水库大坝选址高坪村，整个灌区蓄引水量164.5万立方米，包括安定、大桥、长田乡共1.2万亩耕地，从此旱涝无忧。

几百年旧家无非积德；
第一等好事还是读书。

坪上书院原本长田乡高坪村彭家祖屋，数十户人家聚居又分散。借助乡村振兴的春风，如今修缮翻新，搭起乡村文化讲堂，名号“坪上书院”。中国电视艺术家协会命名“影视小屋”，各地文艺名家纷至沓来。

自入深山里，往来无别知。
只余霞与水，聊可借栖迟。

茅田岭海拔121米，山水相依相抱，连云山脉典型的丹霞地貌。走进中国最美休闲乡村——茅田村，经历风霜雨雪的无穷岁月，紫红色石崖体造就无数奇洞怪穴。穿行山径，智公岩、鹰咀岩、蟹石岩、磬鼓岭、钟鼓岭、公狮赶母狮、乌龟驮磬、象驮钟、马鞍背、大岩寺、神盆石，十二重门珠联璧合。溪河红石岩岸，寻得“借霞处”摩崖石刻，发现金石诗二首，落款饶品元，字介石，相传明初所刻。另一首打油：

岩石之前，白云连连。
岩石之冈，古树苍苍。
岩石之邱，樵薪牧牛。
岩石之中，饶氏醉翁。

樵薪牧牛的醉翁生活，如今悄然远逝。自在平江野奢度假酒店，借自原始生态隐藏山沟，峰岭溪谷，曲径通幽，客舍盘踞荷塘畔，茶室香飘松竹间。鹰岩崖居坐落在群山之巅，顶荟、岩上、子崖三栋建筑，既独自成章，又遥相呼应。攀缘顶荟绝顶，东侧狭长的一字形主体建筑，通过天然山脊串联悬崖西侧，绿水碧波倒映天光云影，杂树蕉叶呼唤山风鸟鸣，别具匠心的无边际游泳池妙然高搁。岩上那自由曲线的卵型建筑，宛如360度观景台，现场直播不同视角的时空变幻。而全木结构的子崖会，横地板，竖立柱，飞蝶飘逸般的盖顶空间，将惬意的星空映照收藏于群山怀抱之中。一览众山小，悠然见南山，心旷神怡的野奢情调荡漾开来。

湘天一柱唢呐声

地名其实是记述地理的生命特征，人文标识的永恒形象。龙华山西去洞庭，南临长沙，九龙相会的锦绣山水，堪称珍藏版潇湘神韵。品味其三足鼎立之势，长沙双江乡龙华山村，浏阳社港镇龙华村，平江面积最大，三阳乡除了更新村，九龙村与对坪村合并，取名龙坪村。

溯高坪水初探龙华山，山路弯弯，溪水潺潺，颠颠簸簸，险象环生。环湖公路转入长沙县双江乡，果然享受乡村振兴的美好境界。孤陋寡闻不知潜龙入海，龙华山主峰龙尖山，又名九龙山、会龙山，或许九龙闹洞庭

自在平江　2020年/摄

就从这儿出发。清同治《平江县志》载：

> 龙尖山一曰九龙山（长沙志作会龙山），峭削云端，九峰崱屴，石柱峰之北条也。县西诸山皆以此为祖。相传罗子尝驻此，中有敕书仑、马迹石、更鼓台，山椒有真武石殿，镌额曰“湘天一柱”。萸桐绵亘三十余里，西北属长浏境，均在县南五十里。

龙尖山真武石庙始建于唐代，背靠平江，面对浏阳，右长沙，左平浏，气势恢宏的石殿围墙厚实，方圆门窗不见铁木砖瓦，全部石料搭建。如此丰盛华丽的巨型青石从半山腰取来，传说宝殿落成，采石场耗尽所有石料，不多一坨、不少一块，信士虔诚归功于天助神佑。从正门进入殿堂，横梁与立柱堆叠架构，不见锲榫却稳如泰山。前厅雕刻道教图画，纯黄粹绿浅红丝黑的彩绘极具质感，神秘的灵风仙气穿透时空。旧时四周皆

平江影戏　2020年/摄

建有寺庙，历代道士、僧人和地方信士云集，龙华山成为长、平、浏三县边寨释宗道教的活动中心。

三阳清水还是平江唢呐腔皮影戏的发源地。

皮影戏又名灯影戏，用灯光照射兽皮或纸板制作的人物剪影以表演故事的古老戏剧。地处鄂赣两省、长岳两市交界，平江话四乡十里不同音，唯有演影戏统一，大家执拗地叫“影（yǎng）戏”。一个“影（yǎng）”字，可定义为动词，它含有更多更多的戏剧动感，“辣厉子”菩萨与西方戏剧小丑角色异曲同工。“影（yǎng）戏”保持灯影戏的古名，应当是当代影视剧与动画片的祖宗。

一口述说千古事；
两手对舞百万兵。

平江皮影戏被列为湖南省级非物质文化遗产传承项目，得益于民间艺人的坚守与创新。2010年初，李随喜与李和平、李存义成立湘北大型皮影队，率先以电子琴及音响投影创办摩托车流动舞台，很快成为深受欢迎的文艺轻骑兵。他们在坚持按需点戏的同时，积极创作适应时代主题的新影戏。

新编历史新戏《离骚记》原名《魂锁汨江》，其平江唢呐腔被收入中央电视台纪录片《国乐的侧脸》。李随星提供的脚本如下：

屈原登场。官上大夫，名平字原，自名正则号灵均。妻李氏，儿女屈署、小嫈。出李斯。奉秦王旨，到楚国下请表，邀武关赴约。屈原谏本不听。尹子兰、靳尚力举和秦，将屈原贬下大夫，尹、靳各加官。李斯送二人礼，约好同谋。出楚怀王。到武关被囚，破窗逃出未遂，抓回折磨而亡。出小报。尹、靳奏千岁，老王被囚驾崩。大哭。问二人，先登基，后挂孝，大赦天下。屈上殿。秦联合六国发秦报仇。尹、靳二人奏，屈误国。将屈贬出郢城，发配湘南。辞妻、儿，大哭，分别送行。尹、靳修书与李斯、张仪、秦王，屈原已贬，兴兵发楚。令白起带兵攻郢都。小报。尹、靳二人奏襄王，令项燕带兵，尹子兰压阵。点老弱病残兵。商量项败不开城，白到里应外合，捉项开城。小报。襄王大哭，碰死。报。秦王大队到。升堂。绑项不跪。劝降。项允，要斩尹、靳二人。秦王照办。斩二人。项大笑，咬舌自尽。出荒民逃走。李氏三人商量也逃往湘南。屈原见荒民，问明，长叹。作《怀沙》《离骚》。遭渔翁笑。抱石自尽。渔翁大叫救命。众人齐去打捞。不见尸，抛米团，怕鱼吃屈原。李氏三人到，问名，上前一见。大哭。将金银镶头安葬。修庙立祠纪念。从此为端午节，纪念屈原划龙舟。

这部屈原在平江的经典影戏，人物故事均有明显的公正、奸丑色彩。屈原夫人李氏，儿子屈署，女儿小嫈。母子仨追到汨罗江，打捞屈原尸首。就是这个不到五百字的脚本，演唱起来长达三个半小时。“戏在心里”，各师其教。钟志远师傅在台上“董影”唱板，兴致来了，他临场加补了秦王召见屈公子的戏。

钟志远自幼喜爱影戏，立投师贴拜老艺人宋南村学徒4年，记性好，人灵泛，他学会唱上千本戏，掌握前、中、后台的操作技艺和制作影人。他又随两位师兄跟班4年，一副好戏腔，一手好琴戏，成为“跑满台”的高手。师傅传下来的老箱担，古董乐器，泛黄影人，手抄脚本，一桩桩一件件珍藏着平江影戏的百年故事。他的唱腔声调极具磁力，影戏散后总有一伙追星族不肯离去，得再表演一段平江快板“脱口秀”。

福石山传奇

平江县城东南行，经安定桥过思村乡，从白水水库大坝跃上盘山公路，峰回路转，林茂草密，瀑飞溪清，鸟鸣山幽，缠人的喧嚣被远远地甩在身后，进入一个清凉世界。清代邑人童升有《关门石》诗云：

何年一斧劈开门，两片中分列石墩。
止可容人鱼贯入，到来另是小乾坤。

清同治《平江县志》载："自连云过峡曰福石山。新江水、爽溪水、百房水出焉，西北流入汨水。山高千尺，顶平衍，瀑布下流如白练。最高为丫髻尖，有伏泉圣井。下为九龙溪，亦曰玉女泉，旱可祷雨。山阳属浏阳，有祖师岩。乾隆三十五年，昭显陈真人坐化于此，有庙。山之阳，紫竹观，有古寺，雍正元年毁于寇。是在县南六十里。"

这是有关福石山最权威的记载。

福寿山森林公园总部位于斛桶山，孤峰海拔1279.4米，四周陡壁，顶部平坦，圆口方底，锥体梯座，酷似旧时农家量谷的斛桶。其后背便是最高峰丫髻尖，当地人叫轿顶山，海拔1571.1米。轿顶山顶峰云遮雾锁，斛桶山却是清清朗朗地呈现在我们面前，活像一只张开双翅的蝙蝠，正从那轿顶山峰盘飞而下。在中国传统的吉祥图腾文化中，蝙蝠寓意福。福石山平均海拔1200米，总面积1275平方公里，森林覆盖率达96%。整个山脉呈东西走向，东西狭长80公里，南北仅宽8公里，将山界勾勒在地图上，便像是一只蝙蝠。

仁者山，智者水。福石山植被丰厚，雨量充沛，山峰有多高，水流便有多长，清流飞瀑随处可见。穿过千年古藤，渐听水响越来越近，抵达九龙溪谷底，顺着那一线天抬头朝山顶远望，只见一条清溪从大湖坪山口冲刷而出。飞瀑雷鸣，宛若游龙，或潜于密林深壑，或跃然陡岩顽石，近观银瀑跳崖，远望白练挂天。深潭碧蓝，激流清澈。两岸青山古木参天，悬崖峭壁比肩挽手，奇花异草千姿百态。河床之中，巨岩垒空，乱石堆叠，林荫扫其影，清流漱其根。清雍正举人钟灵曾有《福石山下瀑布》诗云：

玉女登霄已几年，银潢手挽下瑶关。
风雨画撼苍龙吼，冰雪晴飞白练悬。
小有仙源分九派，凌空地籁发重泉。
何时洗药峰头住，坐看沧桑换海田。

白水水库　2008年/摄

芦溪水，本名卢水。平江卢戎国移民从这儿溯水逃入福石山深山老林，取名盧洞。虎头威武的“盧”字，饱含着卢氏先祖融入西戎氐羌保持“尊虎崇虎”的传统习俗。现代汉语将“盧”简化成“卢”，后来又被满山遍野的芦花替代，约定俗成叫作芦洞乡。卢洞与思村二乡合并，为今日福寿山镇。

沧海桑田，换了人间。“移青山，堵白水，不让白水水白流。”这至今无人对出来的半副对联，记述了平江人民改天换地的一段轰轰烈烈的壮举。白水发源于连云山麓的白水山，西南流经思村乡，至北山与百房洞水合。百房洞水源出福石山大湖坪坝，西南流与卢水合。1970年初，6000劳动力从全县各个乡村卷着铺盖开进福石山，高峰期上到2万人。短短16个月时间，共投工460万个，筑起一座50米高的水库大坝。高峡出平湖，水随人意流。白水的水从此不再白流，化作光明造福于民。

白水其实因唐朝六相之一的白琪隐居白水寺而名声大振，历代文人游客多来览胜，白水寺六景留下许多诗词歌赋。童大佐的《上天梯》云：

> 鳞鳞石级上青霄，似近天边又有桥。
> 过去杖藜搔首问，此间人尚在山腰。

沿着苍凉的古道转过几道山梁，正疑断路悬崖，我们弃车步行，登临太阳庙山口，前景豁然开朗。一条宽阔的山沟从东往西纵横数十里，白水水库极像一幅中国地图铺展在西边角。南边大岭埂一带山脉，像一道绿色的屏障，伸出长长的臂弯拥抱着这片美丽的山水。北边山势更为险峻，绝壁千仞，古松歪插，怪石林立。童子拜观音的山石底座，便是陈真人“坐化岩”。在雄伟壮丽的大自然面前，人生是如此之短促，人力是如此之渺小。遥想300年前这位穿行于崇山峻岭的道人，是否就像我现在这样坐看云起，默对夕阳，修成正果而羽化登仙呢？

2013年底，湖南卫视《爸爸去哪儿》栏目组相中白寺村，特邀五对明星父子在这儿度过幸福时光，高清收视率令沉睡千百年的寂静山村一夜成名。城里的孩子争先恐后，住明星屋，读私塾书，玩捉泥鳅，赶猪仔跑，亲子体验旅游热潮翻滚。2015年，中央电视台《汨罗江畔》栏目组深入白寺村，拍摄端午习俗。

恰如白水寺六景诗境，仙人劈开关门石，揭起不汲瓮，打翻滚浪锅，今世后人应当如何脚踏实地奋力登上天梯。随着平江抽水蓄能电站建设工程持续推进，180户移民集中安置在山脚河畔，利用百房洞水循环错峰发电的神奇构想，“不让白水水白流”将再次变成现实。

天水堂　2020年/皮皮摄

第十七章　杜甫在平江

水与汨罗接，天心深有存。
远移工部死，来伴大夫魂。
流落同千古，风骚共一源。
江山不受吊，寒日下西原。

——（宋）徐屯田《小田杜文贞墓》

杜甫（712—770），字子美，又号少陵。读书破万卷，少小便有诗名。20岁开始漫游，35岁赴京城求仕，屡试不取，困守长安十年，“穷年忧黎元，叹息肠内热。”他亲历“安史之乱”，从叛军手中逃到凤翔，谋得个左拾遗，不久即被罢官。后经人举荐，出任节度参谋、检校工部员外郎，故后世称“杜工部”。现存杜诗1400余首，真实反映了盛唐衰落时国家的危机与人民的痛苦，誉为“诗史”。诗名与李白齐，李为“诗仙”，杜为“诗圣”，并称“李杜”。元至正二年（1342），顺帝追封文贞公。1962年，杜甫诞辰1250周年，世界和平理事会列为世界文化名人之一。

三贤所归同一水

平江地处岳阳与潭州之间，唐时称昌江县，杜甫为什么会一叶扁舟划进汨罗江上游去呢？杜甫在无法回归故里的情况下，不论昌江县城是否有亲友可投，他都会选择汨罗江作为最后的归宿，因为屈原的诗魂便浮耀在蓝色的汨罗江水。上年春天杜甫刚刚凭吊过祭祀屈原的汨罗庙，他的心与屈原是相通的。

早在乾元二年（759），流寓秦州的杜甫得知好友李白在流放途中遇赦，千里江陵一日还，正游历湘楚洞庭一带，他高兴地写下《天末怀

杜甫铜像　2017年/摄

李白》：

凉风起天末，君子意如何？
鸿雁几时到，江湖秋水多。
文章憎命达，魑魅喜人过。
应共冤魂语，投诗赠汨罗。

李白游洞庭，诗仙登临幕阜山，追忆葛、艾二仙，留有《炼丹井》佳作：

闻说神仙晋葛洪，炼丹曾此占云峰。
庭前废井今犹在，不见长松见短松。

如今杜甫自己身处洞庭湖，亲朋无一字，孤舟无所适，谁说他就不会想到，像诗兄李白一样，驾着船儿往汨罗江上走一遭，亲自与屈子共诉衷肠，投诗相赠呢？

晚唐时期摭谈拾遗就有李白酒醉捉月沉汨罗，“三贤所归同一水”的传说。韩愈曾有《题杜工部坟》，收录于刘斧的《摭遗小说》。诗中对杜甫称道：

独有工部称全美，当日诗人无拟伦。
笔追清风洗俗耳，心夺造化回阳春。
天光晴射洞庭秋，寒玉万顷清光流。
我常爱慕如饥渴，不见其面生闲愁。

春日偶客耒阳路，只见一堆空土烟芜里。韩愈想起了当时的传说，李白、杜甫与屈原三位忠谏诗人同归于汨水：

捉月走入千丈波，忠谏便沉汨罗底。
固知天意有所存，三贤所归同一水。

齐己的《吊杜工部坟》诗中亦有同样的故事：

鹏翅蹋于斯，明君知不知。
城中诗价大，荒外土坟卑。
瘴雨无时滴，蛮风有穴吹。
唯应李太白，魂魄往来疲。

宋人吕大防的《杜工部年谱》载："大历五年庚戌。是岁，杜甫年五十九。春在潭州，四月避乱入衡州，至耒阳。盛夏回棹，秋至潭州，沿湘而下。冬卒于潭州岳州间舟中。作《风疾舟中伏枕书怀三十六韵奉呈湖南亲友》等诗。"此时，"三贤所归同一水"依然流传于诗坛。南宋豪放派诗人辛弃疾有《忆李白》诗曰：

当年宫殿赋昭阳，岂信人间过夜郎。
明月入江依旧好，青山埋骨至今香。
不寻饭颗山头伴，却趁汨罗江上狂。
定要骑鲸归汗漫，故来濯足戏沧浪。

清代重修平江杜甫墓祠的诗联中，亦有"梦征李供奉"之句，证明

"三贤所归同一水"并非空穴来风。平江皮影戏中，便有《屈祠仙圣对诗会》。

平江杜氏

明嘉靖二十一年（1542）春，有一位名叫陈垲的参政驻节平江，他翻阅县志，得知平江杜姓人家，藏有杜甫为左拾遗、后裔杜邦傑为承节郎的诰敕，立即来到县志提到杜富家中，求得一见。子美敕为唐至德二载（757）所授，邦傑敕为宋绍兴三十二年（1162）年所授。陈垲"阅之而悠然起敬慕之情"，他在《跋杜氏诰敕》中详细记述道："文皆简古，真敕语也。唐敕有黄纸，高广皆可数尺，厚如钱，故久存。字大二寸许，倔而劲，年月有御宝，宝方五寸许，色转沉，中有碎裂，而全者皆为蛇文矣。宋敕用白绫，如今敕度，而细腻坚厚非今所及。字用行书，方寸许，俊逸流动，有晋风神，且类今所传宋高宗御书，或当时宫中宦官、女史所习也。年月隐隐有御宝，年月后细楷书侍中、中书、平章、仆射等官，盖中书所奉行也。后复有承节郎四行书字。"询问这两件诰敕的来历，是为杜氏传家之宝。陈垲既喜子美之有后，又喜得见先代典章以为异，因录而志之。

明天启三年（1623）《福汀家谱原序》载：

> 我始祖自晋元凯公大振家声，传至审言公，官于巩县，卒葬是邑。子孙遂家焉。其孙子美公，由左拾遗授职员外郎，晚游湖南，卒于潭岳之间，旅殡岳阳。所生二子。长子文公早世，次宗武公，病难归葬。嘱其子嗣业公归葬偃师，又因干戈扰攘，未果。爰葬平江，卜居是邑，以祭守其墓。至宋高宗绍兴年间，杜邦傑公授承节郎，是时文人鼎盛。

今日杜甫后裔主要分布福建、江西、湖北三个地区。平江杜氏，便从杜甫的儿子宗武、孙子嗣业一脉世代繁衍，最初在小田的聚居地，今称杜家洞。平江杜姓自唐迄今，生息繁衍1300多年，虽非旺族，至今仍有一千多人丁，杜家山、杜家坊、杜庄村、杜公湾、杜家冲、杜家墩、杜家园等地名分布汨罗江沿岸一带。

世德源流远，家声衍庆长，
诗书开圣道，瑞蔼永呈祥。

平江杜氏以杜甫为始祖，自宗文、宗武落籍平江，按照清光绪丙申重修杜氏族谱，自第五十世的世周、世尚开派，新立派语。正是杜甫后裔不乏代代相继，使得平江杜甫墓得以保存完好。

清嘉庆年间，长沙举人陈宏亮与好友、平江名士彭作梅一同到平江小田凭吊杜甫墓，两人以诗酬唱。陈诗入县志，彭诗存嘉庆十八年（1813）刻印的自选诗集《剑啸草》。两人和唱诗作曾一同刊立杜甫墓旁。陈宏亮有《昌江访杜少陵墓》诗四首：

其一

一从金鼓震瞿塘，三载崎岖卒耒阳。
旅榇不归罗子国，居民犹指少陵乡。
空山绿树存华表，落日寒烟似草堂。
太息乱离天宝后，九原何处问行藏。

其二

故乡回首落城东，晚岁潇湘遇益穷。

车驾更无黄阁老，干戈唯有白头翁。
楚天云水伤心处，秦地关河泪眼中。
万古昌江一抔土，只今犹是作飘蓬。

其三

为问儿孙几代传，敝衣辛苦事原田。
柴门尚例成都隐，花诰犹存至德年。
零落大家谁骨肉？凄凉名士只山川。
碧潭秋月梧桐雨，想象吟魂在九泉。

平江小田杜甫墓　2014年/摄

其四

残碑剔尽泪横流，才大如公死却休。

一疏空遭明主怒，千篇但述旅臣忧。

剑南云物风尘夜，河北家园战斗秋。

直到没身归不得，满山春草吊荒丘。

“万古昌江一抔土，只今犹是作飘蓬。”陈宏亮的凭吊组诗，读来颇有杜传的诗史风味。“旅榇不归罗子国，居民犹指少陵乡。”说明平江当地一直认为，杜甫的遗骸并没有动迁，杜甫的后人一直在这里守祭，因而“柴门尚例成都隐，花诰犹存至德年”。杜家祖传的两件诰敕，可惜后来不知所终。到如今，残碑剔尽泪横流，满山春草吊荒丘。

光绪年间列入祀典

清同治十二年（1873）九月，李元度、张岳龄与平江知县麻维绪、县学教谕陈之纪等人，相约同访小田杜甫墓，商议修墓立祠的有关事宜。此后，李元度针对新旧唐书对杜甫墓葬的讹说误传，写了一篇史料确凿的《杜工部墓考》。张岳龄曾在任甘肃布政使回乡途中，专程至陕西、河南实地考证。张岳龄亦将考察情况写成《杜工部墓辨》。两篇杜甫墓考辨，系统论证了平江杜甫墓的真实无疑。杜甫“旅殡岳阳”，正是平江县南三十里小田杜甫墓的由来。岳阳别无杜墓遗迹，在小田无疑。43年之后，杜家曾想迁葬回乡，大历、元和间干戈梗道，未能归葬，也是意中之事。且河南的偃师、巩县均不能确指杜墓所在，更无杜甫后裔。而平江小田有杜家洞，杜甫后裔犹藏有拾遗诰，这不正是信而有征吗?

直到十年之后的光绪九年（1883）初冬，杜甫墓祠大修竣工。当时，杜氏族人曾详细记述了大修的过程：

> 原墓癸山丁向，花砖结顶。墓下砖砌圆首门三，皆砖所封。塞外嵌红石碑，字皆剥落无迹。择吉日换碑之时，门面封塞之砖中有坼裂而隙者，窥其内如堂室然。再进，有砖作花窗，内深邃不可见。……红碑之下，揭土三尺，始知地有砖。中分人字势，以罗经牵线合人字缝较之，与杜氏谱据所载癸山丁向相符合。由此而下，砖分三级，有半月池、小方池形。池外有瓦筒便于出水者。视此古砖古迹，未便移易，今仍之。惟墓顶花砖，形类扇页，侧面有阳文转草花式砖，因岁久不全，拟照此造新者补之，而陶工苦难合作，因用坚厚石块镶合成墓。径一丈，高五尺，附以石围。碑换青石，高一丈，宽二尺有奇。旁附石板，镶以石柱。

这段摘自光绪二十二年（1896）《杜氏族谱》的文字，记述了当年维修杜墓几件最为重要的事情。一是将坟茔字迹剥落的红石碑换成了青石碑。二是从裂缝中看出墓室空如堂室，有砖作花窗，为典型的唐代砖室墓。三是用罗盘牵线考证，原墓确如旧谱所载“癸山丁向”。四是古砖古迹，不便移易，一应照旧，未做改

铁瓶诗社　2017年/摄

造。五是墓顶形似扇页的阳文转草花式砖，今人竟无法照唐代复制，只得改用块石镶合成墓。

杜墓修整完工，光绪九年十二月初五日，张岳龄、李元度与乡绅文士45人联名，《请为杜工部修墓立祠》。张岳龄代拟呈稿：

> 有唐左拾遗检校工部员外郎、元谥文贞、襄阳杜公子美先生，于大历五年冬殁葬平江县南二十五里之小田天井湖。子宗武、孙嗣业未能归殡，遂居是乡，今所谓杜家洞也。……兹幸老父台三月大治，百废俱兴，雅意尊贤，瞻言表墓职等，里居伊迩景仰同殷，愿集费以经营，蕲致斋於献享，既修茔域并建祠堂用。是请上台题准列入祀典，庶几春秋有事长增俎豆之光，从此泉壤无恫，大吐文章之气。

此呈请求鉴核迅赐施行，三日后获准上报。次年三月十六日，由平江知县李宗莲具文，奏请抚督藩宪批准。批文称："经本县亲自勘查，山向遗址，均多符合，益徵真确"，"墓为公之孙嗣业所筑，谱据昭然。""从此次修建之后，古异说均不足惑。"事实上，这次大修的规划和准备工作相当充分，逐年分步进行。张岳龄、李元度等人一鼓作气，光绪十年（1884）重修杜文贞公祠，包括飨堂、门栋、官厅、僧舍及浣花草堂。十一年（1885）又在官厅后坡新建"铁瓶诗社"，作为诗人聚会之所。

今日杜甫墓祠

"千秋万岁名，寂寞身后事。"杜甫用来形容李白的这两句诗，倒成了他自己一生最好的写照。杜甫卒世的时间与安葬的地点，过去众说纷纭。全国各地共有杜甫墓8座，分布于湖南平江、耒阳，湖北襄阳，河南偃师、巩县，陕西华阴、鄜县和四川成都。杜甫卒葬地，曾经误为耒阳，又有后来迁葬河南偃师、巩县和湖北襄阳之说，平江杜甫墓反倒鲜为人知。

1982年，平江县修复杜甫墓。经文物专家实地考证，墓室一室两耳，楔砖砌成。墓前四柱三碑，横顶雕刻有朱雀装饰图案。墓室圆形封堆用红麻石块镶嵌合成，顶尖一个石球结蒂，下托莲花图案，四围块石如花瓣般相叠铺展，又如莲蓬覆地。墓堆蓑衣沟外，用红麻石护围，弧形相抄直抵墓门。左右两侧的青砖护坎，构成三级台阶式墓地。杜子祠台阶前两个刻有莲花纹覆盆式麻石柱基为唐代形制，证明墓、寺、祠均始建于唐代。专家确认，平江杜甫墓与长沙等地发掘的唐墓属同一时代，“具有中唐砖室墓特征”。因此，距清光绪年间大修整整一百年之后，1983年，平江杜甫墓被列为湖南省重点文物保护单位，开始引起海内外人士的关注。次年，

杜文贞公祠 2017年/摄

国家文物局主编的《中国名胜词典》确认耒阳杜甫墓为衣冠冢，平江杜甫墓为卒葬墓。1988年，平江杜甫墓作为岳阳楼洞庭湖风景名胜区的景点，被国务院批准为国家重点风景名胜区。

2005年，在李锐等人倡导下，平江县根据湖南省文物局下达的批复，对杜甫墓祠进行落架大修。按照修旧如旧的原则，参考清光绪《杜氏族谱》留下的布局图，整修墓祠、官厅、僧舍及铁瓶诗社。杜墓前距三丈，建有飨堂，即祠庙。东西两旁甬道各一，可通墓前。飨堂上下门皆木棂，敞开见墓，便于祭祀。堂内皆石柱，堂檐正中悬挂着“杜文贞公祠”匾额，为李锐所题。两侧廊柱，李锐撰联：

千秋痛感茅屋叹；
百代犹闻酷吏呼。

读来引发人们对这位关注民间疾苦的“诗圣”无限的追念。祠堂石柱，悬有清人彭德树撰联：

入川入湘，而葬于斯，长忆先贤留足迹；
三吏三别，忧时多感，永留诗史在人间。

张岳龄撰联则更具有平江特色：

与杨孝子共结芳邻，风马云车，应将遗事谈天宝；
后屈左徒告终此地，骚才诗圣，各有英灵护汨江。

檐阶前设天井，一棵古罗汉松铁骨金枝，不知经历了几百年。天井以下为门栋，壁门外作牌坊，额曰“诗圣遗阡”，面对墓祠前的宽阔地坪，当路而立。飨堂东廊门通官厅，官厅三间四架，正厅供奉着杜甫铜像。诗人右手持书，左手护膝，凝神忧思，面北远望。杜老夫子总算有了一个安定的居所，想来再也不会哭叹茅屋为秋风所破。官厅右壁，绘有诗圣杜甫像，录有至德二载授左拾遗敕令及李元度《杜墓考》全文。对面左壁，藏有四幅旧时杜甫诗意山水画及“海内存知己，天涯若比邻”联语，为清光绪年间的原貌。官厅上下门亦为木棂，檐下匾额为中华诗词学会副会长赵焱森手书“诗风万古”四个大字。两侧石柱为李宗莲撰联：

诗有徐屯田，疑冢千年成铁案；
梦征李供奉，芳园一夜荐琼筵。

李宗莲，即为杜甫墓重修立碑的有功县令。此联追根溯源，记叙与杜甫相关的两位重要人物。“远移工部死，来伴大夫魂。”北宋徐屯田诗，将千年疑冢定为铁案。“李供奉”即李白，唐玄宗喜读李白诗赋，天宝元年（742）召他进宫。玄宗降辇步迎，以七宝床赐食于前，亲手调羹，并令李白供奉翰林陪侍左右。“芳园一夜荐琼筵”，李诗仙从此留下李供奉的美名。

东西厢房廊柱，李元度撰联：

自大历庚戌至光绪甲申，相距一千余载，窀穸犹新，赖有徐诗征尘史；

问偃师虚附与耒阳空冢，何如三十六湾，汨罗上溯，恰从屈子共骚坛。

前任知县麻维绪撰联，满怀大功喜悦：

来伴大夫魂，祠墓千秋同景仰；
近寻彭泽宰，菊松无恙赋归来。

官厅左侧建有僧舍，僧舍之后为浣花草堂，另立大门嵌有“阐幽庵”三字。这样，杜文贞公祠自东而西形成飨堂、官厅、僧寺三位一体的结构。

墓东一片山坡，多植有松、柏、榆树。从官厅后拾级而上，一座独立的建筑虎踞其上。山门匾额“铁瓶诗社”，两侧青砖墙壁，“追求、真理”四个大字标语清晰可见，当是民主革命时代留下的印迹。

张岳龄撰杜甫墓庐联中，说杜甫与杨孝子共结芳邻，风马云车，应将遗事谈天宝。这杨孝子祠与杜甫墓祠相隔只里余，地方上并称忠孝两祠。千百年来，供奉“麻衣老爷”的孝子祠总会有它存在的理由。《风土记》云：“沅湘间疾病不医，灼龟打瓦，或以鸡卜求祟，使巫治之。”李元度认为，汨罗江民祀之起，大致分为两类。一是以劳定国、以死勤事则祀之。一是能御大灾、捍大患则祀之。如屈子祠、孝子祠、九君子祠、三贤祠，皆风教所系。其余里社丛祠，有其举之，亦莫敢废，以民诚所寄，难执儒者之论以芟之也。用今天的话来说，民间祠庙习俗，不管忠孝节义也罢，求神问卦也罢，它能够给无助的百姓带来一份精神寄托与安慰，能够起到一种教化民风的辅助作用，这也是一份功德。

见证“蓝墨水的上游”

2005年乙酉端午，中国汨罗江国际龙舟节开幕式上，余光中先生答记者问，他动情地说：“汨罗江的河水这么充沛、流畅，比我想象的还要美。屈子祠整修得很好，今天的祭祀仪式也很感动，屈原应当受到这样的供奉。汨罗江上游还有杜甫墓。这是一条很清的江，这是历史的现场，历史文化遗产很丰富。”先生这次汨罗江之祭，要祭的除了屈原，当然还有千年前逝于汨罗江上的杜甫。

余光中先生曾撰散文《水乡招魂——记汨罗江现场祭屈》，他这次湘行的任务已经结束，“只等下午，李元洛与潘刚强一行带他去汨罗更上游的杜甫墓地”。

乘车拐进平江杜甫墓所在的小田村，时逢杜甫墓祠大修，泥泞的公路坑洼不平。我十分过意不去让先生受颠簸，先生倒兴致盎然：“杜甫一生坎坷，就像我们现在走的这截路。”先生以为，他的诗心与杜甫是相通的。“泽国水乡，真个是满地江湖/飘然一渔父。”“这破船，我流放的水屋/空载着满头白发，一身风瘫和肺气/这破船，我流放的水屋/汉水已无份，此生恐难见黄河/唯有诗句，纵经胡马的乱蹄/乘风，乘浪，乘络绎归客的背囊……”也许先生正好在颠簸的车上摇晃着他心中的疑问，他当年的捉笔是否准确呢，诗圣当作如何评价？先生的心绪像汨罗江里的水泡，咕咚咕咚一串接一串地冒出来，又一圈一圈漾开淡淡的涟漪。

终于到了！诗圣遗阡之地。先生快步径奔杜甫铜像前，像是远离的学子前来拜望儿时授业的恩师。杜甫端坐厅堂正在读书，少陵有句皆忧国，孤舟一系故园心，连年的烽火百姓的哭声让他脸上写满太多太多的忧愁。先生走近跟前，伸出右手去抚摸诗圣安然抚膝的左手背。只一摸，先生的手掌冷得一缩，像是诗圣有灵，捏住了先生伸过去的手掌。先生心里生发一个激灵，伸手再摸，果然已有些许温热。先生的内心泛起一阵波澜，禁不住抚摸再三，杜诗字字珠玑如万古奔流不息的汨罗江水从温暖的掌心直注心底。先生的眼睛流溢出清新飘逸的光芒，他指着诗圣铜像底座上镌刻的生卒年份，慨然长叹一声：“活得还不到花甲之年呢！”

杜甫墓地布满青苔，荒草疯长乱蓬蓬地将墓围护坡埋没得严严实实。先生冒着细雨，面朝着墓碑默默地祭拜心中的诗圣。端午时节连绵的雨水使得地面更加溜滑。先生全然不顾，踏着青草沾着泥泞敏捷地从右侧登上了护坡。登高环望，整个墓地尽收眼底。翠柏森森，轻风阵阵，后山传来几声鸟啼。元洛先生有意想让先生给杜甫墓祠留下一首诗，便借景撩拨诗情：“余老，你听鸟在叫什么？”先生应声而答：“‘恨别鸟惊心’呀！”这只鸟儿当然不再是杜诗中那只在战火中惊吓得吱吱乱叫无处藏身的唐朝鸟儿，可杜甫的诗句依然是那么温热。

喝过热腾腾的一碗烟茶，主人恳请先生留下墨宝。先生说：“诗回台湾后再写，先题一句吧。”这回他破例操起了墨笔，稍稍试笔，便脱去西

溯汨罗而上，探诗歌源头　2005年/摄

装外衣，将洋溢胸中的历史沧桑泼墨宣纸，书“墓石已冷心犹热　余光中　乙酉端午”。写罢意犹未尽，执意要李元洛先生续篇。元洛先生接过墨笔一挥而就：“秋桂之清芬　诗圣之魂魄。”汨罗江从屈原到杜甫爱国忧民精神魂魄之清芬，就这样随着淡淡的墨香散发开来。李元洛悄悄告诉余光中，请他不要再冥思苦索了，“蓝墨水的上游是汨罗江”，我已查明他几乎不敢认领的孩子的出生之地，是在他1977年出版的《青青边愁》一书之中，在这本书的《诗魂在南方》一文里。

余光中先生的平江之行，水曲路转来到了盘石洲。先生健步朝江边走去，汨罗江万古不废昼夜不息，可早已涛声不再似旧时。雨后的汨罗江，脚下的一湾江水依然清清纯纯，对岸的半弧青山却是格外秀丽。天光云影，空灵如洗，恰有数片雾岚随着轻风在山脉间悠悠地飘浮游荡。先生傍江而立，让随行的摄影记者将这一湾浅浅的蓝墨水拷贝下来，留作永恒的记忆。

宾主尽欢，先生这回端起了酒杯，席上谈笑风生。磐石山庄请先生赐墨宝。先生用他流畅的蓝墨水钢笔，在信笺纸上写道：“江流石不转，始信桃源在人间。”李元洛先生在旁赞叹道：“杜诗活用，神来之笔哟。”我抓住这个机会，请先生为我题下一笺他那句点化汨罗江魂的名言。先生欣然答应，轻言问我：“你想要横写还是竖写？”“竖的罢。”我真巴不得横竖都要。先生神采飞扬，就着餐桌为我心爱的母亲河题下了“金字招牌”——“蓝墨水的上游是汨罗江　余光中　乙酉端午”。

“欲行不行各尽觞呀”。临行前，先生借用李白诗句抒发对汨罗江恋恋不舍之情。唯有元洛先生解其意知其心，即兴背诵起余先生的佳作《乡愁四韵》，先生击节而和，给蓝蓝的汨罗江平添一段诗话。我的眼睛有些润湿，我感谢先生，将他的乙酉端午留给了汨罗江：“一个属于汨罗江的端午。一个属于诗人的端午。”先生粲然一笑：“这就叫‘记忆’。”

永留诗史在人间

《新名词辞典》（光明出版社1953年版）载，农历五月初五为端午节，相传中国古代的人民诗人屈原于是日自沉汨罗江（在湖南省）。故诗歌工作者定这日为“诗人节”。

诗人节的起始在1941年端午，抗日烽烟中的“陪都”重庆，许多文化人在中华全国文艺界抗敌协会主持下，举行了第一届“诗人节”的盛大庆贺活动。老舍起草《诗人节缘起》，并交郭沫若修订，发表于《新华日报》。“我们决定诗人节，是要效法屈原的精神，是要使诗歌成为民族的呼声，是要向全世界高举起独立自由的诗艺术的旗帜，诅咒侵略，讴歌创造，赞扬真理。中华民族新生的朝气在飘荡，中华民族独立自由的精神在飞扬，中国新的诗艺术的光芒，将永远在宇宙中辐射。”

1948年端午，冯至发表《纪念诗人节》，认为把传说中的屈原的死日定为诗人节，含有承受屈原的精神与态度的意义。屈原的精神是“长太息以掩涕兮，哀民生之多艰”；屈原的态度是“虽体解吾犹未变兮，岂余心之可惩？”前者是分担人民的痛苦，后者是坚持自己的道路。这种精神与态度，在中国诗人中除却屈原只有杜甫曾经充分表现出来：杜甫在40岁时“穷年忧梨（黎）元，叹息肠内热”，到50岁经过十多年流离的痛苦，仍然是“不眠忧战伐，无力正乾坤”；他之所以这样，是由于他执着的性格，他说过，“葵藿倾太阳，物性固难夺”。我们努力于新诗的人，要从他们的精神里学做人，从他们的态度里学作诗。

郭沫若的《李白与杜甫》，认定杜甫嗜酒终身，耒阳牛酒中毒而死。冯至的《杜甫传》，认为杜甫完成《风疾舟上伏枕书怀》后，病死在湘江的小船上。家人无力安葬，把他的灵柩厝在岳州，43年后迁葬偃师。郭沫若乃当代中国考古学家、文学旗帜；冯至是留学德国的哲学博士，曾任中国社会科学院外国文学研究所所长，他们创作的杜甫传记影响极广，然而均没有说起平江杜甫墓。

2010年，中央电视台《百家讲坛》播出《诗圣杜甫》，这部七集的专题片，谈到杜甫死亡之谜，沿用死于湘水船上、归葬河南偃师之说。

2012年，为纪念杜甫1300周年诞辰，中央电视台拍摄纪录片《杜甫》，以诗圣的诗歌作为主题，呈现中国伟大的现实主义诗人心系苍生的冷暖人生，片中亦没有拍摄汨水平江。

2020年4月，英国BBC电视台与中国中央电视台联合推出《杜甫，中国最伟大的诗人》，第一次以纪录片的方式将杜甫介绍给西方世界，并且第一次以平江杜甫墓祠作为故事的终点。这部纪录片是英国著名历史学家迈克尔·伍德的作品，他常常拍一部纪录片写一本书（或者反过来）。伍德先生曾经创作过数部关于中国的佳作，包括近几年《中华的故事》《中

杜文贞公祠祭祀　2020/摄

国改革开放的故事》。中国传统文化源远流长，诗歌正是其中最耀眼的一条溪流。中国有着世界上最古老的、迄今仍在活跃的诗歌传统，上下延续三千年，比荷马史诗《伊利亚特》和《奥德赛》更古老。伍德先生毫不吝啬地用“greatest”（最伟大）来形容杜甫，不仅是对中国而言，更是放在世界文学的大范围，把他同但丁、莎士比亚相比肩。杜甫出生在苦难的年代，拥有了自己独特的风格。与但丁、莎士比亚一样，杜甫创造了伟大诗歌的标准。

时逢杜甫逝世1250周年，我有幸撰稿并陪同中央电视台拍摄《中国影像方志·湖南平江篇》，又有了英国BBC电视台拍摄平江杜甫墓祠，两部纪录片总算为杜甫的灵魂归葬“盖棺定论”。

宁饥宁冻守清操，全球共仰；
忧国忧民怀大志，万世皆钦。

2020年6月13日，一批诗人、作家和学者溯源汨罗江，拜谒平江杜甫墓，行祭祀诗圣杜文贞公礼。追思诗圣，祭祀忠魂。在杜文贞公祠前摆设灵位香案，供奉三牲酒果。鸣金三阵，擂鼓三通，奏乐三番，大铜三起。在悠古的丝竹音乐声中，主祭师徐珍珠先生率领众礼生出班，金鼓齐鸣奏大乐。执事者引主祭人升堂，诣诗圣杜文贞公神主位前，就位跪，献花、上香，捧酒，复行三献礼。

执事者复引主祭人升堂，诣杜公神主位前，就位跪行晋斟礼。有酒在觞，初斟初酌，捧酒听歌：

初斟酒，酒味香，酿酒苾苾而芬芳。
灵前诚心斯奉献，惟祈来格并来尝。

一奠已敬，二奠再斟。再斟再酌，捧酒听歌：

二奠酒，转双杯，杜公畅饮乐开怀。
太白斗酒诗万首，诗圣饮酒诗自来。

二奠已敬，三奠满斟。三斟三酌，捧酒听歌：

三奠酒，再满斟，杜公饮酒乐芳辰。
中华儿女诚敬奉，诗圣文风万年春。

俯伏，宣读祭文。众礼生领主祭人三上香，听主祭师徐珍珠吟唱《上香歌》：

香焚金鼎秉心虔，香花能引洞中仙。
香烟缥缈通三界，香气氤氲达九天。
香喷青丝开寿域，香腾紫雾绕庭前。
香豪平安凝瑞彩，香奉诗圣万千年。

黄云如盖，青烟如丝，芬芳郁郁，神其鉴兹。悠扬的丝竹声中，全体祭祀者跟随其后，手捧明香绕堂祭祀。

第十八章　从古樟树下走出去

尘容俗状走匆匆，何幸名园一径通。
十丈软红飞不到，四围苍翠画难工。
邺侯还狱名原淡，宏景居山望更崇。
最羡北堂萱草茂，岂惟泉石惬幽衷。

——（清）吴嗣仲《过超园呈次青方伯》

汨罗江流过连云山区，东来北折忽然南绕西进，一支爽溪水自牛串坪集市注入。又西南流十里至白湖口，幕阜山发源的钟洞水奔泻而来。江上建有三孔石拱桥，俗称三眼桥。水运码头店铺林立，众姓聚居，故名三市镇。老远便能望见高大的千年古樟树王，将宽阔田野托起一片绿林清荫。

李元度，名标青史

李元度（1820—1887），字次青，号笏庭，自号天岳山樵，晚年更号超然老人，又称爽溪老人。清道光二十三年（1843）举人。晚清名臣，湖湘学者。著述有《国朝先正事略》《天岳山馆文钞》《天岳山馆诗集》《名贤遗事录》《平江十三君子事略》《四书讲义》《国朝彤史略》《南岳志》《同治平江县志》等30多种共1500多卷。

咸丰十年（1860）夏，曾国藩晋升两江总督，任命李元度为浙江温处兵备道，令他领3000新勇日夜兼程驰援徽州。不料，太平军以10万之众强兵攻城，李元度领湘军苦战两日，只得弃城突围，几次差一点就丢掉了性命。曾国藩从严治军，将李元度革职，除名归里。罢官回乡的李元度不死心，只想戴罪立功，应浙江巡抚王有龄之邀，他重新招募8000平江勇，号称“安越军”，驰援浙江。肚子里憋着一股气的李元度，与左宗棠配合，大获全胜。同治皇帝十分高兴，在一个月内接连颁下两道特旨，擢升李元度为浙江盐运使、按察使。李元度万万没有想到，他恰恰因此而犯了官场大忌。有人接连两次上折参劾，说李元度治军不力，一味宽纵，多用亲族子弟，要求朝廷追究徽州失守。李元度还没有高兴多少日子，他又被免职。甚至到了太平天国失败后，吏部还在追究，拟将李元度遣送到边戍军台效命，幸得李鸿章、曾国藩等人力保，李元度才得以逃过一劫。

同治元年（1862）这次免职，对李元度打击极大，将他从巅峰一下抛入谷底，还摔得不明不白。李元度决计弃戈归田，回家著书讲学，重新回到学术报国的人生道路。他在《自江山归里门》诗中慨叹：

覆雨翻云事靡常，拂衣归去卧柴桑。
一官鸡肋醒残梦，万卷牛腰当宦囊。
往事如风过马耳，世途涉险甚羊肠。
平生报国心犹在，似觉文章有寸长。

这段赋闲的日子，李元度除了侍奉老母，教三个儿女读书，他集中精力潜心创作。同治六年（1867），《国朝先正事略》一书付梓，曾国藩为其作序。这部鸿篇巨制，分名臣、名儒、经学、文苑、遗逸、循良、孝义七类，每人一传，计1110人。林则徐、黄宗羲、顾炎武、王夫之、戴震等人传略皆在其内。

《平江县志》自宋始，元、明永乐旧本俱无存，清代七修，尚存四部。李元度这次修纂，距乾隆乙亥善本相隔120年。李元度博学能文，尤肆力掌故地理之书，旁稽百家载籍，《同治平江县志》分地理、建置、食货、学校、人物、艺文等十三志，连同卷首卷尾总计58卷、40余万字。为后人留下了大量弥足珍贵的历史资料。

李元度纂修《平江县志》，郭嵩焘纂修《湘阴县图志》，二位又与曾国荃同纂《光绪湖南通志》，平江、湘阴二位学者通志体例修纂理念是一致的。李元度认为：

李元度墓　2017年/摄

余虎恩墓　2021年/摄

周秦所称罗子国，两汉所称罗县，皆合平江、湘阴言之也。自汉末析罗县东境置汉昌县，吴改吴昌，于是平江有专属，而湘阴仍自为罗县。至唐乃省罗县，自南朝刘宋置湘阴，至唐时与罗并列者百余年矣。梁以湘阴为岳阳郡，吴昌属焉。隋废吴昌，并入罗县。唐又废罗，并入湘阴县，神龙中始析湘阴地置昌江县。后唐改为平江，遂相传至今。是平江与湘阴，互为出入分合，必须详考湘阴之源流，而平江之源流始晰也。

故李元度称："今合湘阴新志，参考源流，而本末较然矣。"郡县有时而更，山川千古不易。李元度分析：

平江本山国，北条以幕阜为祖，南条以连云为祖。旧志错举山川，无脉络可寻，且止载每山距县治里数，而各山相距之远近不著。今依《禹贡》《山海经》例，条分支析，各以川溪界别，而各山相距里数，皆约举之。然亦止著崖，若其分支节腠则足迹未遍至，固不能具详也。

李元度熟读地理掌故，县境汨水、昌水、纯水、卢水等重要水系，从《说文》《水经注》到《岳阳风土记》《一统志》，他不仅谨案详辨，且实地考察，纠正讹误。

汨水自入县境，汇支流六十有八，西流至将军山，昌水合焉。昌水自发源西南行，汇支流四十有一，与汨水合。二水合流又汇支流十有六，乃入湘阴界，归洞庭。计汨昌二水共汇支流一百二十有五，支

> 中之支约三百有奇。旧志所载不及四分之一，近在百里内疏漏若此，何怪图志诸书，展卷则脉络分明，履地则诿误百出乎？总之，地理天文均须实测，但凭臆揣虽圣人有所不知。

在当时的交通条件下，李元度奋力踏足山水名胜，并精心组织地方贤士分城附及东南西北四乡实地采访，依县境山水勾画行程路线，增补人文传说，为追根寻源的科学考证奠定了坚实基础。这种“实测”精神，值得今人借鉴。

但他的一生注定要在马背上结束。光绪十年（1884），中法战争爆发，李元度应彭玉麟之邀，赴广东、福建协办防务，他曾建议堵塞虎门海口，拒敌于国门之外。次年春，李元度入都觐见慈禧与光绪。不久授贵州按察使，署布政使衔。65岁满头白发的李元度走马赴任，在贵州翦巨恶，劾墨吏，兴蚕桑，设矿局，多有善政。光绪十三年（1887）九月廿七日，李元度病逝布政使署，终年67岁。归葬平江，湖南巡抚奏请附祀曾文正公祠，事迹宣付国史馆立传。

丁酉年正月十六，我前去平江县三市镇寻找李元度故宅、家庙旧址，唯见两只红岩石狮沉睡荒野。半边土坯老屋，据说就是爽溪精舍，池塘依旧，空闲无人。

> 名标青史；
> 魂归故乡。

清贵州布政使诰封正一品夫妻合墓，1982年由曾孙女改坟迁葬，2003年秋玄孙修茔勒石。李公育有五子七女，后裔散居海内外。适逢先生逝世130周年，向醉卧松云的先贤致以新年问候，春暖花开充满喜悦。

周令钊，最美奋斗者

国画大师周令钊先生也是从大樟树下走出去的。

托田周氏敦睦堂自清道光年间开办本族私塾，光绪年间改办义庄义学，招收附近村落各姓子弟。1913年，周光启创建敦睦堂事务所，新建校舍，并将捐田一并移交宗族，由开明绅士组成校董会，实行新式教育。首开女子职校，学习缝纫、刺绣、绘画等手艺，敦睦学校成为远近闻名的新学堂。抗日战争爆发后，校舍被毁，学校迁至托田“老三房”大屋旁周氏宗祠，改名为私立敦睦初级小学。

日军侵华占领北平后，北京大学教授周勺泉先生拒绝日伪政府的任职要求，毅然返回故乡，担任敦睦小学校长。为了实现教育救国，这位著名植物学家变卖家产，1943年在托莲湖塘大屋创办平江农业专科学校，他以“学农学圃，树木树人”为宗旨，招收农业、林果两个班60名学员。抗战胜利前夕，周勺泉校长去世，农校停办。敦睦学校直到1952年收归公办，改名托田小学。

1919年5月2日，周令钊出生于平江县三市镇托田村，父亲善书法金石，母亲是美术教员，周令钊从小便背着画夹外出写生。小学毕业后，他考入长沙华中美术专科学校。抗日战争爆发后，周令钊参加了湖南省抗敌画会，每个星期赶出一个宣传抗日的画板，摆往乡镇街头巡回展出。当时周恩来任国民政府军事委员会政治部副主任，周令钊进入政治部第三厅美术科，他经常随抗敌演剧队进行宣传与艺术创作。听说演剧队急需小演员，周令钊说我老家有。那年他19岁，从平江召集十几位周家兄弟姊妹，一路徒步赶往长沙。1948年，周令钊应徐悲鸿先生之聘，任教国立北平艺专，即中央美术学院前身。1949年中华人民共和国成立，周令钊授命绘制开国大典天安门城楼上的毛主席巨幅画像，他带上新婚妻子陈若菊作为助手。

从此，周令钊致力教书育人，专心艺术创作，先后参加或主笔国徽、共青团团旗、少先队队旗、八一勋章、独立自由勋章、解放勋章设计，担任了第二、三、四套人民币设计，创作了大量体现国家形象的邮票、宣传画。

周令钊晚年大部分时间与夫人一道回故乡采风写生，创作了盘石洲、梧桐山、白水水库、千年古樟、黄金堰等平江八景。2011年夏天，夫妻俩完成了《汨水平江永留芳》长轴画卷，如今陈列于平江县档案馆·周令钊美术馆中。2015年11月17日，周老亲自开馆，将他夫妇俩创作的260幅作品，包括那些珍贵历史资料，永久在家乡展出。

2019 年 8 月 30 日，《为新中国造型：周令钊先生百年艺术展》在中央美术院开幕。庆祝中华人民共和国成立 70 周年之际，周令钊先生被评为全国“最美奋斗者”。《亲历中国 100 年——周令钊传》作者曾庆龙评价：

周令钊作品　平江县档案馆/供稿

“周老既是杰出的画家、新中国美术教育的一代名师，也是资深的革命者。他多彩的人生和艺术成就后启来者，他是名副其实的‘最美奋斗者’！”

劲仔，鱼零食大王

周劲松，“劲仔小鱼”品牌创始人，劲仔食品集团股份有限公司董事长。他说起话来不急不缓的，平江普通话听起来别有韵味，明亮睿智的目光给人以亲和上善之感。2020年金秋，劲仔食品在深圳证券交易所成功上市，成为A股主板鱼类零食第一股。2021年，劲仔小鱼销售总量突破60亿包，出口26个国家，营业收入11.11亿元，成为全球销量领先的卤味零食。

“鱼零食大王”——在中国休闲鱼制品行业，大家喜欢这样尊称周劲松董事长。

周劲松出生于三市镇寨上村德胜组一个普通农民家庭，15岁开始贩卖果脯谋生。1990年跟着叔父学会做麻辣豆干，当地人称为“打麻辣”。1994年，他从长沙独闯洛阳，发现河南人不太吃辣味。周劲松背着麻辣豆干到处跑，免费请街巷店摊老板试销，到学校门口请孩子们品尝，果然一炮打响。“麻麻麻”，“辣辣辣”，河南人沉睡千百年的味蕾突然火爆起来，麻辣豆干很快成为少年儿童喜爱的刺激小吃。

周劲松抓住机会，以洛阳劲仔食品有限公司为中心，迅速扩展到沈阳、成都、义乌、岳阳、郑州、石家庄等地。周劲松打麻辣赚了大钱。一传十、十传百，平江人蜂拥而上，到处加工销售麻辣豆干，郑州十里铺一个乡镇很快全是打麻辣的平江人，高峰期号称“十万大军战中原”。

谁也没有料到，周劲松突然杀回岳阳，转产“劲仔小鱼”。

周劲松在岳阳成立了湖南劲仔食品有限公司，主打产品为风味小鱼、风味豆干、风味肉干等。周劲松取他自己名字中“劲”字立品牌，“劲仔”注册商标正式诞生。传承平江火焙鱼的酸辣味道，结合湖湘卤味酱干调味经验，把火焙鱼做成小吃零食，一直是周劲松的梦想。他很快用自己的工艺和配方生产出了一批鱼仔，“劲仔小鱼”首次推广，便获得了业内客户的认可。劲仔食品的生意越做越好，进货的老板得先付三个月订金。

岳阳处于长江沿岸，拥有城陵矶港口，洞庭湖风味小鱼市场前景好。但只依赖水产批发市场小打小闹，从原料供应到产品开发，没有形成真正的产业链。虽其形态相似，但俗称各异，毛毛鱼、小鱼仔、小鱼干，风味鱼仔没有统一的生产标准，无法保证食品安全，不利于行业的长远发展。

周劲松回忆说：“我用了五六年的时间，调好味、开渠道、做品牌，一直到2016年，我这个产品就非常成熟了。那时候基本上是供不应求了。”从原材料到生产、加工、销售、打品牌、劲仔小鱼建立了完整的产销渠道。周劲松重点盯在科技进步，将加工生产能力由制造提升到智造。

德胜古观　2021年/摄

2016年11月14日，湖南省华文食品有限公司与联想控股旗下的佳沃集团宣布，联想出资3亿元投资华文食品，对公司“劲仔深海小鱼”等休闲食品进行规模拓展。周劲松果断出击，与江南大学食品学院签署战略合作协议，加快科技研发，全面提升智能化生产工艺。劲仔小鱼经过三道高温灭菌处理，去头、去尾、去内脏和杂质。不添加任何防腐剂和色素，经酱卤制成麻辣、香辣、酱香、糖醋等风味小鱼零食。零食采用铝箔小包装，既能完好地锁住鱼仔天然营养成分，又能让产品美味得以长久保持。这种方便美味的口袋零食，迅速火遍大江南北。

2022年初，农业农村部等七部委联合发布第七批农业产业化国家重点龙头企业名单，劲仔食品正式获批成功晋级“国家队”。公司又在平江工业园新建一个年产1万吨的智能化生产基地，推出劲仔食品新一代湘卤系列，让餐桌上的风味湘菜变成口袋零食。“作为中华美食文化传播者，劲仔食品致力于成为全球有影响力的休闲食品公司。”周劲松成竹在胸，乐与全球消费者共享美味食品。

谷雨烟茶

平江烟茶本属名副其实的山野粗茶，未登大雅之堂，亦不见经传。明清时期，红茶、绿茶与黑茶畅销，鲜叶芽尖自然用于制作外销茶。宁做十斤砖茶，不做一斤烟茶。只有山里人家自制自饮，依然保持古韵新茶。

乡村十里少人家，手掬清泉嚼细茶。
洞口春深却无酒，故人相赠以桃花。

幕阜山此首宋朝短诗极好记诵，点醒了梦中人。刘强按山歌的指点踏

《中国影像方志·湖南平江篇》摄制组　2017年/摄

访深山老林，请教上百老茶农，终于在三市镇淡江村寻得老茶树，并有缘结识了古法烟茶传人唐爹。唐爹年近九旬，一辈子都与茶叶打交道。刘强沉下心来，在唐爹悉心指导下，两年多时间全盘接受了古法烟茶的制作手艺。

“呀噻”，平江话里“了不起”的意思。刘强用土木泥砖在三市镇淡江村搭建“蠢庐”，拉起旗帜成立湖南古茶文化发展有限公司，创建了中国首个抢救古产传承的“呀噻”团队，全力挖掘荒山野林那些神奇树叶，带动山区村民脱贫致富奔小康。

刘强遵古炮制，将平江烟茶的完整工序和熏制配方彻底还原，却在坚守中改变，在传承中创新。他彻底改变烟茶制作的粗糙原料，采摘一芽三叶头或一芽四叶头。这些尖叶既足够老劲，又有丰富的茶多酚等元素，使之具备登上高雅之堂的资质。烟茶制作采取标准化管理，规范整合洗茶、摊青、杀青、摊凉、初揉、初烘、闷黄、复揉、整形提毫、烘干十道工序，平江“谷雨烟茶”制作工艺成功申报了湖南省非物质文化遗产。并引入现代包装设计理念，麻布小包，木盒外形，用古纸和火漆封存，突出古朴而厚重的名茶香韵。中央电视台、湖南卫视等主流媒体纷纷专题报道，“谷雨烟茶”从一个外人鲜知的地方小茶种，华丽转身成为中国地理标识性品牌。

第十九章　连云山，山连云

衡岳南来第一支，彤云掩映惬幽栖。
岩头石室依然在，欲问田郎一指迷。
——（明）余大乾《连云山》

连云山主峰海拔1600.3米，汨罗江流域第一高峰。她的伟岸身躯背依浏阳，面向平江，三面群山起伏，一面平川蜿蜒，呈东北—西南走向，与幕阜山隔江相望。其山体坡度大，岩石抗风化能力强，属湿润的大陆性气候，雨量充沛，溪流纵横，自然植被好，于是乎形成云雾相伴、山水相连的天然景象。

会当凌绝顶

如果说幕阜山属黄龙，连云山便是一条青龙。明代郭本有《连云翠璧》诗云：

峻嶒绝壁壮奇踪，千丈苍岩碧藓封。
翠色遥分春雨湿，青茵掩映晓烟浓。
漫夸蜀道连云栈，绝胜庐山五老峰。
几度岭头云出没，化为霖雨云从龙。

农历丁酉年冬月初七，我们从沱龙峡进入国有连云林场直奔思源村。抬头望山，翠壁峰独立高耸，只见绿林不见怪石。登临赵公坳，终于置身翠壁仙境。奋力攀缘绝顶，远眺浏阳边界，天蓝如海，阳光透亮，一座七彩水晶石岩尖峰，状如笋削，犬牙交错，白雪莹然，金碧辉煌，六角水晶的璘璘怪石闪耀紫色光彩，大自然造山运动的奇妙绝作，铸就平江八景之一的地理标识。

返回连云林场，盘山公路左拐，便是湖南九狮寨高山茶产业扶贫基地，漫山梯土全垦种茶，刀耕火种只残留数株老松树。路过溪泉冰冻带，竟然有冰凌结块，太阳照耀下依然尖锋坚硬。从基地驻点屋后爬上机耕路，还有五六公里。脚踏泥土感觉松碎的冰冻声音，前面无法过车，唯有徒步攀越。

头顶蓝天，远山苍茫，汨罗江水弯弯白带，乡镇村落似乎沉没海底。穿越峰尖林带，遍地松针落叶，山径与水沟同步下泻。抄近路，祭祀龙王庙，古碑保存完好，龙王清泉当是最高海拔的泉眼。从庙后继续沿草径攀爬绝顶，通信高塔直耸蓝天。一鼓作气，从一人高的枯草杂林中穿过，时隔40年，我重登连云顶峰。其时太阳西沉，满山枯草更显金黄色气派。白日依山尽，静候夕阳红。我立马感觉寒风刺骨，赤手露脸的竟然无法支架。想起徒步下山还得半个多小时路程，不敢多拖延时光。太阳最终落下天际底线，我们踏过高峰冰冻带，越野车终于趁暮色返回盘山公路。

连云山峡谷交错，山高水长。徐家洞水源出赵公坳，从高塅经东山流至踏水桥注入汨罗江。站立徐家洞水库大坝，50多米高的拱坝拦截高峡平湖。壮观奔放的伐木运输方式水上漂，早被汽车、拖拉机替代，沟壑深处偶见残留的枯木，年复一年雨洗曝晒就像活标本。徐家洞水库被重新命名为“沱龙峡”，号称全球落差最大的夏季漂流。身穿橙色救生衣，借助陡峭石溪的激流冲浪，刹那间电闪雷鸣般，落入与天地奋斗之困境，越加激发人之本性潜伏的超能活力。每次浪涛汹涌的冲锋陷阵，令勇敢者毛骨悚然，却又喷发划桨撑张的巨大怒吼，过瘾！刺激！

连云山又名纯山，纯水出焉，西流入汨水。从地理形胜看，所谓纯水指灶门洞水，从献钟集市经小岩、大岩溯溪而上，穿过山门，爬上陡峭的山路十八弯，抵达今日旅游热点纯溪小镇。连云主峰如同一尊顶天立地的佛像端坐东南，高低近山从两侧突奔而来，纯溪水百折不挠抢关夺隘，绕过水口嘴的包公祠直奔灶颈岩，化作一道瀑布跌入山脚下的深潭。仙人与先人栖居的岩头石室，灶门洞有一处，岩洞形似半边月亮，就叫月光岩。提起连云山的灶门洞与月光岩，当地无人不晓。倒是纯溪这个充满诗意的地名，不经意间成为人们梦中古老的记忆。

连云翠壁　2020年/皮皮摄

照亮山村的灯塔

从嘉义镇革命烈士陵园右拐，溯丽江山村前行，清新空气扑面而来。平江南条之山，以连云山为主脉，自九岭经大陂山至丽江的杉皮坳，历桃坪赵公坳，过峡便是连云山主峰。主峰十八折东北分支经长寿街、黄金洞、龙门过江西，西南分支过浏阳坳或翻连云绝顶过福石山。山里盛产木材楠竹茶麻油纸，常住人丁2000多人。当年闹革命，山歌唱得牛气冲天：

老子本姓天，家住黄花尖，
若问如何过，腊肉用油煎。

喻杰（1902—1989），原名达云，嘉义丽江人。1926年从军北伐，中央苏区反“围剿”后亲历长征、抗日战争、解放战争，多年从事财政金融工作。中华人民共和国成立，他任粮食部、商业部副部长，中央监察委员会驻财政部监察组长。

1970年新春，喻杰主动离休回乡。从回到丽江村的第一天起，他拄着拐杖跋山涉水，带领群众集资修建小水电站，封山造林。决心将他在延安窑洞里心中谋划过的新农村蓝图，一步一步地变为现实。对农民群众的疾苦与冤屈，他更是有求必应，奔走呼号。他写给各级部门和领导的书信，竟达上千封之多。

喻老习惯坐在那张书桌前听取汇报，桌椅木质本色，裂缝缺角，摆在土坯墙泥巴地的农舍里，散发出一股幽淡的墨香。毕竟是80多岁的老人了，为了方便转动略微肥臃的身躯面对来客交谈，喻老特意将太师椅右边的扶手锯掉，这便大大拉近了他与经常找上门来的乡里乡亲的距离。喻老

魂系青山（资料照片）

依然习惯用毛笔写字，手发颤，用毛笔也许更便当一些。桌上除了笔墨纸砚和一叠书报，还搁着一台收音机，那是他家唯一的家用电器，老人每天向它了解天下大事。1978年2月，财政部曾派人专程赶到丽江村，恳请喻老回京出任顾问，并给他安排好了一套新住宅。喻老谢绝了。喻老担任第五届全国政协常委，北京曾要给他配一台彩色电视机，他不肯要。财政部按规定发给他的1500元回乡安家费，他也退了回去。国有芦头林场想拉根专线，为他送电照个灯亮，他发一通脾气把师傅赶走了。当地党政领导几次接他到省里、市里或县里的老干所，他执意不肯。喻老就是要与家乡的父老乡亲一起，依靠自己的双手来改变山村贫困落后的面貌。

我曾问过喻老这些看似平常实则极其不易的选择，他笑着说："自古武官解甲归田，文官告老还乡。外国的总统不当了，也得回家干原来的现事。我们共产党人为什么做不到呢？如果大家都挤在北京城，都要配专车、配秘书，派警卫员、公务员，长此以往，国家如何负担得了哟！你看我这土坯老屋，冬暖夏凉，自己作田、种菜，空气好，水也甜，城市我还真住不惯了呢。”

1986年1月，中共湖南省委、省政府在平江县召开扶贫工作现场办公会议，喻老一针见血指出，平江过去富，富在山上；现在穷，也穷在山上。“如今搞扶贫开发，不是恩赐，这是还债！还老区人民为革命流血牺牲的债！”当时摸底全县贫困乡镇16个，人均收入200元以下的贫困户57063户、260761人。会议确定扶助贫困地区的具体项目，财政部、湖南省和岳阳市陆续派出工作组驻守平江。

一刻也不脱离人民群众，一切从人民群众的利益出发，这就是喻杰回到丽江村20年间给我们留下的宝贵精神财富。1985年初，《人民日报》和新华社播发了喻老回乡后带领群众艰苦创业的动人事迹，人民群众称他为“真正的共产党人，实在的人民公仆”。国家领导人读后写信给他，称他

喻杰电站　2017年/摄

为“老干部的楷模”。面对赞誉，喻老平静如山，清淡如水。他说：“当年与我一起出去闹革命的，有两百多人，只有我一个人，活着回来了。”

喻杰，他是探索中国乡村如何摆脱贫困的开路先锋。当年他亲自指挥修筑拦河大坝，魂系青山的老战士虽然已去，喻杰电站依然蓄水发电，成为丽江河上一座永恒的丰碑。天光云影，溪流水雾，绿林青藤，飞禽走兽，无数英雄豪杰将天地人间的浩然正气摆渡。竹林深处当阳半坡上那栋简朴民居，黄泥青瓦、亮窗木楼依然保持原貌，守望故乡的青山绿水。喻老就像一颗种子，永远扎根于人民的土地。

北罗霄国家森林公园

国有芦头林场把守连云山脉东部，南北长 13 公里，东西宽 10 公里，四周分别与长寿镇、嘉义镇、浏阳市接壤。南高北低，一条丽江河贯穿而下，汇入汨罗江。主峰十八折海拔 1272 米，黄花尖海拔 1168 米，第三高峰雷公尖海拔 777.5 米，丽江水至山口，最低点海拔仅 124 米。峰谷相对高差达 1148 米，陡峭峡谷的地理气候，成为生物多样性的繁衍基地。中南林业科技大学看中了这片沃土，与平江县政府合作创办湖南北罗霄国家森林公园。

夏至时节万物生长灿烂，山谷溪流的清纯幽香缕缕飘落，天光云影倒映丽江河水。踏过山口大桥，沿坳上曲径穿行，轻灵脚步惊醒狗吠牛望。溯丽江水缓缓地攀爬峡谷简易游道，从山口桥直抵杉皮坳，或拐桐木洞登上山坪，碧水青山长廊数十里，轻风拂柳花香醉人。暂且逃离尘世困惑享受深呼吸，蔚蓝的天空时而开放时而笼罩，一道道阳光斜照“V形”投影铺洒沟壑，亮与暗界线分明，伴随峰回路转悄悄地移步对映，似乎欢庆胜利的呐喊声浪远逝。火辣辣的红叶，雾蒙蒙的绿荫，听泉水叮叮咚咚，践

丽江仙境　2017年/摄

落叶踢踢踏踏，鸟语与风歌如此喧闹而寂寞，不知不觉已然魂牵梦萦。

钻入溪谷仰首天空，似乎将森林的昏沉瞌睡唤醒，暖洋洋的阳光依旧东升西落，转转悠悠地巡查山水沟壑。直照或斜阳，感光或折影，万物生长靠太阳的永恒真理，不知不觉撒种春夏秋冬的时令养分。山林的飞禽走兽不会像水蛭游鱼那般执着，或许大鲵与虎纹蛙会孤独潜伏，穿山甲食肉，五步蛇吐信，金钱豹、林麝、野猪偶尔会来喝水，听到草鹗、红腹锦鸡咯咯号叫，溪涧流水总会给动物带来生命追求。

2021年夏季，一辆喜庆婚礼似的森林观光小火车穿过童话世界般的隧道，缓缓驶向“芦头境谷”密林深处，林海凉风扑面，河谷清流蜿蜒，拉开了平江旅游打卡地的欢乐序幕。木耳、蘑菇、竹笋，还有山桂花蜜，瓜果飘香的土特美食，分享深山老林的农家乐。为了支援新中国建设，国有芦头林场在建场60年间，每年提供商品木材一万多立方米，平江林业贡献每十根树就有一根半。如今全面禁伐，芦头新村的伐林人成为护林人。踏上卢戎古道寻找先人的古寨遗迹，驾驭森林云漂探索高空飞蝶的惊险刺激，这座森林覆盖率达97%的中国天然氧吧，日益昭示“青山碧水新湖南”的无穷魅力。

第二十章　湘东重镇长寿街

野色寥寥一犬鸣，戍楼初鼓绝人行。
哭声未断歌声起，渔火将残鬼火明。
月暗荒村愁有虎，烟迷竹树看如兵。
羁怀世故千忧集，竟夕彷徨睡未成。

——（明）胡天游《夏夜闲步西溪》

汨罗江上游诸水，以大坪水、虹桥水、金坪水合流，绕过石牛寨，自东奔西进入长寿镇。宋理宗宝祐元年（1253）有张袁氏、邓黄氏、魏测三位老人寿过百岁，县令申请以国典赐宴，皇封长寿里。明隆庆三年（1569）正式设长寿市，又称长寿铺，俗称长寿街。民间传说刘伯温路过长寿里，巧遇江洲老翁180岁生辰，老寿星成为长寿之乡的形象大使。作为湘鄂赣边境重镇，她既是古代船运从洞庭溯源而上的终点，亦是连云山脉占据汨水左岸的头角。因此，长寿街是汨罗江中游的重要端点。

街与桥

清同治《平江县志》载："汨水又西南流八里至湖渡坪，又五里至双江口，左有西溪水、白铅水、九岭水来注之，又数里邵阳水来注之。"

西溪水，长寿街建有西溪桥。

九岭水，流至长寿街仁寿桥与白铅水合。

白铅水，即黄金洞水，长寿街建有河南桥。

由于三水相汇，夏日里山洪暴发时相互形成抵托。长寿街的洪水极具破坏力，黄金水上的河南桥与西溪水上的西溪桥，不知被洪水冲垮过多少次，又重修过多少次。

清乾隆年间，当地绅士吴嗣龙、嗣凤兄弟俩捐资重建河南桥。嘉庆年间进行了维修改建。到了同治七年（1868），一场大水还是把桥冲垮了。

西溪桥　2013年/摄

河南桥　2014年/摄

吴家的子孙毫不气馁，再次为首，带头募捐茶厘金来修桥。显然，在吴家看来，河南桥成了一个家族兴衰的血脉所系，不能让它中断崩塌。同治十年（1871），新修的河南桥竣工，桥长63.7米，宽6米，高7.5米，为五孔石拱桥。为了观测洪水，修桥时特地在中央桥墩迎水的最高处，凿有一头张口望月的犀牛，作为长寿街防洪最高水位的标识。“犀牛吃水，长寿全淹。”涨大水时，只要观测犀牛水位就一目了然，便于及时调集劳力与物资前来防汛。这条犀牛也许真有些魔力，它镇住了洪水，反正从那以后，河南桥便再也没有被洪水冲垮。1957年，修复平江通往修水的公路。工程技术人员将河南桥从头到脚仔细测验了一番，得出的结论令人称奇：只要将桥面两侧各加宽一米作为人行道，河南桥便可以铺公路跑汽车，就这样一直跑到如今。

现存的西溪桥年寿更高，建于清乾隆四十九年（1784）。捐资修桥的是一个寡妇，方杨氏，方敬蓭之妻。方敬蓭夫妇为人忠厚老实，育有5个儿子。一天，方敬蓭忽然肚子痛得厉害，便跑到汨罗江边的草棚里去解急。他随手扯脱一蔸野草揩屁股，结果泥沙里露出一大坛子金银珠宝来。他走了狗屎运，却没有富贵命，不久便病死了。方杨氏深明义理，知道应当把捡来的非分之财用在公众身上，便拿出银两修起这座石桥。西溪桥落成时，方杨氏请人刊立了一块石碑为证。当然只记述修桥的人事，没有必要说银两是怎么来的。修桥补路，行善积德，自然会功德无量。

仙姑岩

汨水左岸连云山脉“羊羖脑”，自大坪塅延伸至长寿里老河沟。清同治《平江县志》载：“羊羖脑之西北至阳坪，曰道石峰。高接云汉，石骨秀削如笋，上有观音寺。其木多石榴，旁有山曰仙姑岩，左有羊公寨、合掌岩，又半里有龙虎岩。洞穴并幽峭，其脉尽于阳雀垅。是在县东九十里。”

站立长寿镇阳坪村叶家桥头，雨后落叶湿漉漉的，近处田野黛绿，远望群山苍茫，一湾曲溪浅滩铺展明镜，两岸树林乱草倒影婆娑。曲溪水源自南桥山里，经汤塅、官舍绕官溪、毛湾，东流至船埠里注入汨罗江。两水交汇处称湄滩，滩左就是阳坪，滩右便是金坪。平江方氏迁平始祖仕南公，后唐同光元年（923）由江西南昌迁徙虹桥天井山，裔孙沿湄水开枝散叶，分衍12族支。道石峰尖有观音古寺，方氏宗族始建。二十一世仲信公聚居阳坪，有5子12孙，曾孙22，玄孙35，来孙4。如今平江方氏阳坪一族，人口多达4000丁。正如朱熹弟子方叔行所论：“人能自奋，地因而灵；人若自弃，地因人玷。”当时吴伯英在这里开办阳坪书院，方叔行、方明甫先生经常到书院讲学，远近众姓弟子纷至沓来。

慈悲万载；
积善千秋。

沿曲溪水行，冬雨细点，野风轻拂。长寿街与龙门镇交界处，石龙山大岩寺三座寺庙联袂挺立，隐藏于红岩石壁的洞穴之中，枫松并茂，竹林掩映，洞天福地浑然一体。大岩寺又名石龙寺，岩内地形恰似一条石龙盘腾出洞，首尾鳞爪具备，更有龙涎滴水，叮叮咚咚四时不绝。在民间信士心中，石龙清泉化作观世音菩萨普度众生的甘露水，红袍供奉香烛熏蒸，数十枚300多年的诸神雕像排列高案，令人感叹民间保护的传承力量。龙神图腾文化，慈悲智慧象征，民间的美好愿望总是随着大自然的独特风貌融入人心。

穿行长寿镇马西村黄金水岸，山丘连绵起伏，稻田禾苗茁壮，丹霞地貌风景如画。下段郝坊鹭鸶嘴桥头建有雷仙庙，右岸狮子山对望石佛寺，乡民称“庵岩”，再往北边登龙珠山，建刘公庙，山水呈犄角之势。公路水田边，一座刀劈般的红岩陡壁建有石佛寺，庙宇损毁无存，依然呈现门庭三间的构建格式。摩崖神像端立石壁，东边观世音，中央佛祖如来，西边祖师爷。东侧那副独立侧畔的雕像，守庙人严师傅说，他曾是朝廷的肖将军，奉命来守护石佛寺。我近前仔细观察，护卫神像略微低垂着头，果然不像天王殿常见的韦陀。开凿在他头顶的石壁框格内，依稀可见摹刻碑记，残缺字迹自“长寿”始，终现“洪武二年十月八日”，即公元1369年，证明石佛寺距今已有640多年。寻得《（石佛）寺碑记》残碑一，周姓捐建芳名，落款“同治十年辛未岁冬月上浣吉日公立”。此地亦称“九狮出山”，群狮舞跃山峦独特。

仙姑岩曲径盘旋，异洞深幽。上有大香井、香炉峰，似烛炷参天。仙姑岩离长寿街最近，极是登高览胜处。据清乾隆三十六年（1771）《重修仙姑殿记》称，供奉王母娘娘之七仙姑，寺庙始建于唐朝，历经宋、元、

仙姑岩奇峰　2017年/摄

明，清朝康乾盛世达到高峰。仙姑岩属典型的红色砂粒岩丹霞地貌，坡陡路险，易守难攻，兵家必争之地。“平江起义”部队在此坚守，如今新辟红军营、长寿秘境风景区，拓展越野攀岩基地，峰顶立有长寿老人塑像，休闲旅游方兴未艾。

细雨绵绵，蔚蓝色的天光山色明净如洗。清风吹来，光明渐进，淡白云朵随风升腾飘逝，岩峰岭脊似水墨国画铺卷长轴。一鼓作气冲向绝顶，守望东方，期盼日出。山峦林海淡蓝，天际云浪翻滚，东方吐露一朵彩云。一轮朝阳冉冉升起，白色的光芒照亮东方，纱帐之间似乎一条淡墨点缀的鱼儿钻来探望。轻云淡雾忽然间笼罩崇山峻岭，忽而彰显，忽而隐蔽。新生的太阳，果然神圣无极，整个天地舞台云纱飘荡，唯有她露出圆圆的红脸。仅数分钟的短暂显现，初升的旭日似乎结束了万物生灵的虔诚拜见，任由轻云淡雾值班巡游。美好的一天，从晨光云雾开始，草长林茂，鸟鸣人欢。

一片酱干的原本记忆

将白生生的豆腐干加工成黑油油的酱干子的人，名叫何维丰。他先将豆腐干压成方寸大小，铜钱厚薄，放入五香卤水与鸡汤锅中，三煮三晾，使其入味，然后一片一片摊搁在无烟的炭火上烘烤，使各种香味慢慢地融入。一片片豆腐干乌黑油亮，香气袭人，他便用白棉线绕成十字形扎紧，每十片为一筒。何维丰将其取名为“多珍五香酱干”，在店里作为佐酒的小吃试着推了出来。酒客们一尝鲜，味醇香纯，经嚼耐品，都赞不绝口，说比其他炒菜与冷碟更加适合佐酒，又可以作零食补口。酒客们喝过酒，总还要买几筒带回去，多珍酱干一时名声大振，成为长寿街的一大特产。

何维丰老人整整100岁才去世，生产酱干的配方，传到了他儿子手中。酱干是一种豆制品，蛋白质含量丰富，但容易生霉变质。即使是寒冷的冬季，搁上几天，酱干表面也会冒出星星点点的白斑来。再隔一两个晚上的时光，那白霉的斑点便会疯长，滋生出一层茸茸的白毛。油亮的酱干会变得溜滑黏腻，谁也不敢再塞进嘴巴里去了。由于保鲜期的限制，酱干的生产多年来没有走出长寿街，只能在湘鄂赣边区一带徘徊。何家，也因此形成了“生意再好每天只加工半斗黄豆”的规矩。

1956年，对个体工商业实行公私合营，何家的店铺连同生产酱干的秘方，在锣鼓声中并入了长寿供销社。虽说仍然是何家人专门负责酱干加工厂的技术指导，多珍酱干却是随同它的主人一道，成为打上新社会烙印的长寿酱干了。

长寿酱干随着汨罗江流水般的时光，进入了改革开放的新时代。北京城里那批当年从平江山区打出去的老将军们，一个接着一个从繁忙的领导岗位退了下来。他们心中难了的乡情，这时便有了蔓生的机会，如春雨滋润的野草一般涌出连片连片的碧绿，割不断，理还乱。脱下制服的老将军们变得像贪吃的孩子，总想经常嚼一嚼家乡的长寿酱干呀！从平江到北京，一路上车马劳顿周转数日，将军们还是难得尝到新鲜油亮的酱干。家乡年轻一代的父母官，当然知道

长寿老街　2017年/摄

老将军们的心愿。他们更有雄心壮志，想把风味小吃推销出去，做成一项大产业。科学技术无愧为第一生产力，平江县政府组织科技专家们联合攻关，终于以食品保鲜剂和真空包装的方式，解决了酱干的保鲜难题。长寿酱干变成了平江酱干，行销天下。平江人办的酱干加工厂，便如雨后春笋在全国各地冒了出来。

生活充裕，原料丰盛，技术创新，品质提升，一片酱干又面临百年未有之巨变。本土的优质黄豆，放养的土母鸡，连云山溪的清泉水，加上牛骨汤和 36 种天然调味料介入，淡黄色的豆腐干经过卤制变成酱色后，进入烤箱烤 20 分钟，随后再次卤制，如此反复 3 次，使老酱干的“原本记忆”真正浸入骨肉血脉，平江酱干成为现代消费主张的创新品牌。

逸民胡天游

胡天游（1288—1368），元代诗人，名乘龙，字以行。原号松竹主人，复号傲轩。生不逢时，隐居自乐。其诗苍凉悲壮，入《元诗选》。可惜多于兵乱中散佚，收文集《傲轩吟稿》，录存于清乾隆《钦定四库全书》。

《傲轩吟稿》共收录胡天游诗赋115篇，按体裁分为绝句、律诗、古风、吟叹、古乐府、长短歌行赋体等，各种体裁运用自如，均有佳作。

后人论及胡天游，都会从他那首著名的《七岁游法兴寺》的七言绝句说起。这首诗，既是胡天游的成名作，也是他的代表作。虽然他后来的诗风在离乱与隐居之间飘逸，但就凭着这首小诗，胡天游完全有资格在元代诗人中占有一席。

法兴寺位于平江县东北百里，始建于唐代。曾因藏有草圣张旭手书《心经》和宋代苏轼、黄庭坚的墨宝而闻名天下。自从胡天游七岁那年夜游赋诗，后来的方志，包括明隆庆《岳州府志》中，“法兴寺”的条目下，便只是录有胡天游的《七岁游法兴寺》：

> 山色摇光入袖凉，松阴十丈印回廊。
> 老僧读罢楞严咒，一殿神风柏子香。

这首诗的精妙之处，在于真实地描述了一个孩童在月色星光下游览松间古寺的见闻与感受，营造出一种超尘脱俗的意境。“摇光”，也叫“瑶光”，指北斗七星的第七颗亮星。小诗人披着星光踏着山色登临法兴寺，清风入袖夜凉如水。高大的古松在星月的辉映下，孤寂的阴影若明若暗，映衬着九曲回廊。听得老僧读罢《楞严经》结句的“楞严咒”，当是晚课结束，暮鼓敲过。余音绕梁，神风满殿，但闻得柏子清香四处弥漫沁人肺腑，引人步入一个清绝幽静、庄严肃穆、缥缈空灵、禅妙神奇的世界。

汨水东来　2016年/摄

杜甫曾自称：“七龄思即壮，开口咏凤凰。”胡天游这首充满神风禅意的小令，同样出自始龀之年，怪不得称他为“小杜甫”。

胡天游所处的元代，同样是一个征战不息、民生多艰的动乱年代。连年征战的金戈铁马，彻底踏破了江南的温柔清梦。胡天游的诗作，不可能停留在春词艳曲，崇尚铁血的时代精神，给他的诗歌创作注入了新的活力。读他的男、女从军诗，我们可以强烈地感受到一股来自“秦时明月汉时关”的浓烈罡风。

男从军

十五束发去从军，背剑腰刀别弟昆。
男儿不洒临歧泪，觱篥数声吹出门。

雨沐风餐夜枕戈，东征未了北防河。
当时只道从军乐，谁道从军苦更多。

自古男儿要自强，腰间金印有时黄。
时来不用龙泉剑，手缚楼兰献庙堂。

女从军

二八女儿红绣靴，朝朝马上画双蛾。
采莲曲调都忘却，学得军中唱凯歌。

从军装束效男儿，短制衣衫淡扫眉。
众里倩人扶上马，娇羞不似在家时。

柳营清晓促征期，女伴相呼看祭旗。

壮士指僵霜气重，将军莫讶鼓声催。

胡天游的从军诗，颇有唐人王昌龄边塞诗的风味，其愁情与豪气激荡胸怀而直冲霄汉。胡天游一生所面对的，或是元人当政，或是义军割据，东征西杀，血流成河。血管里流淌着屈骚杜诗蓝墨水的胡天游，除了隐居山林，别无选择。

胡天游在《述志赋》中坦言："正余冠之崔嵬兮，理余瑟之铿锵。"这是自己人格与志向的选择，这种如汨水西流的奇崛品格，深得邑人的推崇。明代平江人艾科撰《元逸民胡天游传》，以"逸民"两字概括胡天游的一生。这篇传记，最早记载了胡天游诗卷得以流传的过程："瑶篇珍什流落人间者，不识若干。罹乱离之余，仅存什一。逮我明东湖元老葺湖南省志，多所搜访。大嘉异天游诗，采入之。遇真钟期矣。幽贞逸节，一旦嵬然震三楚而闻天下。"值得注意的是，邑人评价胡天游时，自然而然地将其与屈原、杜甫相比较，既有屈子沉湘之遗风，又一拔于少陵垒阵中，充分表明其汨罗江精神一脉相承。

李元度曾在同治《平江县志·艺文志》中说，平江先正著述多佚不传。求如《胡傲轩集》之入《元史类编》，寥寥无几。况宋代以前，诸君子多为理学之士。胡天游之后，吟咏之士这才多起来。因此，胡天游不仅以其身为逸民的高风亮节传承了屈原的伟大精神，而且作为第一个本土著名诗人，使得汨罗江自屈杜以来的奇丽诗风得以发扬光大。

黄金矿

"莫道平江路不平，遍地黄金遍地银。"诗言志，此诗境并非乌托邦式梦幻，天赐汨罗江就是一条黄金河。平江黄金洞48条大小沟壑，196平方公里，漫山遍野盛产金矿，到处都有说不完的英雄故事。

清光绪二十年（1894）江西修水“义宁名陈”陈宝箴升任湖南巡抚。在其长子陈三立的辅助下，与黄遵宪、谭嗣同等以变法开新治为己任，实施肃吏治、辟利源、变士习、开民智、敕军政、公官权等措施，各项新兴事业次第蔚起，湖南风气大开。光绪二十三年（1897），湖南矿务总局请德国矿师勘探黄金洞金矿，创金矿官采之始。投资库银20万两，聘请两位日本技师，购进锅炉、发电机、抽水机和选矿设备。因本地无煤，又斥银15万两进口汽油发电机组，请来德国工程师组装。终因汽油来源困难，采选设备不配套，机械采金失败，后来更因世界大战爆发打了水漂。但这并没有影响平江黄金产量，黄金洞老后窿长十几里，深达数十丈。1911年产金3818两，占全国总产量1/5强，黄金纯度为99.1%，“平江足赤”名扬天下。

陈宝箴最后的命运很悲惨，勘探得知藏有富矿，时有某官劝陈宝箴约湘绅集资开采，陈宝箴拍桌怒斥：“开矿原以富国，何人敢取以牟私利者？”光绪二十四年（1898）秋，慈禧发动戊戌政变，“百日维新”宣告失败。有人诬陷他贪污受贿，陈宝箴以“滥保匪人”被罢黜，陈三立亦以“招引奸邪”罪一并革职。

潘振纲在《湖南平江黄金洞金矿八年来之回忆与展望》中说：“本矿清以前无籍可考。李元度所纂之平江县志，明清均无记载。根据旧窿凿痕及间常发现架木之遗迹，可断定始于明代，探采技能，多有惊人之处，亦多合于科学。此间流行之术语如‘砜砂’等，亦多与明代开采之湘南常、桂诸矿同。”

1940年，湖南省建设厅委派省财经委员潘振纲到黄金洞考察，他与专家同样驻守老矿局院子，同样坐在玉兰树下喝茶纳凉，仰望星空明月。日寇犯境，匪盗如毛，老矿一片废墟。潘振纲授命于战乱危难之秋，成立湖南平江黄金洞金矿工程处，他担任处长兼总工程师，亲率员工组织自卫队坐镇坚守。他懂技术，人又聪明，改进碓舂法，沿坡架起十几座水研，借助高山溪流的冲力破碎选矿，又省工又细腻。乱局中他坚持孤军奋战，基本建设工程照常推进，生产从未停工，平均每月采金200两以上。1947年底结算，黄金矿共产纯金“八千零一十九两五钱六分二百零三毫”，全部纳诸官库，从无一毫之苟取。曾有人问，平矿何以独存？振纲先生应曰：“以穷，故能拼命耳”。

2012年，湖南黄金洞矿业被国土资源部评为绿色矿山试点单位。黄金河成功申报国家湿地公园。在这片红色的沃土上，正加快推进智能化建设，朝着生态型、效益型、智慧型一流矿山的目标，打造一张全新的绿色矿山新名片。

黄金河湿地公园　2017年/摄

第二十一章　三峰叠嶂

几年梦想仙岩游，今日登临事事幽。
黄菊正添霜后色，紫薇还愧鬓边秋。
岩空积翠时移坐，鹤侣欢迎意已投。
且喜先公文字在，一番庄诵一输筹。

——（明）黄昭道《游道岩》

天下名山僧占多，平江以道教为盛。许旌阳、梅子真和葛艾早有往来，他们采幕阜连云之药，枕昌江汨水之流，炼丹成仙遗迹故事甚多。

道岩观

自石牛寨西南行二十余里，或长寿镇西北折木金乡，有座道岩山。山不在高，轻云淡烟悄然隐居幕阜山脚。传说晋代写过《幕阜山记》的葛洪，曾在道岩炼丹修行。北宋范致明的

《岳阳风土记》载："香炉山岩在县东，下有老子祠，上有丹坛、丹灶。有池，岁旱，祈祷有感。有许旌阳试剑石。"

主峰香炉山弧形耸立，悬崖峭壁草木稀疏。攀缘览胜，四柱绕岩，森然相望，若有所献。其山势形态极像一只香炉，是为香炉峰。南一峰，仰视霄汉，有轩昂不可屈之势，叫作席帽峰。北一峰，深入烟霞，与星斗为邻，取名华盖峰。"三峰叠嶂"称誉昌江八景之列，宋、元、明、清吟诵的诗赋文记最多。

明朝邑人郭本有《三峰叠嶂》曰：

鼎立奇峰耸大观，青青螺髻叠层峦。
烟凝翠嶂浮岚气，风鼓松涛怒急湍。
远树高低相掩映，三峰崒嵂共根蟠。
几回搔首烟云际，海上蓬莱好比看。

三峰叠嶂远眺 2019年/摄

西晋太康初（280），始祖徐公道箓由道灵山迁平邑城西龙阜山，历经六朝唐代700多年香火。宋朝推崇道教，以真宗、徽宗最盛。全国各地到处修建道教宫观，塑造老子圣像。举凡天地风雨、山川湖海，直到城隍、土地、山神、门神、灶神，无不有神，不断创造新的神仙。

木瓜河畔穿岩与道教结缘，它是从江西传来的。

宋神宗熙宁八年（1075），洪州（今南昌）西山逍遥观道士胡元周到平江传道，路过木瓜河，发现穿岩奇峰。一个天然岩洞东西透亮，车马往来势若通天大道。岩穴高空任你架屋百楹，更有清泉上下滴灌不绝，足够栖居数百人。许真君驱邪斩蛟试剑石，葛艾采药炼丹炉，修炼升天遗迹处处体现太极八卦图像。每逢干旱无雨，乡人祈祷必应。三峰叠嶂如此得道仙境，令胡元周道士不忍离去。他占卜开创道观，披荆棘，具香花，作醮章为人祈福，历时15年，自门庭至殿宇，自殿宇至堂奥，宏伟的崇仙观香火越来越旺。

道岩名扬天下且流芳百世，应当归功于平江籍名宦黄诰。

黄诰，字君谟，晚号拙翁。北宋熙宁三年（1070）进士。他任益阳知县，潭州通判，绍圣二年（1095）仕至朝散郎知歙州。他上任后的头等大事就是提倡教育，拜谒先圣孔庙，讲授《周礼》，并改造学舍，劝说父老多送子弟入学。结果次年登第者多达10人。从建州（今建瓯市）知府迁湖南提刑，荐牍报上去，皇上指着他的名字说："此人有孝行，可进用。"擢升处理都省大事的左司郎中，主管库藏财物的太府卿。

当时宋神宗下诏，增设在外宫观差遣，本是为了安置老病大臣及冗官贤员。莫看清闲虚职，却蛮有面子，大臣名宦还争着来，需要力请，皇帝才肯批准。曾经主管嵩山的崇福宫先后就有范仲淹、韩维、司马光、程颢、程颐等百余名人。从此宫观不但是道教活动场所，而且成了名儒著书讲学之地。黄诰多次主动请求，皇上开恩分得舒州（今安庆）著名的灵仙观，可见他与道观有缘。

宋徽宗登基，自称教主道君皇帝，再次掀起道教高潮。崇宁五年（1106）八月十八日，黄诰游道岩，感慨万端，吟《道岩》20韵长诗。黄诰审时度势提出建议，希望地方官像天姥山剡县一样将宗教圣地申奏朝廷。果然不出其料，大观元年（1107）九月秋，宋徽宗敕封“葆真观”并亲笔题额。黄诰欣喜若狂：“天子祀神宗于庙堂，泽及四海。乃降敕书，以岳州平江县道观为葆真观，此千载一遇也。”

大观三年（1109），黄诰知江州（今江西九江市），他的名望已是朝请大夫，直秘阁，新差知江州军州，兼管勾学事，兼内劝农事，兼江南东路兵马都监，上国柱。上任路过衣锦还乡，五月二十五日，在万岁万岁的鞭炮欢呼声中，开岩建观住持焚修三洞道士胡元周主持隆重的葆真观额挂牌庆典，将黄诰的《题道岩二十韵》和《敕赐葆真观记》刻石立碑。

千年道观　2016年/摄

平江道教22座名山，道岩山在幕阜、连云、梧桐、天岳之后名列第十。昌江九观，崇奉葆显与冲金，紫清紫霄及玉真，葆真观在崇真、奉真观之后名列第三。平江另外还有未修谱的6观和36宫。道观仙宫占据山川名胜，城隍社主遍布乡村地方，三教九流对各路神仙的敬畏，千百年来传承繁衍，潜移默化成为绵长的乡风民俗。

此去不知千载后

道岩之“道”，不仅应合道教，以弘扬程朱理学为己任的诸君子，当然会对“道岩”情有独钟。在众人心中，道岩是非常重要的道学教化之地。

鲁宝潭，名仕能，字时举，因居宝潭，学者称宝潭先生。少时从饶鲁学，宋淳祐四年（1244）进士。宝潭先生晚年回乡，以讲学为乐。宋朝灭亡之后，他高隐不仕，经常与地方贤士赋情山水间。元至元十五年（1278）重阳佳节，73岁的宝潭先生与吴斩、邓希恕等九位前朝遗老再次相聚道岩。无可奈何花落去，眼见宋亡元兴，他们学白居易“香山洛社”组建诗会，每年值菊金蓉锦之时，择山水胜处登高赋诗遣怀，斯文风雅寄情山水间，怡然自乐。

鲁宝潭说，我们何不也来个“九老题名”，集一时齿德各题姓名及诗句刻于道岩石壁呢？大家无不拊掌称快。

吴斩开篇《重游道岩》诗云：

元都重到拂题尘，屈指于今十四春。
白石烟消丹灶冷，苍崖日永画楼新。
山中自笑黔驴技，天外谁知海鹤身。
洞口桃花莫相笑，刘郎犹是少年人。

道岩峰 2016年/摄

九位老者，吴钘年长为尊，78岁，罗大亨年龄最轻，初满花甲始称老，九位老翁共632岁。依照范式轮番挑选历次主会所赋诗句，共632字以纪年岁。结尾九老齐声共唱：

九人六百三十二，雪鬓霜髯寿且康。
更向丹崖题姓字，永同地久与天长。

九老会接连举行了12年。到了吴钘88岁，鲁宝潭85岁，两人相继去世，九老会不得不曲终人散。

三峰叠嶂，井列七星，点缀些丹崖龙潭，胜域名区推第一；
松种万年，桃栽千树，添几间云房石屋，忘机两性叹无双。

此联据说出自李元度。清同治十年（1871）九月，李元度特邀余士镜、李汉章、张岳龄等本县九位致仕老友游道岩。十人总共632岁，恰与先哲耆英会相符。李元度自谦年甫51，又亲在不敢称老。钟昌勤戴孝守制，不便作诗。十人依龄具列名衔，并录诗作。七人各赋诗二首，黄益杰诗四首，李元度诗四首且撰《续九老题名记》，宋600年后又成就一段佳话。

金沙滩

从社主庙抄小路徒步攀登席帽峰顶，悬崖峭壁石粒溜滑，开路先锋也得四肢伏地。好几个汉子无可奈何，只得脱去鞋袜打光脚板，体验什么叫“爬山”。从庙宇复修碑序得知，前山如帽，后山如席，故名席帽，三峰叠嶂第二峰，细观实景，草帽突现，草席平铺，光溜溜丹霞红岩表层风化。雨露滋润，峰顶仙井七口，其油盐二口，甘露四口，还有一口供养化龙之鱼。俯首掬水，天光云影搅散，丰盛水草间竟然发现青蛙产卵的白泡泡。贫瘠的凹缝到处生长威灵仙、荆芥、茵陈、蛇舌草、返魂丹等中草药，还有传说中的千岁草、万年松。

相传葛艾二士在此煮药炼丹，羽化升天，是时祥光飘荡。后汉建有祖师庙，唐朝设有二仙坛，后人刻像祀之。干旱求雨，医病问药，千百年来香火兴旺。明清时期方姓阳坪族数次重修二殿，今日依然由阳坪诸君首倡主修。寺中保存铁铸巨钟，“帝道遐昌”铭文载，葆真道士肖后清、徒方广宗等募山并修立，大明湖广道岳州府平江县凤棲乡二十一都祀奉祭阳坪吴主大王祠，当是明朝遗迹。

攀爬华盖峰，脚踏台阶奋力前行，不锈钢栏杆护卫险坡，安全系数明显增强，心中却不知失去了点什么。登临峰脊远眺，蓝天白云苍山大地广袤无际，田园屋舍分布丘陵海浪之间，香炉峰、华盖峰、席帽峰尽收眼底。绿林青草铺天盖地，昏暗的乌黑峭壁，灰淡的褐红岩层，盘盘错错，层层叠叠，典型的丹霞地貌，果然峰峦叠嶂烟波荡漾。

从岩前下山重返穿岩洞，峡谷曲径通幽，雄伟壮丽的道岩仙境绝壁当关，青草藤蔓遮不住雨雪水文，亿万年鬼斧神工雕刻，无不激励有志之人借景生情，甚至不惜以身相许开拓创新。近百年来几度劫难，道岩宫观只剩玉皇殿建筑遗址，雕梁画栋、断垣残壁散发枯萎干燥的尘埃气息。乡民求雨祈福多顺路拜华盖庙、艾仙坛，偏僻寂静的穿岩成为吹风躲雨、避暑藏物的好场所。黄牛牯吃草，黑山羊乱跳，农家耕种收获豆谷，时有野营烟火游荡着鲜活生命。

九老题名诗刻依然残存穿岩后壁，风化损毁恰能辨读："永同地久与天长。"另有形象特别的太极图刻画，可知为大清雍正九年（1731）八月

金沙滩上　2016年/摄

金石。嘉庆九年（1804）甲子秋月，道士方元风抄录《九老姓氏诗词》，他特意补记：“古有九老名姓诗词刊载后岩石壁，予恐年湮剥落，录载谱牒钟清丹名千秀，复命匠镌碑垂不朽云。”盛世逢时，先后有《题道岩二十韵》《敕赐葆真观记》《重修九老姓氏》和《续九老题名记》道岩古碑浮出世面。“此处不知千载后，有人来讲此图无。”宋九老题名诗曾留下谶语，千年道观就这样永远消失吗?

乡村四月，草木芬芳，油桐花、黄金槐、六角盘艳丽绽放，寂静的道岩山谷充满水灵灵的氤氲。后岩村水口古称三道港，胡道士当年应从幕阜山过木瓜河，大树组码头五人合抱的千年古樟不知见证多少风雨故事。一湾清水左岸石壁，右岸沙滩，蓝天白云与岩山绿林倒映，对岸龙门镇陡壁阻隔，山居只有几户人家。从金黄沙滩顺河而下，涉水过河，赤脚走在江心滩上，感觉沙粒坚硬如铁板，锐利刺脚无法踏现脚印。木瓜水与龙门水交汇的三江口，陡壁深潭前河水湍急，然而江洲分流，张水岩、管竹岩等河床岩洞深不可测。村民说那有河底暗道通往阴府县城，一般人不敢下去。

第二十二章　石牛寨

谁向秦皇借一鞭，岭头笑把石牛牵。
凌空驱到仙岩畔，犁破黄龙三亩田。

——（清）钟篆《石牛寨》

石牛寨地处湘、鄂、赣三省交界的平江县东北角，汨罗江右岸，浆市河与大坪河拥抱而下。原有浆市乡、大坪乡归属虹桥区，1995年平江撤区并乡，组成新的大坪乡。随着石牛寨国家地质公园的建立，2014年正式更名为石牛寨镇。

丹霞奇峰

石牛寨国家地质公园处在幕阜山隆起带东南侧，长（沙）平（江）断陷盆地的北东段，汨罗江上游。北连幕阜山，南倚连云山，地形以低山丘陵为主，包括部分岗地和平原，海拔最高544米。北部为幕阜山花岗岩低山区，中部为石牛寨红层低

石牛寨远景　2016年/皮皮摄

山丘陵区，南部为汨水源丘岗平原。

一牛二龟三关险，
四桥五寨六线天，
七奇石，八寺庙，
百零八崖景无边。

石牛山主峰海拔523米，坐落大坪河畔，以河为界分阜东、阜西两个村，观赏石牛的最佳位置在阜西。西部山顶有一块巨石，形似黄牛下山，势若奔突。传说明朝朱元璋到此，曾赋诗道：

石牛走险立岩边，自古田单不敢牵。
天下访查无失主，不知来历是何年。

山先以奇石得名，后又因险寨著称于世。石牛寨为平江四十八寨之一，建有大小五寨。山寨有岩洞，可容纳上万人。平江籍宋代进士、后任吏部郎中的罗孝芬，曾写有一篇《石牛山寨记》，应当是石牛寨最准确的记叙："四面皆峭壁，东北凿小磴梯而上，窄仅容趾，土人呼曰关上。宋季里人避兵其上，两寨相犄角，筑隘口，阻水为固。水深十余丈，编筏往来。岩端凿石，竖柱架屋，嵌木板以避风雨。并凿舂臼十余处。山腰有池，经旱不竭。"读来很有点水泊梁山的味道。

从登山小道爬往石牛古寨的关上，其险要依然如故。开凿在悬崖边上的磴梯，左边是陡峭的石壁，右边便是百丈深渊，身临其境，无不提心吊胆。石磴梯道随着山势盘旋曲折，当年修建栅栏时留下的痕迹随处可见。如此艰难险阻，胆战心惊行走两里之遥，才来到了称为水口的地方。只见两山对峙，一溪流水从谷口飞泻而出，当年阻水为塞的隘口。层层设卡，步步为营，果然是一夫当关，万夫莫开。

石牛寨鹅颈石　2017年/皮皮摄

石佛山因山岩显露出佛祖面容而著称，唐末时便修建有石佛山庙，香火一直延续到如今。踏进山庙，只觉得一股幽香扑面而来，深深地吸入几口，爬山越岭带来的浑身热燥消失得无影无踪。每逢农历九月十九，为庙里供奉的七仙圣母祝寿。每隔三五年，会做一堂声势浩大的清忏庙会，江西、湖南、湖北三省邻近四乡都会来人。钟鸣鼓响，鞭炮声从早到夜不绝于耳。顺着吊桥登上七仙亭，石佛山前的丹霞石海波峰起伏，伴着满川风雨静静地从脚下一直涌向山外的大世界。

湖南犟牛艾穆

艾穆（1534—1600），字和甫，号熙亭。湖广平江县东阳乡二十五都羊坊里（今石牛寨镇普安村）人。明嘉靖三十八年（1559）艾穆中举，初授京城阜平（今属河北保定）教谕，主讲恒阳书院。邻郡不少人慕名，送子弟来拜艾穆为师。门下贤士辈出，如赵南星为吏部文选员外郎，乔壁星为都察院右都御史，崔应麟为兵部右侍郎。

万历初年（1573），张居正担任内阁首辅，主持朝廷军政大事，急需人才。听说湖广乡友艾穆不错，张居正特意召见了他，拟提拔为诰敕房中书舍人，专门负责起草和缮写皇帝诏令。艾穆不肯套近乎："虽然入权门得美官，非吾志也。"

万历五年（1577），内阁首辅张居正的父亲逝世，按朝廷礼制，他必须辞官回乡守孝三年。神宗皇帝朱翊钧对张居正主持朝政相当依赖，众臣迎合皇上，言官上书请留。皇帝下旨破例留任张居正，朝议时对此事特作说明。艾穆不信邪，坚决维护万古纲常。他抗疏上谏，恳乞皇上圣明，容辅臣张居正奔丧回籍守制。艾穆生得湖南人的禀性，不顾首辅乡友情，不留圣上决断旨，直奔天下伦理。此言一出，龙颜大怒：艾穆等人忤旨，廷杖八十。三日后艾穆被逐出京都，谪戍凉州（甘肃）。艾穆被打得昏迷不醒，用木板抬出城门。"都人聚观者数万，致坏垣折槛。是日晴，忽阴云起，天鼓大鸣，日色如晦。"皇帝这才复下旨，先将艾穆送戍守所诊治。贬谪凉州途中，艾穆尝以诗述志。《西窜出京》曰：

病向西风一促装，寥寥征雁塞云长。
流沙万里殊非远，去国孤踪信若狂。
楚客江鱼身可葬，汉臣马革骨犹香。
青山到处皆吾土，岂必天南是故乡。

他的学生赵南星作《寄怀艾熙亭师》曰：

春风花鸟隔凉州，有客西征涕正流。
贾谊长沙还乐土，屈平湘浦自乡楼。
百年魂梦依黄鹄，孤剑风烟怨白鸥。
不为故人怜失路，出门天地总堪愁。

艾穆谪赴凉州西征远寨，众人打抱不平，艾穆心怀屈平贾谊之意，倒也从无怨悔。戍边六年，他纵游终南、太华名山，自号“终太山人”，写下了大量忧国忧民的诗文。

明万历十年（1582）张居正去世，朝廷旧僚百官举荐，艾穆结束了流放的日子。奉旨出任户部员外郎，后任四川佥事，累迁太仆少卿，右佥事都御史，四川巡抚。他公正廉明，抚军安民，多有惠政。所到之处，不迎来送往，不接受任何礼物钱财。实事求是平反多起冤案错案，救出数十余人，百姓称颂为“艾青天”。

艾穆出任四川巡抚不久，播州宣慰史杨应龙妄图谋反，贵州巡抚叶梦熊主张征讨。艾穆认为杨虽然势力较大，居功自傲，但还没有公开叛逆，不可草率出兵轻易征讨。两地巡抚意见相左，朝廷特派巡抚都御史王继光等前来调查。杨应龙不愿去贵州，艾穆便将杨抓捕到重庆，对簿公堂后论罪当斩。当时正值倭人进犯朝鲜，杨应龙请求献金赎罪，并愿带兵征倭。朝廷允准，艾穆便将其放回家。不久，艾穆因病告假回乡。杨应龙出尔反尔，抗命不出兵，且趁内忧外患，攻城略地，扩充实力。

万历二十一年（1593），艾穆因病乞归，为官30余年，清苦不异寒士，仅由家人挑个书担回到平江。晚年生活困顿，自奉菲薄，不许家人向县署反映，也不接受任何人赠送。万历二十八年（1600）5月，艾穆在家乡病逝，享年67岁，祀乡贤祠，著有《终太山人集》10卷。

艾穆逝世一个月后，四川叛乱平定，总督李化龙班师回朝，上疏平叛之事。有人提出应追究艾穆失察之责。皇帝准允，下旨剥夺已亡之人艾穆的官职。

艾穆墓　2022年/摄

艾穆登临黄龙山顶，曾有《午日九龙池》诗云：

> 九龙吟似接湘灵，不向湘江吊独醒。
> 报主可能心共赤，怀人何必眼俱青。
> 且携孤兴攀仙掌，无那双鱼滞洞庭。
> 翘首南云何处是？极天烟雾正冥冥。

邹元标当时一并因进言罹罪诏狱，后任左都御史，他不忘生死之交，为艾穆《终太山人集序》，撰《艾熙亭先生墓志铭》。邹元标感叹："先生何如人？湘水滔滔，江流不返，先生以一柱障此颓波。"艾穆文章气节，炳著朝野，成为汨水湘波的中流砥柱。

平江县城西郊澄潭，"对话汨罗江"实地考察的最美河段，传说屈原投江的"沉潭"。很少有人知道，艾穆就葬在河畔守望一江碧水。屈原是否在此澄潭投江无从考究，"湖南犟牛"艾穆的守望，倒是汨罗江文脉一个重要节点。

平江汨水源

黄龙山果真像一条龙，从洞庭湖腾空飞过来，朝着太阳升起的地方，风生水起湿淋淋地游走，地上洒落弯弯曲曲的玉带。循着这条碧绿的迹印溯水而上，我一路追寻，追寻汨水源头，来到积谷洞。我终于可以喘一口气，看到它了，它就在半天云里。龙头化作孤突的高峰，庞大的身躯浑圆地躺卧于起伏的山脉，或许就在它仰天长啸而引颈回望的刹那间，突然被仙人点化，亿万年不再挪动半步，使得我终于追赶上它。

初访大坪乡，积谷村主任李永高指着东边岭背告诉我，修水那边属黄龙山乡，也叫土地坳。为了区别，湖南这边叫大土地坳，江西那边叫小土地坳。两边土地坳是大山深处的近邻，同一座山分水，都是汨罗江的发源地。山民世世代代相互往来、开亲。我明白一个道理：黄龙山、土地坳的地名，必定在远古时期便约定俗成。小小的汨水源，何以分清吴楚东南坼呢？

大坪乡地处湘、鄂、赣边界，北边只角楼、东边湫池塘二水相夹，燕子岩与江西交界。我无言评述东部的采石场，北部新辟的风力发电，平江黄龙山永远像巨龙伏卧边际，悬崖峭壁的天然屏障呵护青山绿水。阳光明媚，一只老鹰盘旋于蓝天白云间，或扇翅，或滑翔，它那英俊姿态我已认识，从修水龙王顶到通城只角楼，我与它均在天地巅峰相遇。以我多年的观鸟经验，应当就是那一只或同一对。当它低空盘旋，不知谁家“哦呵——哦呵——”大声驱赶，回响荡漾间它振翅远去。山民说它经常叼走两斤重的家鸡，惹人讨厌呢。一百多年前，美国著名生态学家梭罗同样遇见过，他说比起一百只母鸡和小鸡，我更想去救一只鹰。特别是如今鹰不再是风景里的常客了，看到它们在天空中翱翔则显得更加宝贵。鸡蛋到处可以买到，可母鹰却实在难得。我的邻居为保护他们的几只鸡，会毫不犹豫地向本地的最后两只母鹰射击。

正午阳光洒落溪沟石底，清澈波光闪闪烁烁的，依坡就势伴随水的流动，漩涡，浅滩，池坑，眨眼间收藏于茂密的林荫草丛。对望左岸山峦，峰尖阳光，半腰阴影，一对姊妹瀑布从陡峭的悬崖危壁倾泻而下。踏石蹬，钻刺蓬，爬陡坎，穿密林，半个多小时路程，我们终于抵达正坑沟。天高云淡，秋水潺潺。峡谷河床铺满从陡坡倾注而下的滚石，形似巨球、蘑菇，突如高台、铺板，龙盘虎踞，象形狮座，或张牙舞爪，或光滑圆满。山与水，石与流，风化或迁移，山洪暴发或泥石流灾，大自然千万年间高山流水觅知音，积谷洞正坑沟依然保持处女地的天然风范。越过溪流爬上左岸高坎，我搜索手机指南针信号：东经113° 56 ' 15 " ，北纬

29° 02 ' 00 " ，海拔高度861米。我知道，大坪水从源头到河口落差380.9米，平均坡降10.10‰，她的陡峭超过平江县境其他所有河流，她的海拔高度超过修水黄龙山汨水源。

面对如此壮丽的母亲河源，我的心中充满清明纯净的安慰之感。溪水叮叮咚咚从石床空灵缝隙间穿行，或浪花飞溅，或波光摇曳。午时日照的顶头光影太白太亮，摄影师正竭尽全力将镜头或俯首或仰慕。未料大蜘蛛抢占先机，早已蛛网密布守护溪水源头。我让皮皮取来相机拍下小家伙。他正蹲伏对光，一只橙黄色的花蝴蝶忽然飞来，好奇地嗅着乌黑的三角支架。此地本是它们的家园，吾等过客惊扰，不由心存歉意。

我建议将大坪水正式命名为“平江汨水源”或“汨水平江源”，将积谷村确定为平江发源地，是有道理的。按照河源唯远、唯长的原则，另有木瓜河流径略长、流量略大，但它的发源地已经偏离黄龙归属幕阜。幕阜山另有昌江河，它是汨罗江最大的支流。遵从汨罗江发源黄龙山的千古定论，平江汨水源，或称汨水平江源，积谷村大坪水便是“不二法门”。

平江黄龙山脉　2016年/摄

第二十三章　勇闯边关

昨日南京，今朝天岳，倏焉忽焉。指洞庭为酒，渴时浩饮，君山作枕，醉后高眠。谈笑自如，往来无碍，半似风狂半似颠。随身在，有一襟风月，两袖云烟。　　人间，放浪多年，又排辦东华第二筵。把珊瑚砍倒，载吾琪树，天河放浅，种我金莲。捶碎王京，踢翻蓬岛，稽首虚皇玉案前。无难事，信功成八百，行满三千。

——（唐）吕岩《沁园春》

汨罗江发源于修水县黄龙山北部，那河清水自东南而下，由黄龙乡至大桥镇转向西南，缠绕湘赣边界弯弯扭扭几度徘徊，东张西望寻找前进的方向。进入平江龙门厂，似乎听到神灵石牛的呼叫，她突然一个拐角直奔西南流，欣欣然与木瓜河会合。

一枝独秀

清咸丰年间，太平天国军连年粤逆犯界。平江绅士张岳龄率练勇扼守，借助地势修筑土城，长338丈、宽1丈、高1.5丈。此后砖石加固修起雉堞，立起门楼，知县俞凤翰题额“龙门关”。东边土龙岭，西边石牛岭，恰是入湘关卡，湘赣交接重要门户。城外汨水绕过，壕沟宽两丈，岸边修筑炮台，用铁索架巨木拦江。另在东北部设交车关，西北部设浆市关，江鄂边界数十座哨卡连成一线直抵天岳关。太平军前锋部队攻抵修水渣津、朱溪厂后，果然未能踏过龙门关，只得撤回义宁。前后七年，唯平江一枝独秀，“湘东第一关”固若金汤。

越野车抄近路翻过石牛寨景区，红岩丘陵与绿野沟谷相依相伴，一路颠颠簸簸地追赶着太阳。树影倒映，清澈的河水从中洲分流，金色的沙滩浅浅地摆成心脏形貌，波光山色如诗如画。石牛寨镇孚西水南流，龙门镇白毛村军事要寨的石拱门隐藏深沟，点兵台耸立高坡，阅兵台青竹风扫，鲸鱼张口易守难攻的岩洞，依然描绘着丹崖地貌的神奇传说。

骆驼峰　2016年/皮皮摄

爬上童子山双童讲书的顶尖，我们静坐岩石草坪等候日落。环顾远眺石牛岭，西边棺材石，正东骆驼峰，南边白毛村，北边石牛寨。阳光照耀大地，薄雾淡淡、背影依稀，石海荒漠间一座驼峰朝北追赶而来，弯曲背脊的勾勒线条，生动传神的天然凹凸，稀疏的草木绿带将骆驼嘴额紧紧套住，恰似无形的牵挂将石牛与驼峰永远定格，传递高山流水觅知音的永恒景象。

夕阳终于落山，橙色光芒斜照，逆光掩映棺材石背，山边天际迅速收卷起夜幕光影，昭示日月星辰的生命轨迹。岩坡枯草蓬蓬丛丛，山脚绿林郁郁葱葱，我静静地端坐对望，一带江水悄无声息地缓缓南流远逝，左岸村庄白墙蓝瓦，右岸田野林荫苗盛，巨型棺材石稳妥地耸立江畔，不知经历哪朝万岁的诰封赏赐，“升官发财”的美好寓意成为一代又一代文人骚客的精神寄托。

湘赣一家亲

南宋德佑元年（1275），元军破宋军于荆江口，岳州总制举城投降。次年初，元军克潭州，署湖广行省岳州路，平江县沦为元人统治。至正十八年（1358），平江农民王世明、汤旷起义。王世明自称元帅，屯兵永平寨。汤旷称江淮枢密使，屯兵石牛寨。起义军前后坚持达7年之久，后来被吴王朱元璋剿灭。朱元璋与陈友谅决战期间，湘、鄂、赣边界损失惨烈。平江全县人口由元朝时期的20万人，锐减至明洪武初年的1.9万人。

修水樊家与平江汤家的传奇故事，将湘赣两姓一家亲推向千秋万代。

南宋淳熙元年（1174），樊忠厚仰慕黄龙山，从豫章（南昌）迁分宁（修水），自忠厚公至克洪公，历经“怀天原九昌”五代，繁衍生息，继往开来至今三十六代。修水县大桥镇成为江右樊氏分支昌庆公的发源地，

棺材石　2016年/皮皮摄

该镇聚居樊姓达3.7万人。迁修水樊氏始祖忠厚公纪念堂和祖墓，就在与平江交界处的下莲型山旁。

朱元璋血洗湘赣边界时，汤旷救过修水樊姓遗孤，使得樊家香火未绝。此后樊姓立下誓言："永世不忘汤，忘汤永不昌。"大桥镇画桥村建有樊氏宗祠，每年农历十月十五日，大桥镇七个分支商定肃祠会，指定分配各房与会名额。吃年饭由各房轮流主祭，集中七房代表到总祠进行祭祀活动。修水樊氏尊祖敬宗的传统习俗，樊家祭祖必先敬汤家。平江浆市汤氏修宗祠，修水樊家积极捐钱，开一百多部车过来祭祖谢恩。

一圣仙娘

传说屈原自沉汨罗后，长女纬英追随其父投江尽孝。她的神灵经常在汨罗江上游为百姓遣除灾凶，治疗疾病，尊称一圣仙娘。修水境内的花船会唱词，与汨罗江流域的造船歌极为相似，屈原有五个女儿，均奉为神仙：

花船会上五仙娘，五圣仙娘降吉祥。
屈原生下五姐妹，五女面貌五尊神。
五个本是仙家女，分居五处坐坛场。

一娘坐在双港口，东皋敬祖显威灵。

双港口即修水黄龙山的汨水源头，与冷姓先祖原居地一衣带水。据修水《冷氏宗谱》记载，宋神宗元丰年间（1078—1085）十一世冷庭叟中进士，任浙江钱塘县尹，后任苏州通判，转商州刺史。修水冷氏步入政壇，在朝廷任官越来越多。冷氏宗族开始敬奉一圣仙娘为家神，以弘扬为国尽忠、为父母尽孝的家风。十四世觉斋公，官至二品，一代贤臣，原有画像祀奉八贤祠，为冷氏宗族带来名望。

冷应澂，字公定，号觉斋，宋理宗宝庆元年（1225）中进士，曾任万载县知县，以通判道州迁升闻鼓检院，景定元年（1260）奉命沿江督办粮饷，调任德庆府知府，加任直秘阁，升至宝章阁大学士，并知广州，兼广南东路经略安抚使。因平乱肃贪、政绩突出，宋度宗御赐紫金鱼袋象简乌纱。“拨乱政治平生学，消得君王念苦辛。”冷应澂曾自述：“仁廉两

汨罗江上游　2014年/摄

个字，忠孝一片心。”《宋史》称他：“治官如治家事，惜官物如当己物。”冷应澂告老还乡，宋恭帝德佑元年（1275）寿终正寝，享年88岁。三朝元老，寿高功重，朝廷允许其不只限于在故乡择地安葬。冷应澂的子孙经风水先生察看地形，将其安葬在与故里相去不远的湖南平江龙门。

觉斋公长子正叔公曾到湘阴任县尹，经常亲临汨罗江凭吊，对屈原忧国忧民、抱沙沉江的爱国之情有了更深切的理解。他致仕回乡，出于对忠臣烈女高风亮节的仰慕，在觉斋公诞生地今白岭镇太清村修建冷氏宗祠，一并供奉一圣仙娘。后来次孙巽先公（字东皋）在兄弟分家时，分得祖传家神，一圣仙娘神龛随同他迁往今古市镇东皋村，即《东周列国志》伍子胥偷过昭关故事的冷氏始祖地。东皋公修建一圣仙娘殿，始创一圣仙娘花灯会，以造龙船、戏花灯的方式来荣耀祖神。东皋一圣仙娘神殿前，邑人撰联：

汨水西流忠烈泪；
人间永沐圣仙恩。

东皋一圣仙娘花灯从农历十二月二十四起，来年正月十五止，分为造船、送船、戏灯三个阶段。造船启动仪式由一人身穿礼服领唱，到场人伴唱或伴奏。《造船歌》每句七个字，共180句，介绍屈原的家族及当初造船的神奇过程。造好的龙船抬到大草坪或者河滩边，除夕夜送船，将纸造的龙船用香烛火纸点燃，等到化为灰烬后洒入江中，“纸船明烛照天烧”，用这种方式到祭祀汨罗江下游屈原的英灵。正月初一到十五，是“戏灯”的时间。花灯表演者敲锣打鼓进入各家各户，恭贺新年的排灯领路，12面彩旗紧随，一圣仙娘雕像由4人抬轿、4人护驾，各式各样的灯笼有20多种。其中彩龙船花灯最具特色，船头一艘公，船尾一艘婆，船内一仕女，穿古式服装，他们边舞边唱，诙谐逗乐，配合默契，具有很高的娱乐性和艺术性。乐队由十人一组的大锣大吹，与三人一组的小吹组成，每个阶段都有不同的音乐伴奏，唱腔富有地方色彩。2007年，一圣仙娘花灯被列入江西省非物质文化遗产保护名录。

泉水推灯

泉水洞湘赣边界交车关，对面福寿村高山脊岭上，与修水县交界线有一栋老屋，两户人家共一间厅堂。平江人家有次请裁缝师傅上门做新衣，徒弟跑厨房添饭。主家说你盛错了，你添的茴丝饭那是修水人家的，我家请师傅上门，当然得煮白米饭。一不小心，吃了两个省的饭。这笑话有意思！湘赣一家亲，我牢记在心。

凡事总得有机缘。2016年底，中国孔子基金会平江县孔子学堂正式授牌。吴柏林，文文雅雅的儒学乡贤，辞去沿海高薪聘用，立志回乡从事国学教育。吴柏林老家就在泉水村，我们结伴同行。从大口塅拐泉水洞，山坡陡峭弯路狭窄，一路颠颠簸簸。爬上倒水洞登临交车关，果然关隘险要。惜乎，湘赣边界老屋拆除一半，修水人家新建红砖楼，屋檐滴水已将吴楚界河分割。泥坯木楼原属大口塅供销社，如今房东开设烟花爆竹店，孤独零乱地坚守省界。

返回泉水村，拜访泉水推灯掌门人。吴建元，时年63岁。吴师傅14岁开始玩推灯，叔公钟满初传给他的。作为“步傩师”，即掌灯人，吴建元说：“我年纪大了，儿子峥嵘带过两年，他上了路，我打算传给他。”

传承千百年的地花灯，据说由湖北通城传到龙门，最终选定泉水白马殿，唯有此方地灵人杰，承载着宋朝皇帝敕赐的“龙灯”。泉水洞四源、泉水、万春三个村，分纂头、中社、万春、校场四个社。每年正月初一，各社轮流值班领头，众信举红旗吹唢呐赴白马殿向五灵神帝恭贺新年。值班社紧急动员，组织画灯，滚烛，培训挑选子弟。初五邀请各社代表灯堂看灯，指点验收。初六夜开始发灯，一路轮游四社，初九结束，初十回殿。关云长青云偃月刀开路，两盏万民伞灯助阵。紧跟着两盏五帝推灯呼呼啦啦表演，八方贴满彩画神像。吴师傅把他珍藏的神像标本取来，关云长、杨六郎、郭三郎、四帝、五帝兄弟，以及城隍、判官等各路神仙，尽显其英雄本色。18位耍灯弟子整齐严肃，听从步傩师指挥，唢呐二人，大锣、铜鼓、小鼓、铛锣、铜锣各一，抬神的，发烛的，放炮的，驱赶邪魔鬼怪，祈福清吉平安，惊天动地游遍山村屋场。

湘赣边界交车关　2016年/摄

第二十四章　山连幕阜，水泻洞庭

堂堂盘楚尾，挺挺作吴头。
南北车轮阔，东西马迹稠。
春秋称艾子，秦楚属番侯。
…………
幕龙连苦太，武鹿会崇修。
咿喔鸡唱晓，淙峥洞鸣璆。
南山迷鸟篆，北岭送骅骝。
白峻岷庐地，湘深澴汨由。

——（明）周季凤《宁对》

清同治《平江县志·地理志》载：“自山鸡坳折入义宁之土龙山，逦迤北出，过石牛岭、白沙岭为黄龙山，在义宁境。又自小坳过峡，为幕阜山。一曰天岳山，又称天柱山。高一千八百丈，周回五百里，跨义宁、通城数州县界。”

黄龙乡村

明嘉靖年间（1522—1566），《宁州志》载："汨水，发源桓山。西流入湖广平江县。合罗水，名曰汨罗。至磊石会湘水入洞庭。"桓山，即幕阜山，或指幕阜山脉。《宁州志》黄龙山、幕阜山分述如下：

黄龙山：在州治西一百八十里，西南跨仁、西二乡之界。其脉自西北来，桓盘数十里，高数千仞。山顶有湫池，中有黄鱼二，能致风雨，岁旱祷之无爽，因以得名。

幕阜山：在州治西一百九十里，仁乡六十五都。脉连岷山，发自西川，东趋夜郎、五溪为长河，衡山迤逦至此。高千余丈，广袤百余里。吴太史慈为建昌都尉，拒刘磐寇艾西，安于此，置营幕，因以为名。

黄龙、幕阜相离仅十里，二山实一体也。站在黄龙山顶峰，极目西眺可观洞庭碧波，放眼东望可见鄱阳秀水。

2016年8月27日，"对话汨罗江"大型水文生态科学考察队实地考察汨罗江源头，从平江县虹桥镇翻过幕阜山，直插修水县境。界上河弯弯曲曲的，杂丛杨柳遮掩沙洲浅滩，汪汪水镜波光粼粼。这片山岭砂岩风化严重，植物稀疏生长，低矮的松树孤独地守望荒野。我怀疑它同样分不清省界，哪边修水，哪边平江，两岸同饮一河水，通婚姻缘亲上加亲。开阔地带河风轻轻吹过，高山坡层层梯田相拥，涓涓溪泉似网络勾勒，合成一江碧水穿越峡谷塅坪，屋舍聚集演绎山村街市的喧闹，我欣然嗅到黄龙山水灵气汩汩而来。

拐过修水县水源乡中塅村，停车歇脚，东崖屋主人请坐，吃茶。从中塅到官桥，卢庄村、小庄村、太阳垅村，黄龙山卢姓为盛，总祠便在此地。礼门对应义路，狮龙呼唤麒麟，新建祠堂金碧辉煌，高大敞亮的牌坊台柱骄傲地昭示天下。范阳卢氏为修水名门望族，新建的卢鉴公祠就是分宁卢姓敬奉始祖的家庙。祠堂大门紧闭，我无暇惊扰。锦标世第的卢东山祠廊柱一副对联道出心声：

千山仰止齐幕阜；
一水绵延到汨罗。

甜蜜蜜的茶香沁人肺腑，兴致盎然随意叩问，主家热情应答，平江话比普通话更好交谈。卢家洪魁先生说："我哩水源乡的名字就来自汨水源，咯条河流平江、汨罗，七日七夜到洞庭湖哟！"

我知道，这条河流又名中塅水，它正是平江原来经修水折往石牛寨的必经路径。它叫鸡栖水，源有四出：一出修水黄龙山八斗岭，西南流14里经卢源中塅，又南流10里至古港。一出修水县麦田镇，经坳上至古港。一出修水县佛石仑，西南流20里至浆市关。一出修水县南岭坑，西流8里经板江桥至浆市关。四水合流

黄龙山水源乡　2016年/摄

10里至湄江口，注入汨水。

黄龙乡地处黄龙山东南麓，地势西北高东南低，最高点黄龙山海拔1511米，最低点济上海拔380米，属山地丘陵地带。境域面积66.03平方公里，西与湖南省平江县石牛寨镇交界，属洞庭湖水系汨罗江流域。发源于境内黄龙山的汨水与渭水，以分水岭为界由北向南穿境而过，经水源、大桥流向湖南省汇入汨罗江。

寻找汨水源

爬上黄龙乡小庄村陡坡，车停下来。平江县水文局方谢良局长告诉我，对面山沟就是梨树埚，经常念起的汨水源头。横看成岭侧成埚，左边松林与右边楠竹守踞埚口，一条溪沟穿插流过。我内心充满探溯的渴望，说不出的源水情结。

梨树埚林深草乱，虽然海拔不高、水源不大，千百年前古人取名汨水源，肯定有它的道理。我想起意大利作家克劳迪奥·马格利斯著的《多瑙河之旅》，他曾经如此描述："工程师纽维克洛夫斯基一辈子都在替'多瑙河上游'标界，他在空间和时间中一英寸一英寸地检查、分类、记录，一旦立下标竿，水的颜色和风俗习惯就又改变了，包括我们现在看到的景象和不断累积创造这景观的几百年的时光。"

修水县汨水源不再提黄龙山"梨树埚"，起因有一件大好事。为了论证修水县"端午文化源头"，江西省政协与修水县政府共同发起，联合江西省考古研究所、江西画报社等部门成立科学考察队，首次进行汨罗江主流汨水探源。为期一年对汨罗江寻根溯源，实地勘察，调查论证，2009年5月25日在平石寺举行"汨罗江源"立碑仪式。

大自然的怪脾气不好捉摸，常常给人以始料未及的意外打击。2011年

6月10日爆发特大山洪，泥石流将“汨罗江源”石碑冲毁。平石禅寺受损严重，敲敲打打修葺几年还没有恢复元气。寺侧河岸护坡，修水县黄龙乡卢庄村泥石流治理工程，由江西省勘察设计研究院设计，修水矿业资源管理局承建，江西省财政投入611.3万元，湖南基地建设有限公司施工，治理工程2014年底完成。“汨罗江源”石碑无处寻觅，倒是工程监碑留下“卢庄村泥石流”灾害印记。

2011年，水利部牵头开展全国第一次水利普查，江西省水文局就汨罗江源重新勘察，按“河源唯长”的原则确定，发源于黄龙村上大岭的渭水更长，它应当是汨罗江（又称汨水）的上游源河。

修水县水文勘测队李晓辉队长介绍，据《江西河湖大典》（江西省水利厅编，2010年7月长江出版社出版）河流名称：渭水，属洞庭湖水系，为湘江支流汨罗江的源河部分，系指其在江西省内部分的称谓，又称大桥

平石寺汨水源　2016年/摄

河、大桥水（因流域内有修水县西部重镇大桥镇而得名）。下段河口部分也称界上河。

渭水发源于黄龙乡黄龙村上大岭山，入河口在大桥镇西尹村社下，右岸汇合中塅水出省界。流域长度26.8公里，流域面积275平方公里。渭水是修水县唯一一条流向外省的河流，干流自北部黄龙山脉向东南而下，过黄龙乡至大桥镇墩台村转向西南，在江西、湖南两省交界处的界上村继续沿省界流向西南，过龙门厂至社下村河口处，与另一发源于黄龙山主峰南麓支流中塅水汇合后，折向南于湖南省平江县汇入汨罗江干流。

渭水考

将古老的“渭水”正式定为汨水正源，这是一个很有意义的新发现。它将黄龙村、黄龙寺、黄庭坚正式纳入汨罗江正源，那么，汨罗江下游汨罗有屈原，中游平江有杜甫，上游修水有黄公，从诗祖、诗圣到诗宗一脉传承，“蓝墨水上游”无愧于伟大的中华诗河。

从修水县政协求得明嘉靖龚暹纂修《宁州志》校点本，朱啸、刘赓校审。

朱啸先生曾撰《修水赋》：“伏羲为卦，魂归高岭；伍胥偷关，功在东皋；观音井畔，吕仙斗法；黄龙寺里，慧南传经。葛洪炼丹丹崖，太史设帐幕阜。”在他书案笔记本上，我偶然见“渭水源人”“渭水后生”篆刻印章。好名字，其渭水情感窥见一斑。朱啸先生说，渭水就在我家门口流过，我年轻时叫“渭水后生”，如今称“渭水源人”啦。

朱啸先生赞同按“河源唯远”的原则，渭水就是汨罗江源。江源只有一个，其他不叫源，只能叫支流。就像汨罗江是三级河流，湘江是二级，长江是一级。

修水历史上是吴楚分界，先后归属吴、越、楚，与平江同属吴头楚尾，屈原文化、楚文化对修水影响极大。譬如端午菖节，菖蒲、艾叶是香草，大菖节、小菖节，修水与平江一样，端午过两个节。修水盛产宁红茶，但乡村待客“坐下宕、戏下宕、吃杯茶宕”礼仪流传数千年，吃茶敬的多是菊花茶。屈原《离骚》载：“朝饮木兰之坠露兮，夕餐秋菊之落英。”只有平江、修水人每天把菊花做茶喝的，说明屈原在这一带活动频繁。朱啸先生认为，从汨罗江源开始，便是楚文化的荫蔽之地。吴头楚尾一脉相承，汨罗江文化不应单纯归属“湖湘文化”，应当命名为“楚湘文化”。

刘赓先生强调，应当坚持用“濆水”。当年修地方志，开始用电脑打印，又为了用简化字，生造一个“氵+买”。电脑打不出来，又借用“渎”字。濆水变成了渎水，这就更不对的。“濆”字是进入国家标准汉字库的，可惜当初计算机没有标配入库。

有趣的是，旧志中《水经》言濆不言汨，诸书多言汨不言濆。《水经》载：“又曰湘水又北过罗县西，濆水从东来注之。”郭嵩焘认为是郦道元《水经注》将濆水改称汨水，从此弄错了。他在《河伯潭》诗中说：

> 酹酒澄潭吊屈原，一江曲折北罗渊。
> 奔腾九派湘江水，汨水乡愁楚客魂。
> 河伯罢官从置汛，人家依水自成村。
> 《水经》濆水分明在，终古贻讥郦道元。

“汨罗”因屈原自沉之渊而命名，这本无争的事实。《水经注》亦载：“昔贾谊、史迁皆尝经此，弭檝江波，投吊于渊。”郭嵩焘在《磊石山》诗中继续评论：

青草湖南十里山，嵯峨磊石一湖间。
《水经》郦注真成误，别录唐贤足解颜。
晚岁江湖空偃蹇，晴天雷雨失跻攀。
九江云梦原同泽，输与湘君着髻鬟。

这份地方情感的纠结，上游的平江人李元度倒看得更为分明。他在同治《平江县志·水》中记述：平江水以汨为经，以昌为纬。“汨水”，一曰“澬水”，源出江西义宁州界之桓山，即幕阜山脉的黄龙山。李元度特意加了一大段注释：“县境汨水昌水纯水卢水均见诸古籍。《说文》及《水经》称澬不称汨，郦氏注澬水直称汨水，盖澬汨古义并同，澬即汨也。自义宁流入平境者，无二水也，但郦尉生于北方，未亲履楚境，不能无少伪，故以汨为主，而澬水仍两存之。自后地志家不便抹去澬字。”

古人用“汨”“澬”两个字命名同一条出境河流，或许蕴藏寓意：“汨水”文化源，“澬水”地理源。

黄龙溪探源，乱石堆叠，杂草丛生，我特换防水套靴趿趿踏踏，不料裤脚老是钻出来戏水。熊见红局长传授野外勘查经验，你得先把袜子套住裤脚。一屁股落座溪流中高堆卵石，太阳当空照，水气感觉凉爽爽的。继续硬撞不行，菜园附近必有人家。门庭敞开，鸡鸭欢娱。冷方林，时年56岁，他笑眯眯的招呼老婆快泡菊花茶。借问汨水源，他说是呀，黄庭坚题“三关”就在溪边，你们没有看到？喜出望外，请他带路。冷师傅说莫急，他得把砍刀磨快点。老婆准备午饭。小孙子坐在摇篮乐呵呵的，年高的太婆婆得照看。

黄龙村上大岭的海拔高度669.5米，对望整个山脉唯有此处明显呈“U”型沟谷，本地人叫“大埚里”。我问冷师傅，找得到源头泉眼吗？瘦高汉子毫不动摇，挥刀指向竹林丛中。攀缘陡峭山埂，钻进一条狭长水沟，两侧石壁深近一个人高，浅浅的清水踩齐脚背。预读功课，我知道河源“沟漕”特征。这样的源头往往晴天无水，雨天有水。通常也不会有地名，直接用地理坐标或用附近的地名替代。不顾竹鞭乱刺我奋勇向前，从来没有亲历过的寂寞与兴奋，随着山谷清香沁人心脾。终于听到泉水叮当响声，加快脚步抢上去，平坦的泥石流滩，一条细腻水带从高坡石台缝缺间喷涌而出。科考队员王淇与刘海用GPS定位测量，其源点坐标为东经113° 59 ' 42.0972 " ，北纬29° 01 ' 48.1890 " ，海拔高度475米。熊局长高兴地说，与2011年全国第一次河湖普查及江西省水文勘测数据基本一致，它就是汨罗江正源！

满怀喜悦轻松地沿山野官道返回，路过废弃老屋场，墙倒房塌门牌标识依旧：黄龙乡黄龙村089号。冷师傅说，戴家屋场，人家早搬迁走了。感叹人世间的兴盛衰落，我留心戴家屋场——汨罗江源头地理标记。杂林中忽然发现古塔墓葬，层层叠叠的花岗石基足以说明主人乃佛家高僧。默念阿弥陀佛，我攀上佛塔底座，扫去青苔细读墓碑。临济正宗第十世佛兴堂老和尚，系湖广武昌蒲圻县邓氏子也，生于康熙乙亥年（1695），4岁去俗尘，出家分宁黄龙寺佛兴庵。克勤克俭，无人无我，处人洁己，无曲无偏，和尚之风真特世超群。乾隆己丑年（1769）老和尚坐脱西归，享年

渭水源头　2016年/摄

七十有四。孝徒、徒孙、玄孙一大把，墓碑刻记地名：“戴家屋场风水仙人仰掌。”任人冥思苦想，永远无法预测天意。

龙王顶

戴逢红，黄龙禅宗文化研究专家，编著《黄龙宗简史》《黄龙宗公案》《黄龙宗禅诗》系列丛书，对黄龙山了如指掌。为了研究推广黄龙文化，戴逢红先后上百次登临黄龙绝顶，数百次拜谒黄龙禅寺。有人笑他，山上哪儿有棵歪树，哪儿有个怪石，只要挪动了他都会知道。高山流水遇知音，戴老师特意提供了汨水源重要资料。黄龙德山慧初禅师的《抒怀》诗云：

一趯趯翻四大海，一拳拳倒须弥山。
佛祖位中留不住，又吹渔笛汨罗湾。

湖南常德府这位禅师的诗作，起自古印度世界观，须弥山位于世界的中央，周围有四大海，四大海中各有一大洲，四大海外则为铁围山。禅宗弟子竟然不远万里，从佛子位中奔赴黄龙山。只愿泛舟汨罗江上，吹笛自乐，其气势何当豪迈。

《续传灯录》还有洪州黄龙如晓禅师一段参学对话——《山连幕阜，水泻洞庭》，更是充满禅机：

僧问：“有客远方来，示我径寸璧。如何是径寸璧？”
师曰：“千峰排翠色。”
僧云：“便恁么时如何？”
师曰：“万卉长威棱。”

又问："如何是黄龙境？"

师曰："山连幕阜，水泻洞庭。"

僧云："如何是境中人？"

师曰："形容虽丑陋，出语便成章。"

又问："语默涉离微，如何通不犯？"

师曰："山花开似锦，涧水湛如蓝。"

僧云："谢师答话。"

师曰："向道莫行山下路，分明只在路旁生。"

黄龙禅境因山连幕阜、水泻洞庭，其山花开似锦，涧水湛如蓝，黄龙如晓禅师说得最妙之点，却在"向道莫行山下路，分明只在路旁生"。上下求索，另辟蹊径。

戴逢红先生认为，汨罗江源头应当在"一水发三江"黄龙山的龙王顶。我铺开岳阳市水利工程地图对照，他比画指点：黄龙山东北接江西修水，西抵湖北通城，南临湖南平江。鼓皮坎的耸天石壁，龙湫池的高山湿地，还有四季涌泉的龙王井，充分证实黄龙山"一水发三江"。水往南流是汨水，即湖南境内汨罗江；西流为隽水，即湖北境内隽河；东流为修水，即江西境内的修河。因汨水发源黄龙山，经修水，过平江、汨罗，汇入洞庭湖，"山连幕阜，水泻洞庭"指的就是汨水源。

黄龙山地理指南：湖南平江石牛寨镇，湖北通城麦市镇，江西修水白岭镇。我们选择东麓最佳路线，从白岭镇溯桃溪水进蕉洞，直插修水县黄龙山林场。黄龙山脊南北走向，像巨龙一样奔向远方。高山绿林郁郁葱葱，峡谷溪河飘飘荡荡。背靠修水，面朝平江，一脚踏三省的主家坳，北往只角楼，南连湫池塘。我试试手机指南针，北纬29° 02′ 49″，东经113° 56′ 33″，海拔1341.9米。山顶脊梁森林防火线清除草木遮掩，恰似刀削斧劈的攀缘天梯，开辟通天大道。

怪石乱立，泥痕涂鸦，人类总喜欢留下征服自然的印记。不知哪个好心人，在分界线飞来石手刻“平江”二字。我也扶石而立，心存惬意。从这儿出发抵达与龙门镇交界的大桥镇界上村，湘赣界线长达66.2公里。这块镇守西南线的天然界石，自然具有平江地理的特殊标识。

龙湫池神奇美丽的高山草甸激活我的追根溯源夙愿。海拔1498.6米高峰，红花串串的长鬃蓼，青粒条条的车前草，龙吐珠，鱼腥草，破铜钱，水灯芯，毛茛黄花也开了，还有许多我不认识的水生植物，挤挤扎扎亲密无间地茂盛生长。我轻轻地踏行，微微伏身细嗅，遍地中草药香。

龙王顶　2016年/皮皮摄

石马驮经通三界；
龙王引水润十方。

湫池泉水向东流，涌出龙王井。斜阳穿射古井，白云青山依旧，民国八年（1919）重修的神庙，续说“保佑无私”的大地恩赐。众人争相喝水，波光倒影搅乱寂静山野。黄龙清泉永不枯竭，修水河的生命源头。井旁北侧不知何时刻有“天峰道人”字迹，沿盘山小径钻过杂草林荫，一栋石舍隐藏悬崖高台。花岗岩石的残阶断壁，宽敞方正可容纳百十人栖居修道。

天高云淡，日照生烟，登临主峰龙王顶，山川形胜尽收眼底。科考队员放飞无人机航拍，精准测量海拔方位。戴逢红老师反复推荐的耸天石壁，像一幅水墨雕屏徐徐展开，山的骨络、水的筋脉相依相拥。悬崖峭壁从峰顶借势倾斜，水流血痕似密网飘挂，草木生长，绝壁凹凸，人迹无力，鸟栖结缘。古人曰，水者，地之血气，如筋脉之流通。两山之间必有川分，山支必寻水脉。我从来没有读过如此清晰明了的汨罗江源“水经注”，平江话“骑龙分水”的绝妙解析。

夕阳西下，云朵结彩，大地苍茫，雾霭升腾。我随地落座，记录耸天石壁。衣衫忽被身旁灌木牵扯，原来是丛丛野生梨树。绿叶向红，果实麻点，摘一个尝尝鲜，苦涩渣汁等候寒露霜降。戴老师说，耸天石壁水源流向黄龙乡，这儿满山遍岭生长野梨树，或许它就是汨水古源“梨树埚”呢。我亦赞同。

第二十五章　黄龙寺

青蛇重掷过禅关，影落经台只等闲。
凿破地皮通楚水，展开屡迹壮吴山。
降龙老衲名空在，跨鹤仙人驾未还。
何独此身生太晚，不同一笑翠微间。

（明）陈玦《黄龙法窟》

登黄龙山，参拜黄龙禅寺，古木石墩隐藏于深谷大坪，山水灵气沁人肺腑。大寺坐西向东，背靠黄龙山，面朝黄龙溪，为“五虎出洞”的奔夺架势。

黄龙禅宗

黄龙寺始建于唐昭宗乾宁二年（895），超慧禅师首创。超慧禅师，俗姓张，号秉中，字诲机，法讳真熹，清河（今河北清河县）人，进士出身，官至凤翔太守，加授荆南节度使，辞而不受，弃家云游。超慧禅师游至黄龙山，叹为观止：凝三山之灵秀，蓄九泉之源游，九关十三锁，真佛境也！遂创建此寺。唐末宋初先后三次受朝廷旌表，故而有“三敕崇恩禅院”之称。惜乎五代期间，大寺毁于战火。北宋英宗治平年间（1064—1067），临济名僧慧南入住，才得以重见，复见巍峨。

牌楼式山门高三层，翘角飞檐，上层直书“三敕崇恩”，中层横书“黄龙古刹”，均为黄庭坚手迹。下层大门高达三丈有余，门框上木刻对联：

门绕灵源渭水通阿耨挞水；
岭开净界桓山接屹塔崛山。

桓山、渭水均呈黄龙气势。阿耨挞水：相传为阎浮提四大河之发源地。又作阿耨大泉、阿那达池、阿那婆答多池、阿那婆踏池。屹塔崛山：相传为佛陀的说法之地。又名耆阇崛山，位于中印度摩羯陀国首都王舍城之东北侧。

黄龙禅寺名扬海外，得益于祖师慧南开创黄龙宗。黄龙宗是中国禅宗七宗之一，也是最后的收山宗派，因而黄龙禅寺成为禅宗划时代的里程碑。

黄龙宗禅师慧南（1002—1069），俗姓章，今江西上饶市玉山人。“童龆深沉，有大人相，不茹荤，不嬉戏。”11岁出家，19岁受具足戒，正式成为佛家弟子。北宋仁宗皇祐六年（1054），祖师受洪州太守敦请，到黄檗山报恩光孝寺。为维护不立文字的禅宗正脉，对抗“文字禅”泛滥，慧南禅师别出心裁开创了“话头禅”。由于三转语的“话头禅”形式新颖，内涵丰富，机锋无限，又直承祖印、直指人心，因而为时所重，远近参学日增。当时名士如程师孟、潘延之、黄庭坚及众多地方官员如周敦颐、戴道纯等都经常到寺参学，引起极大轰动。祖师慧南广收门徒，广弘大法，名号如日中天，影响广被四海。

在黄龙宗风的巨大影响下，高丽国师坦然奉佛，皈依在黄龙五世育王介谌门下。坦然接替王位之后，黄龙宗在朝鲜传播日广。日本僧人明庵荣西，则拜黄龙第八世虚庵怀敞为师。宋孝宗淳熙十四年（1187），他学成回国，首创日本禅宗，使黄龙后裔遍布日本全国，至今还有黄龙宗支派15个，寺庙多达3000、信士50万。黄龙宗通过日本、韩国传至东南亚，又从东南亚远播欧洲、美洲等地，成为信徒遍布全球、影响遍及世界的大宗派，在佛教界有着深远而广泛的影响，如今还经常有海外弟子前来黄龙寺拜谒祖山祖庭。

黄龙山石刻　2016年/摄

侍客童子吕洞宾

吕洞宾（798—？）名岩，字洞宾，黄龙创寺祖师超慧禅师法嗣，人称洞宾吕岩真人，道号纯阳子，自称回道人。后被奉为道教主流全真派五大祖师之一，通称“吕祖”。吕洞宾为民间传说“八仙过海”中的八仙之首，诗亦不乏仙风道骨。著名的长篇32首《绝句》，其中记述岳阳故事：

朝游北越暮苍梧，袖里青蛇胆气粗。
三入岳阳人不识，朗吟飞过洞庭湖。

岳阳人视吕洞宾为酒仙，此句改为“三醉岳阳人不识”。洞庭湖畔，岳阳楼下，吕仙亭，三醉亭，八仙之中岳阳人最看重吕洞宾。但很少有人知道，吕洞宾曾经在黄龙寺当过三年侍客童子。

传说吕洞宾在庐山巧遇汉钟离，拜汉钟离为师。下山前他送给吕洞宾两把神剑，再三叮嘱道：“此去逢龙莫欺，遇虎莫斗。”吕洞宾下山后，继续云游四方。路过黄龙山，远远望见黄龙寺紫气蒸腾，知定有异人在此修持。他只身潜入黄龙寺，超慧禅师正在给弟子传经授法。吕洞宾偷听片刻便入了迷，超慧禅师猛然断喝：“座旁有窃法者！”吕洞宾只得现身，上前揖见祖师，调皮地说：“晚辈贸然入见，多有得罪，望大师见谅。敢问‘一粒粟中藏世界，半升铛内煮山川’法术怎样？”

此乃观音殿两边堂柱对联，祖师怒道：“你这守尸鬼，怎如此无礼？你只煮得铛内的，却煮不得铛外的。偷法应遭我打，拳打所盗之法，自然化为乌有。”超慧禅师隔两丈多远出拳，一股风便将吕洞宾打得全身隐隐作痛。吕洞宾初入法门，怎咽得下这口气？便对祖师大叫：“你且等

吕洞宾试剑古井　2016年/摄

着！”怒奔出寺。

祖师见吕洞宾已走，对弟子道：“刚才吕洞宾剑放毫光，今晚必飞剑来取老衲。”众僧听后，惊讶不已。当晚二更时分，吕洞宾手持双剑，再闯黄龙寺去报仇。从窗外望去，只见超慧禅师独坐禅床，双手合十，闭目念经。吕洞宾心喜，从窗口掷出双剑飞取人头。超慧禅师端坐不动，默念神咒，只等飞剑近前，将拂帚一扬，断喝一声：“落！”那双剑便破窗而出，落入寺左的观音井中。

吕洞宾使出浑身解数，却也无法拔出插在井壁的宝剑来。吕洞宾大惊，知是遇见得道高僧，再三施礼请罪，欲拜超慧为师。大师早有心收吕洞宾为徒，便说：“你先在寺内做满三年侍客僧再说吧！”吕洞宾在黄龙寺边做侍客杂役，边学超慧佛法。转眼间三年期满，吕洞宾果然尽得大师真传，修成正果，从此佛道双全。超慧令其取出一剑下山去行侠仗义，留下另一宝剑镇守山门。

吕洞宾虽说法力大增，双手却难动宝剑分毫。超慧祖师告诉他：“以背取之。”吕洞宾谨遵教诲，以背向井，左手紧紧抓住水井上石亭的柱子，右手反转紧握剑柄，脚踏井沿，运足真气，猛然用力，抽出宝剑。石柱上掐入两道深深的指痕，井沿亦被其撼动，留下深深的足迹。吕洞宾由禅宗开悟，此后奉超慧祖师之命，生生世世永为佛教的外护，黄龙寺始有“法窟”美名称誉天下。

古松树下观音井风景依旧，吕洞宾宝剑早已不知何处去，唯有济民甘露万世不竭。石柱井台护亭，供奉观音菩萨，最为独特的凹型雕刻，菩萨影像坐北朝南，香火倒映井水，且牛饮一瓢，清冽甘泉解渴众生。

吕洞宾是古今三界的一位异人，他先从儒、后学道、再参禅。黄龙寺参禅悟道后他曾写下一首《悟禅偈》：

弃却瓢囊撼碎琴，如今不恋汞中金。
自从一见黄龙后，始觉从前错用心。

明朝开国谋臣刘伯温曾撰联，如今还悬挂在黄龙寺正殿。联云：

吕祖参禅到此间，始识修行奥妙；
黄公访道登斯地，方明出世因缘。

一个吕洞宾，一个黄庭坚，都从岳阳楼出发，溯汨罗江而上，登黄龙山谒黄龙寺去参禅访道，故值得一记。

山谷居士黄庭坚

宋徽宗崇宁元年（1102）正月，黄庭坚政治生涯似乎出现转机。新年刚过，黄庭坚从荆州出发，南下岳州，取道回乡探亲。昔闻洞庭湖，今上岳阳楼。他冒雨登临岳阳楼，杜甫诗境激昂的情景，刹那间波澜起伏涌上心头。从获罪被贬算起，黄庭坚离京流放在外已长达7年之久。这时他既有望重新出任官职，又能就便回乡省亲。黄庭坚登高望远，只见洞庭湖上烟雨满川，君山浮黛，好一派苍茫雄壮的景色。他浮想联翩，想起自己经历九死一生，终于拨开云雾，等来了重见天日的时光，眼前的一切无处不是充满诗情画意。抑制不住的喜悦之情，黄庭坚写下了《雨中登岳阳楼望君山二首》，被后人称为他七绝中的冠军之作：

投荒万死鬓毛斑，生出瞿塘滟预关。
未到江南先一笑，岳阳楼上对君山。

满川风雨独凭栏，绾结湘娥十二鬟。
可惜不当湖水面，银山堆里看青山。

就这样满怀着归家的期盼，黄庭坚一路上披戴着春天连绵不绝的风雨，沿着如今湘、鄂、赣三省边界崎岖曲折的山路，风雨兼程经巴陵、过平江、穿临湘，入通城，然后下江西，回到洪州分宁探亲。

路过黄龙山，他投宿拜见好友惟清禅师。当时黄龙寺晦堂祖心已圆寂，塔于慧南之侧。恰雨停天开，在晚晴夕照的余晖里，黄庭坚作《烧香颂》拜过慧南、祖心双塔。又与道友戴道纯邂逅于黄龙寺，款款相谈，感慨万千，临别时黄庭坚作诗《自巴陵略平江入晚至黄龙》长句呈赠。

山行十日雨沾衣，幕阜峰前对落晖。
野水自添田水满，晴鸠却唤雨鸠归。
灵源大士人天眼，双塔祖师诸佛机。
白发苍颜重到此，问君还是昔人非？

太史山谷居士黄庭坚，僧号无出，其实是黄龙宗二世祖心禅师的在家得法弟子。“灵源大士”即黄龙灵源惟清禅师，江西武宁人，号惟清，字

黄庭坚雕像　2020年/摄

觉天，初入黄龙山崇恩寺，任黄龙宗二世祖心禅师侍者，人称“清侍者”。得印可，住持灵源寺，自号“灵源叟”。晚归黄龙山，卒葬本寺。黄庭坚诗中“双塔祖师”，在黄龙寺前右方，中间为黄龙宗师慧南禅师灵塔，东为慧南禅师首徒、恩师宝觉祖心禅师宝塔。宋政和七年（1117），灵源惟清禅师圆寂，塔于其西，故后称其地为“三塔嘴”至今。

黄庭坚九谒黄龙学禅悟道的漫长岁月里，与同门师兄弟灵源惟清禅师交往颇深，故事很多，唱和的诗词也很多。禅客戴道纯亦非等闲之辈，他是黄龙宗三世灵源惟清禅师十八法嗣之一，官至寺丞，人称寺丞道纯居士。他与黄庭坚交往甚厚，故虽说“邂逅”，黄庭坚却手录新诗相赠。

老大回家，阔别重逢，颜苍发白，物是人非。黄庭坚这一趟短短几个月的旅程，虽然风寒雨淫辛苦劳奔，但在他最后的岁月里，这是唯一充满阳光与希望的一段日子。又有谁能料到，黄庭坚这次回乡省亲，竟是与亲人、与故乡作最后的告别。满怀希望赴太平知州，上任只短短九天，他就被免职、除名，最终落得个客死贬所的凄惨结局。

黄庭坚晚年最后的轻逸身影，就这样永远留在黄龙禅寺的钟声和幕阜峰前的落晖里。《自巴陵略平江入晚至黄龙》收录于《洞庭湖志》《平江县志》，题序44字值得详述：“自巴陵略平江临湘入通城无日不雨至黄龙幕阜奉谒清禅师继而晚晴邂逅禅客戴道纯款语作长句呈道纯”。黄庭坚“山行还乡”故事，成为与汨罗江对话的重要诗篇。

第二十六章　一路诗意行

山前有路到华胥，下即乾坤极海隅。
西接洞庭开晓楚，东倾彭蠡浸晴吴。
四时更代观形化，万物推移见尾闾。
此世人人少闲暇，每携樽酒自看书。

——（宋）黄大临《寅庵四首・其二》

溯源汨罗江，一路诗意行。2016年9月，先有来自湘赣两省的专家、学者济济一堂为汨罗江正源，后有世界自然基金会的宣传队与前述专家学者组成的科考队一起考察。2020年端午，来自湖北、江西、湖南及全国各地的诗人、学者，大家相聚“蓝墨水的上游”——伟大的诗祖诞生成长地、涉江行吟地、灵魂永生地，首次携手同行，追寻诗歌原乡的骚风楚韵。

汨罗江正源

2016年9月7日，湘赣两省的专家、学者相聚修水县城，联合召开汨罗江源科学考察专家论证会。湖南省参会人员有湖南省水文局宁迈进副局长、胡贡生调研员，岳阳市政府原副秘书长何林福，市政协经科委主任潘刚强，市水务局工会主席毛再斌、水资源科长何海燕，岳阳市水文局局长熊见红、副局长王琪，平江县水文局局长方谢良；江西省与会专家有九江市水文局副局长黄良保，修水县民俗专家戴逢红，修水县水文勘测队队长李晓辉等。

李晓辉重点介绍2011年全国河流普查成果，王琪通报“对话汨罗江”科考活动。经过认真讨论，本着对历史、对社会负责的原则，确定渭水为汨罗江正源。源头只能有一个，即修水县黄龙乡黄龙村上大岭。源点的具体位置，应当根据现有条件追根溯源，进一步确定源头处的最高点和最远

修水县境　2013年/摄

点。方法上应当找出一条相对较长的涧溪，溯流而上作一延长曲线，一直延伸到分水线处。其涧溪延伸曲线与分水线之交点，就是源河顶段的槽流曲线与坡流曲面的相交点。所谓槽流曲线就是涧溪的河床，所谓坡流曲面就是涧溪起始处的箕形谷坡坡面。专家组组长宁迈进、副组长胡贡林最终敲定：黄龙山脉南麓考察方向正确，具体源点暂不定论。还得继续往上溯，找出海拔更高点、更有说服力的数据，再报国务院批准。

人类对于山川河流的认知，永远是一条艰辛而漫长的探索之路。更喜岷山千里雪，中华民族伟大的母亲河长江，《尚书·禹贡》中“岷山导江”的说法，将通天河源定在岷江，沿用两千多年。明万历年间地理学家徐霞客探索前行，明确指出长江源头在千里之上的金沙江。1976年夏天，一支官方组织的现代科考队重新确定了长江源。1978年1月13日，新华社通告全世界：长江的源头在唐古拉山主峰各拉丹冬雪山西南侧的沱沱河，长江全长不是5800公里，而是6380公里。从此，中国长江取代美国密西西比河，成为世界第三长河。2008年，“三江源科学考察”再次考证，采用了全球卫星定位系统、地理信息系统、遥感技术等现代高科技手段，发现长江南源当曲的河长与水量比沱沱河更大。若这个结论得到国家认定，意味着又将改写中国地理版图。

汨罗江 1958 年尾闾围垦截弯取直主干流入湖口，2011 年国家水利普查重新确认源河的正源，汨罗江的源头、湖口均有新的发现。但国家认定一条河流的数据变更，涉及诸多综合要素。“对话汨罗江”大型水文生态科学考察活动，使汨罗江源之争暂且画上句号，许多的未知留待后人去探索。

世界河流日

2016年9月24日，世界自然基金会（WWF）“与河流同在”宣传队和

世界河流日高峰论坛　2016年/摄

"对话汨罗江"科考队一起走进平江，举行"对话汨罗江"首届高峰论坛，世界自然基金会（WWF）长沙项目办公室主任蒋勇先生首先介绍世界河流日与世界自然基金会（WWF）的来龙去脉。

岳阳市水文局熊见红局长代表科考队通报"对话汨罗江"最新考察成果。湖南省水利厅教授级高级工程师聂芳容、湖南省地质科学研究院总工程师童潜明、洞庭湖发展研究会副会长刘宏、湖南省文联名誉主席彭见明均作了主题演讲。会议正式发布《"对话汨罗江"倡议书》：

水是文化多样性和生物多样性的载体，河流是自然镌刻在大地上的诗歌。

一条健康的河流，应该是自由流淌的，清澈的，人、水、鱼和谐共处的。河流的健康，包含了河流本身的健康，以及社区发展、产业运营和流域保护体系的健康。

保护母亲河，倡导可持续发展，建设生态文明，成为河流沿岸人民义不容辞的责任。为此，我们在2016年世界河流日期间，举办"对话汨罗江"自然人文科考及论坛活动，发出"保护河流生态，建设美丽家园"的联合倡议：

一、做保护河流的宣传者。让公众了解汨罗江的历史和现状，宣传水资源保护的法律法规，正确认识和评价河流生态系统价值，科学普及维系河流健康的新方法，弘扬人水和谐发展的新理念。

二、做保护河流的行动者。推动公众参与和有效监督，发现汨罗江流域的环境信息，大胆举报向河流直排污水、倾倒垃圾、私挖乱采、电鱼打鸟等违法行为，勇于制止破坏环境和水资源的违法活动；减少水足迹影响，倡导流域内企业参与水资源管理行动；积极发展生态农业，控制畜禽养殖和农业面对河流带来的污染。

三、做保护河流的管理者。推动建立汨罗江生态环境保护网络和流域综合管理机制，打造具有中国智慧的河流保护与发展新模式。统筹管理流域水资源与环境需求的平衡，确保河流健康的环境流；控制外来入侵物种，定期开展人工增殖放流；积极植树绿化，保护自然河岸带，减少水土流失，促进汨罗江的生态得到整体修复。

世界自然基金会（WWF）考察 2016年/摄

今天，我们与河流同在，善水而行，携手社会各界科学地保护河流生态。明天，河流将健康和谐，生生不息，让子孙后代共享汨水的美丽家园！

10月25日，世界自然基金会（WWF）考察长江流域合作项目，一行14人抵达岳阳，与“对话汨罗江”水文科考队举行会谈，共商如何加强洞庭湖生物多样性及汨罗江保护。“我们致力于洞庭湖的保护，是希望能够在气候变暖、城市化进程加快的背景下，建立一个在全球都具有借鉴意义的水资源及河流湖泊保护样本。”WWF中国分会长江项目高级总监雷刚充分肯定，从过去十年与岳阳的合作状况来看，这种探索是成功的，找到了一条人与自然和谐共处之道。

会师黄龙山

2020年6月14日，“溯源汨罗江”采风团从平江出发，溯江而上，走进修水，马不停蹄直奔黄龙山。5年来，我与戴逢红先生在修水、平江、汨罗几度商谈过的梦想，终于变成现实。从屈原沉沙之地，到诗圣遗阡，今日胜利会师黄龙山，我心中充满喜悦。

天高云淡，艳阳高照。拐过弯道山口，野风呼啸而来，平石禅寺孤独把守半山腰。山顶云雾缭绕，一条白水飘带从高山峭壁悬挂而下，乱石河床溪流潺潺，活泼乱跳溅起彩光雪花，热情豪放传递汨罗江端午龙舟水应有的奔腾架势。红旗猎猎，芳草萋萋。按捺不住溯源朝圣的激动，大家整齐排列“汨水源”巨大标示碑石前，集体高声朗诵黄庭坚诗二首。《玉笥山》云：

上天下地似探梯，怪石巉岩衬马蹄。

拟是客程行不得，隔林犹听杜鹃啼。

另一首便是黄庭坚的《自巴陵略平江临湘入通城无日不雨至黄龙奉谒》，恰是今日溯源之旅，从汨罗江尾闾出发，追随黄庭坚的脚步，站在黄龙山腰汨水源头，吟诵“山行十日”七言律句，越加气如长虹，吼声撼天动地，伴随高山流水冲向远方。

戴逢红先生告诉我，经过专家的最新考证，黄龙寺四大地理标识：“灵源”黄庭坚书，“黄龙山”张孝祥书，“法窟”“三关”张即之书。张孝祥（1132—1170），南宋著名词人、书法家。《念奴娇·洞庭》与滕宗谅的《临江仙·洞庭湖》被一并收录于《洞庭湖志》。张即之（1186—1263），张孝祥的侄子。他独传家学，以张孝祥书为主调而自成一家。他擅长楷书和榜书，尤喜作擘窠大字，《宋史》本传称其“以能书闻天下”。

从黄龙乡驱车修水县城约70公里，暴风骤雨果然比我们跑得快，人未进城乌龙先到，大雨瓢泼无可阻挡。

问道黄龙山，寻梦汨罗源。听雨打风铃，品茶茗书香，黄庭坚纪念馆溪山自在楼，大家围绕一条江和屈原、杜甫、黄庭坚三大诗人，探讨传统意义下的诗意写作。作为江西诗派一代宗师，黄庭坚对屈杜诗风的继承创新，在汨罗江具有无可替代的重要地位。

黄庭坚（1045—1105），字鲁直，小字绳权，诗书署名自号清风客、山谷道（老）人、涪翁、涪皤（潘）、黔安居士、摩围阁老人、八桂老人。他23岁中进士，任县尉。后以秘书省校书郎召入京师，宋哲宗时为《神宗实录》检讨官，迁著作佐郎，官至起居舍人。赠龙图阁大学士，谥文节。这位大师级的文化巨匠，在哲学、史学、文学、艺术诸多领域均有卓越建树。早年他以诗文与张耒、秦观、晁补之受之于苏轼，为“苏门四学士”之首。后来他与苏轼齐名，并称“苏黄”。黄庭坚开创“江西诗派”，在宋代影响颇大，有《豫章黄先生文集》《山谷集》《山谷琴趣外篇》等存世。他的书法继往开来，兼擅行书、草书，为“宋四家”之一。他的绘画亦堪为俊赏解人，颇有鉴赏能力。

黄庭坚一生作诗2800多首，他以杜甫为榜样，构建并提出“点铁成金”和“脱胎换骨”等诗学理论，创作题材求新颖宽泛，思维求深刻老沉，意象求奥峭反常，体式求朴拙简劲，语词求精警简练，音律求拗涩变通，鲜明风格自成一体，当世称之“黄庭坚体”“山谷体”。黄庭坚强调

会师黄龙山　2020年/摄

学以致用，将领悟楚骚章法比喻为“锦机”：“欲作楚辞，追配古人，直须熟读《离骚》，观古人用意曲折处讲学之，然后下笔。譬如巧女绣妙一世，若欲作锦，必得锦机乃能作锦。”他讲求诗的结构的曲折变化，学习他人并不固守诗法，达到独树一帜的境界。苏轼极力推举黄庭坚，称他：“瑰玮之文，妙绝当世；孝友之行，追配古人。”

黄庭坚生前身后的一大批追随者，迅速形成了一个以师友关系为纽带、以相近创作为基础的诗人群体。道学家吕本中（1084—1145），作《江西诗社宗派图》，尊黄山谷为祖，从此“江西诗派”名扬天下。宋末元初，诗人、诗论家方回（1227—1305）认为，江西诗派成员多学杜甫，就把杜甫称为诗派之祖，黄庭坚、陈师道、陈与义三人称为诗派之宗，提出诗派“一祖三宗”之说。由于黄庭坚文学观与理学家文道观多有相通之处，江西诗派受到思想家的肯定和重视。

濂溪溯源光北宋：
山谷流韵壮东风。

宋代著名理学家周敦颐初入仕途，便是出任洪州分宁县主簿，他于庆历初年在修江之滨创办书院，这位湖南人从此与修水结下渊源。而黄庭坚与湖南的缘分，更出自他对屈杜的尊崇，他的诗词书论对黄龙幕阜、汨罗湘水及洞庭青草的杰出贡献，堪称空前绝后。仔细想来，汨罗江畔本土文化人中，从古至今还真无一人敢与黄庭坚媲美。

主要参考书目

同治《平江县志》，（清）张培仁等修，李元度纂，岳麓书社，2011。

《平江县志》，湖南省平江县志编纂委员会，国防大学出版社，1994。

《平江县志（1978—2005）》，湖南省平江县志编纂委员会，科学出版社，2007。

光绪《湘阴县图志》，郭嵩焘，光绪六年湘阴县志局刊印。

《湘阴县志》，湖南省湘阴县志编纂委员会编，生活·读书·新知三联书店，1995。

《汨罗市志》，汨罗市志编纂委员会编，方志出版社，1995。

《汨罗市志（1978—2008）》，汨罗市地方志编纂委员会编，方志出版社，2016。

《屈原农场志》，屈原农场志编纂委员会编，1994。

《岳阳市志》，岳阳市地方志编纂委员会编，中国文献出版社，2005。

《〈宁州志〉校点本》，（明）龚暹纂修，修水县志编纂委员会，2010。

《修水县志（1986—2008）》，修水县志编纂委员会编，江西人民出版社，2014。

《洞庭湖志》，陶澍、万年淳等修撰，何培金校点，湖湘文库编辑出版委员会、岳麓书社，2009。

《天岳山馆文钞 诗存》，李元度著，王澧华校点，湖湘文库编辑出版委员会、岳麓书社，2009。

《楚辞集注》，朱熹，上海古籍出版社，1999。

《中国有个平江县》，中共平江县委、平江县人民政府主编，湖南人民出版社，2014。

《屈原文化版图考》，龚红林、何轩著，南京大学出版社，2017。

《屈原与岳阳综论》，钟兴永主编，南京大学出版社，2017。

《读骚拾零》，刘石林著，南京大学出版社，2017。

《汨罗江人文密码》，潘刚强，中国青年出版社，2008。

《与洞庭书》，潘刚强，百花文艺出版社，2019。

后记

吾将上下而求索

荆楚古罗领地，中华诗河源头，端午龙舟故里，长江洞庭支脉。公元前278年，伟大的爱国主义诗人屈原惊天一跃，迄今2022年壬寅端午，汨罗江这条蓝墨水的上游追随屈原的行吟绝唱恰是2300周年。

“溯汨罗而上，探诗歌源头。”2005年端午前夜，余光中先生赠以题签，给我种下“留念”的种子，我开始系统研究汨罗江、洞庭湖，用探询的目光为汨罗江地域文化解密。

屈原惊天一跃怀沙自沉，决定了一条河流永远的鲜活血脉。中华民族传统文化因一个人的影响力，已然成为国际盛典的世界级非物质文化遗产。如果没有那条河流的清澈，如果没有潇湘洞庭的神韵，如果没有母亲长江的一江碧水，历代文人骚客何以追根逐风，所有诗歌艺术的创作源头将枯竭萎缩。

南宋文学家、史学家、爱国诗人陆游，他一生追随屈子与李杜诗风，“孤舟惯作潇湘梦”（《山村独酌》），自号“放翁”，他在《偶读旧稿有感》说得真切：

文字尘埃我自知，向来诸老误相期。

挥毫当得江山助，不到潇湘岂有诗？

一个伟大的诗人，一条伟大的诗河，如果仅从诗言志或浪漫主义来探求“诗意栖息地”，显然不足以考究千年百载人类经久不息的情感倾诉。依水而生，伴河而居，“山水林田湖草沙”一脉相承，恰是人类与自然拥有的生命共同体。继《诗经》后，诗人屈原发出《天问》，骚辞记录楚物，最早为我们打开了探索自然与历史的天窗，提醒我们应当更多地关注生物多样性的永恒与现实。当我们记述汨罗江追赶太阳的行迹，探究山川河流万物生灵的变迁，追忆前人先贤与生俱来的奋斗历程，特别是近百年来科技进步所带来的翻天覆地变化，汨罗江那通江达海的磅礴力量，从来没有如此壮丽，如此青春。坚持以其生命之源、活力之本，把握“创新、协调、绿色、开放、共享”的发展理念，做好水文章，保护水生态，优化水环境，建设水文明，成为新时代走向未来的重要课题。

这是中国第一部有关汨罗江的人文地理专著。从渊源考到山水志、风土记，采纳文学采风、影像拍摄、水文勘查、史志考究等最新研究成果，全流域、广视角打捞民间记忆碎片。诗歌、故事、影戏、祭祀、新闻媒体、影视纪实、文学艺术、百业工匠，那些似曾相识而又悄然消逝的民风习俗，还有那些曾经光辉灿烂的地理标识，当然更有依然芬芳四溢的美食佳肴，令人眼花缭乱而又心花怒放。基于此，我特意追踪潇湘洞庭，从人文地理与生态保护的不同视野，实现跨时空、跨文体地与汨罗江对话，企望与大家一起砥砺前行，让这条江的光芒永生不朽。